I0655919

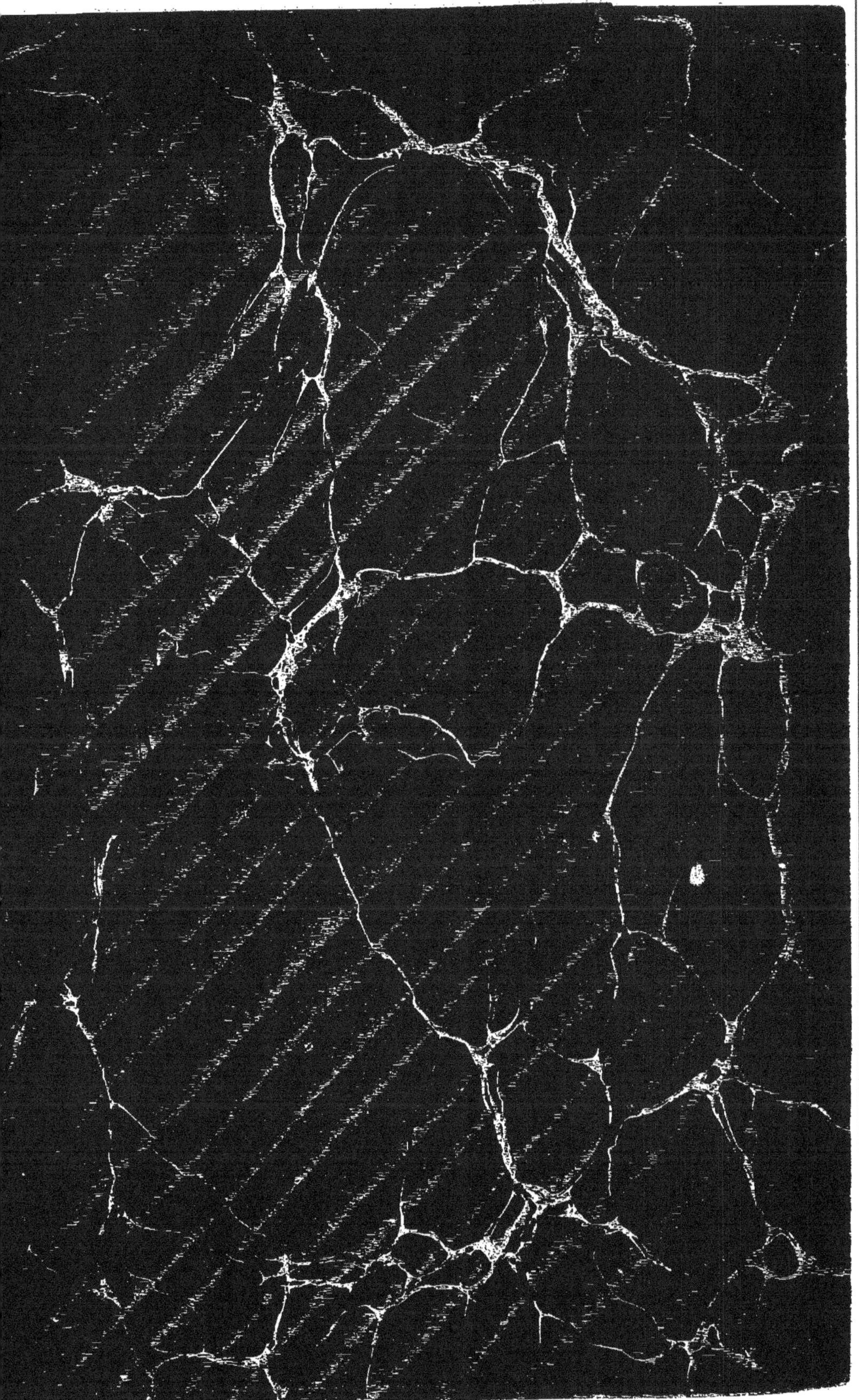

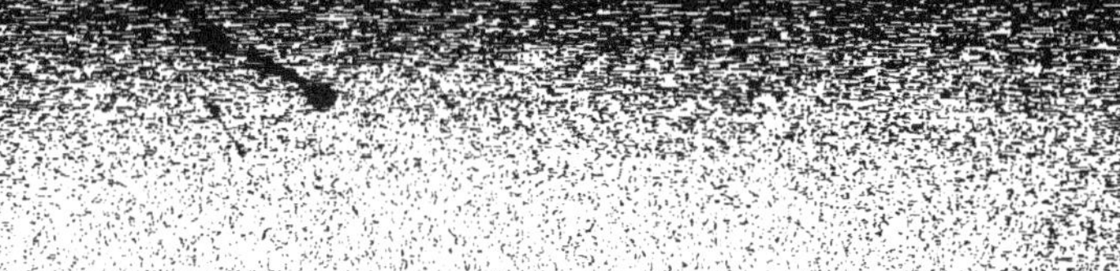

À Maurras
son ami
Leconte de Lisle

ESCHYLE

Il a été tiré de cet ouvrage :

100 exemplaires sur papier de Hollande.
10 » » de Chine.
10 » » Whatman.
5 » sur parchemin.

Tous ces exemplaires sont numérotés et paraphés par l'éditeur.

LECONTE DE LISLE

ESCHYLE

Traduction nouvelle

PARIS
ALPHONSE LEMERRE, ÉDITEUR
PASSAGE CHOISEUL, 47

M.D.CCC.LXXII

I

PROMÈTHEUS ENCHAINÉ

I

PROMÈTHEUS ENCHAINÉ

Promètheus.
Hèphaistos.
Hermès.
Okéanos.
Iô.
Kratos.
Bia.
Le Chœur des Nymphes Okéanides.

KRATOS.

Nous sommes arrivés au dernier sentier de la terre, dans le pays Skythique, dans la solitude non foulée.

Hèphaistos! fais ce que le Père t'a ordonné d'accomplir. Par les immuables étreintes des chaînes d'acier, cloue ce Sauveur d'hommes à ces hautes roches escarpées. Il t'a volé la splendeur du Feu qui crée tout, ta Fleur, et il l'a donnée aux mortels. Châtie-le d'avoir outragé les Dieux. Qu'il apprenne à révérer la tyrannie de Zeus, et qu'il se garde d'être bienveillant aux hommes.

HÈPHAISTOS.

Kratos et Bia! Pour ce qui vous concerne, l'ordre de Zeus est accompli. Rien de plus. A cet escarpement tempêtueux je n'ose lier violemment un Dieu fraternel. Mais la nécessité me contraint d'oser. Il est terrible d'enfreindre l'ordre du Père.

O fils sublime de la sage Thémis! contre mon gré, malgré toi, par d'indissolubles chaînes, je te lierai à cette roche inaccessible aux hommes, là où tu n'entendras la voix, où tu ne verras la face d'aucun mortel, où, lentement consumé par l'ardente flamme de Hèlios, tu perdras la fleur de ta peau! Tu seras heureux quand la Nuit, de sa robe enrichie d'étoiles, cachera l'éclat du jour, et quand Hèlios dissipera de nouveau les gelées matinales. Elle te hantera à jamais, l'horrible angoisse de ta misère présente, et voici qu'il n'est pas encore né, Celui qui te délivrera! C'est le fruit de ton amour pour les hommes. Étant un Dieu, tu n'as pas craint la colère des Dieux. Tu as fait aux Vivants des dons trop grands. Pour cela, sur cette roche lugubre, debout, sans fléchir le genou, sans dormir, tu te consumeras en lamentations infinies, en gémissements inutiles. L'esprit de Zeus est implacable. Il est dur celui qui possède une tyrannie récente.

KRATOS.

Allons! Que tardes-tu? Vainement tu le prends en pitié. Ce Dieu, en horreur aux Dieux, qui a livré ton bien aux mortels, ne le hais-tu point?

HÈPHAISTOS.

Sang et amitié ont une grande force.

KRATOS.

Certes, mais peux-tu mépriser les ordres du Père? Ne serait-ce pas plus effrayant?

HÈPHAISTOS.

Tu es toujours dur et plein d'audace.

KRATOS.

Le plaindre n'est point un remède. Qu'en sera-t-il? Ne t'émeus point vainement.

HÈPHAISTOS.

O travail très-détestable de mes mains!

KRATOS.

Pourquoi? En vérité, je te dirai ceci : la cause de ses maux n'est point dans ton art.

HÈPHAISTOS.

Cette tâche! Que n'est-il donné à un autre de l'accomplir!

KRATOS.

Toutes choses sont permises aux Dieux. Ceci leur est refusé. Nul n'est libre, si ce n'est Zeus.

HÈPHAISTOS.

Je le sais. Je n'ai rien à dire.

KRATOS.

Hâte-toi donc. Étreins-le de chaînes, de peur que le Père ne sache que tu hésites.

HÈPHAISTOS.

Voici que les chaînes sont toutes prêtes.

KRATOS.

Saisis-les. A l'aide de ton marteau, avec une grande force, rive-les autour de ses bras. Cloue-le à ces roches.

HÈPHAISTOS.

Cela va être fait, et activement.

KRATOS.

Frappe plus fort! Étreins! Ne faiblis pas! Il est habile au point de sortir de l'inextricable.

HÈPHAISTOS.

Ce bras est lié indissolublement.

KRATOS.

Cloue solidement l'autre. Qu'il sache que son intelligence est moins prompte que celle de Zeus.

HÈPHAISTOS.

Certes, excepté lui, nul ne me blâmera.

KRATOS.

Maintenant, à travers sa poitrine, enfonce rudement la dent solide de ce coin d'acier.

HÈPHAISTOS.

Hélas, hélas! Promètheus! Je me lamente sur tes maux.

KRATOS.

Tu tardes encore? Tu gémis sur les ennemis de Zeus! Crains de gémir sur toi-même.

HÈPHAISTOS.

Tu vois de tes yeux un spectacle horrible.

KRATOS.

Je vois qu'il subit l'équitable châtiment de son crime. Enchaîne-le autour des flancs et sous les aisselles.

HÈPHAISTOS.

Il le faut. Ne me commande donc plus.

KRATOS.

Je veux te commander et te harceler encore. Descends plus bas! Serre violemment les cuisses avec ces anneaux.

HÈPHAISTOS.

C'est fait, et promptement.

KRATOS.

Entrave fortement les pieds. Celui qui surveille ton travail est terrible.

HÈPHAISTOS.

Ta parole est aussi dure que ta face.

KRATOS.

Sois faible, mais ne me reproche ni la rudesse de ma nature, ni mon inflexibilité.

HÈPHAISTOS.

Partons. Tous ses membres sont enchaînés.

KRATOS, *à Promètheus.*

Maintenant, parle insolemment ici! Ravis ce qui est aux Dieux pour le donner aux Éphémères! Que peuvent les hommes pour t'affranchir de ton supplice? Les Daimones t'ont mal nommé, en te nommant Promètheus. C'est un Promètheus qu'il te faudrait pour t'arracher de ces liens.

PROMÈTHEUS.

O Aithèr divin, Vents rapides, Sources des fleuves, Sourires infinis des flots marins! Et toi, Gaia, mère de toutes choses! Et toi qui, de tes yeux, embrasses l'orbe du monde, Hèlios! Je vous atteste! Regardez-moi! Étant un Dieu, voyez ce que je souffre par les Dieux. Voyez, accablé de ces ignominies, combien je devrai gémir dans le cours des années innombrables! Tel est le honteux enchaînement que le nouveau Prytane des Heureux a médité contre moi. Hélas, hélas! Je me lamente sur mon mal présent et futur. Quand viendra-t-il le terme fatal de mes misères? Qu'ai-je dit? Je prévois sûrement les choses qui seront. Il n'est point pour moi de calamité inattendue. Il convient de subir aisément la destinée qui m'est faite, sachant que la puissance de la nécessité est invincible. Mais je ne puis ni parler, ni me taire en cet état. J'ai augmenté le bien des mortels, et me voici, malheureux, lié à ces tourments! Dans une férule creuse j'ai emporté la source cachée du Feu, maître de tous les arts, le plus grand bien qui soit pour les Vivants. C'est pour ce crime que je souffre, attaché en plein air par ces chaînes!

Ah! ah! ah! Quel est ce bruit? Quelle est cette vague odeur qui se répand jusqu'à moi? Est-ce un Dieu, un Vivant, un Être intermédiaire? Vient-il sur cette hauteur contempler mes misères? Que veut-il? Regardez le Dieu enchaîné, outragé, l'ennemi de Zeus, en horreur à tous les autres Dieux qui hantent la royale demeure de Zeus, à cause de son trop grand amour pour les Vivants. Hélas, hélas! J'entends de nouveau le bruit de ces oiseaux qui approchent. L'Aithèr vibre sous les battements légers des ailes. Tout ce qui vient à moi m'épouvante!

LE CHŒUR DES OKÉANIDES.

Strophe I.

Ne crains rien. Cette troupe d'ailes est ton amie qui vient en hâte vers cette roche, malgré la volonté paternelle. Des souffles rapides nous ont amenées. Le retentissement du son de l'acier a pénétré au fond de nos antres. Il a chassé la pudeur vénérable, et nous avons été emportées, pieds nus, sur ce char ailé.

PROMÈTHEUS

Hélas, hélas! Race de Téthys aux nombreux enfants, filles du Père Okéanos qui roule son cours infatigable autour de la terre, regardez! Voyez de quelles chaînes je suis étreint, sur le dernier faîte de cette roche escarpée, comme une misérable sentinelle!

LE CHŒUR DES OKÉANIDES.

Antistrophe I.

Je le vois, ô Promètheus! Une effrayante nuée chargée de larmes emplit mes yeux, quand je contemple, dans ces étreintes d'acier, ton corps se consumant sur cette roche. Des timoniers nouveaux gouvernent l'Olympos. Tyranniquement Zeus commande par des lois récentes, et il abolit les antiques Choses augustes!

PROMÈTHEUS.

Sous la terre, dans le Hadès que hantent les Morts, dans l'immense Tartaros, que ne m'a-t-il précipité, chargé d'indissolubles et rudes chaînes! Nul Dieu, ni aucun autre, ne se réjouirait de mes maux! Maintenant, jouet misérable des Vents, je subis des tortures agréables à mes ennemis.

LE CHŒUR DES OKÉANIDES.

Strophe II.

Qui donc, parmi les Dieux, est si dur de cœur, que

tes tortures lui soient agréables? Qui ne s'indigne de tes maux, si ce n'est Zeus? Toujours furieux, dans son inflexible volonté, il dompte la Race Ouranienne. Jamais il ne cessera, à moins que son cœur ne se rassasie de vengeance, ou qu'un autre se saisisse de la puissance inaccessible.

PROMÈTHEUS.

Certes, un jour pourtant, bien que je sois chargé ignominieusement de solides chaînes, ce Prytane des Heureux aura besoin de mon aide, afin que je lui révèle le dessein qui le dépouillera du sceptre et des honneurs. Mais ni incantations, ni paroles de miel, ni menaces rudes ne me fléchiront. Je ne lui enseignerai rien, avant qu'il m'ait délivré de ces liens cruels, qu'il ait expié mon ignominie.

LE CHŒUR DES OKÉANIDES.

Antistrophe II.

En vérité, tu es intrépide. Tu ne fléchis point dans ce rude supplice. Mais tu parles trop librement. L'épouvante pénètre mon cœur. Je redoute ta destinée. Quand me sera-t-il donné de voir le terme fatal de tes misères? L'esprit du Fils de Kronos est impénétrable; son cœur ne peut être touché.

PROMÈTHEUS.

Je sais que Zeus est dur. Il a soumis toute justice à sa volonté. Mais, un jour, il sera humble d'esprit, quand il se sentira frappé. Cette inexorable colère sera oubliée. Il désirera que j'accepte la concorde et son amitié.

LE CHŒUR DES OKÉANIDES.

Révèle toute la chose. Raconte-nous pour quelle faute Zeus t'a châtié si cruellement et si ignominieusement. Instruis-nous, à moins que ce récit ne t'attriste.

PROMÈTHEUS.

Certes, il m'est cruel de dire ces choses, mais il est aussi dur de me taire. Des deux côtés, douleur égale.

Autrefois, quand les Daimones s'irritèrent pour la première fois, quand la dissension se mit entre eux, les uns voulaient renverser Kronos, afin que Zeus régnât. Les autres s'y opposaient, ne voulant point que Zeus commandât jamais aux Dieux. Moi, donnant le meilleur conseil, je ne pus persuader les Titans, fils d'Ouranos et de Gaia. Méprisant mes raisons pacifiques, ils pensaient, dans la violence de leurs esprits, qu'ils l'emporteraient, non par l'habileté, mais par la force. Plusieurs fois, ma mère Thémis et Gaia, qui n'a qu'une forme sous mille noms, m'avaient prédit les choses futures : qu'ils ne l'emporteraient ni par la force, ni par la violence, mais par la ruse. Je leur parlai ainsi. Ils ne me jugèrent point digne d'être écouté. Et je crus pour le mieux, accompagné de ma mère, de me joindre à Zeus qui le désirait. Et, par mes conseils, le noir et profond abîme du Tartaros engloutit l'antique Kronos et ses compagnons. Ainsi, j'ai servi ce tyran des Dieux. Il m'en a récompensé par ce châtiment horrible. C'est un vice contagieux propre aux tyrans de n'avoir point foi en leurs amis. Si vous demandez pour quelle cause il me traite si outrageusement, je vous le dirai. Dès qu'il fut assis sur le thrône paternel, aussitôt il partagea les honneurs aux Daimones et constitua sa tyrannie. Et il n'eut aucun souci des malheureux hommes, et il voulut en détruire la race, afin d'en créer une nouvelle. A ce dessein nul ne s'opposa, excepté moi. Seul, je l'osai. Je sauvai les Vivants. Ils ne descendirent point, foudroyés, dans les ténèbres du Hadès. C'est pourquoi je suis en proie à ces tourments horribles et misérables à voir. Je n'ai pas été jugé digne de la pitié que j'ai eue pour les Mortels. Me voici cruellement tourmenté. Spectacle honteux pour Zeus!

LE CHŒUR DES OKÉANIDES.

Esprit de fer et de rocher, Promètheus! Avec toi qui ne s'indignerait de tes maux? Je n'ai pas eu le désir de les voir. Quand je les ai vus, mon cœur a été accablé de tristesse.

PROMÈTHEUS.

Certes, pour ceux qui m'aiment, je suis un spectacle misérable!

LE CHŒUR DES OKÉANIDES.

N'as-tu rien fait de plus pour les hommes?

PROMÈTHEUS.

J'ai empêché les mortels de prévoir la mort.

LE CHŒUR DES OKÉANIDES.

Par quel remède les as-tu guéris de ce mal?

PROMÈTHEUS.

J'ai mis en eux d'aveugles espérances.

LE CHŒUR DES OKÉANIDES.

Tu leur as fait un grand don.

PROMÈTHEUS.

Je leur ai aussi apporté le Feu.

LE CHŒUR DES OKÉANIDES.

Les Éphémères possèdent maintenant le Feu flamboyant?

PROMÈTHEUS.

C'est par lui qu'ils apprendront des arts nombreux.

LE CHŒUR DES OKÉANIDES.

Et c'est pour de tels crimes que Zeus te tourmente, sans être touché de tes maux? Ne connais-tu point de terme à ton supplice?

PROMÈTHEUS.

Il n'en est point, à moins que cela ne lui plaise.

LE CHŒUR DES OKÉANIDES.

Cela lui plaira-t-il? Quelle est ton espérance? Ne vois-tu pas que tu es en faute? Quand même tu aurais mal agi, il ne me serait pas agréable de te le dire. Cela serait cruel. Laissons ces choses. Cherche comment tu échapperas à tes douleurs.

PROMÈTHEUS.

Il est aisé, quand on a le pied hors du mal, de conseiller et de réprimander celui qui souffre. Pour moi, je n'ignorais rien de ceci. J'ai voulu, sachant ce que je voulais. Je ne le nierai point. En sauvant les hommes, je m'attirais moi-même ces misères; mais je ne pensais pas être ainsi tourmenté et me consumer sur le faîte de cette roche solitaire. Ne pleurez donc point mes misères présentes. Descendez plutôt sur la terre, vers la destinée qui m'opprime. Sachez tout ce qui m'attend encore. Venez à moi! Venez en aide à celui qui souffre aujourd'hui. Le malheur va, errant sans cesse. Il accable tantôt l'un, tantôt l'autre.

LE CHŒUR DES OKÉANIDES.

Promètheus! Nous ne refusons point de t'obéir. Voici que, délaissant promptement, et d'un pied léger, le char rapide et l'Aithèr pur où passent les oiseaux, nous abordons cet âpre rocher, dans notre désir de connaître tes malheurs.

OKÉANOS.

Promètheus! accouru vers toi, après un long chemin, j'arrive, porté sur cet Oiseau rapide que je mène par ma seule volonté et sans frein. Je compatis à ta destinée, sache-le. Je pense que la parenté m'y pousse; mais, en outre, je ne m'intéresse à nul autre plus qu'à toi. Tu sauras que mes paroles sont vraies. Je n'ai point coutume de flatter par des mensonges. Allons! Apprends-moi ce qu'il faut faire pour te secourir. Tu ne diras pas qu'un autre est pour toi un ami plus ferme qu'Okéanos.

PROMÈTHEUS.

Ah! qu'est-ce donc? Toi aussi, tu es venu contempler mon supplice? Comment as-tu osé quitter le Fleuve qui porte ton nom, et tes antres accoutumés, aux voûtes de rocher, pour venir sur cette terre, mère du fer? Es-tu venu pour assister à ma destinée, ou pour y compatir? Vois donc! Contemple l'Ami de Zeus. Je l'ai aidé à fonder sa tyrannie, et c'est par lui que je subis ces maux!

OKÉANOS.

Je vois, Promètheus, et je veux te conseiller pour le mieux, tout habile que tu es. Connais-toi, conforme-toi aux pensées nouvelles. Il y a un nouveau tyran parmi les Dieux. Si tu lances des paroles amères et farouches, Zeus les entendra, bien qu'il soit dans les hauteurs, et loin de toi. Alors sa fureur présente, qui cause tes tourments, ne sera plus qu'un jeu. O malheureux! rejette la colère que tu nourris dans ton esprit. Cherche plutôt la fin de tes maux. Je semble te dire des choses hors d'usage. Cependant, Promètheus, tu vois ce que produisent des paroles sans frein. Tu n'es pas humble. Tu ne cèdes pas à la souffrance, et tu veux ajouter d'autres maux à ceux que tu subis. Si tu m'en crois, tu ne lèveras pas le pied contre l'aiguillon. Tu comprendras qu'un monarque sans pitié commande et ne rend compte à personne. Maintenant je te quitterai, et je tenterai de te délivrer de ton supplice. Sois en repos. Ne parle pas trop amèrement. Ne sais-tu pas sûrement, très-sage que tu es, que les paroles téméraires attirent les châtiments?

PROMÈTHEUS.

Je t'envie! Tu es hors de danger, après avoir tout

conçu, tout osé avec moi. Maintenant, va! Ne t'inquiète point de ceci. Tu ne persuaderas point Zeus, car il est inexorable. Prends garde toi-même de t'attirer malheur pour être venu ici.

OKÉANOS.

Tu es plus sage pour les autres que pour toi. J'en juge par le fait, non par les paroles. Ne tente pas de me retenir. Je me vante d'obtenir de Zeus qu'il te délivre de ton supplice.

PROMÈTHEUS.

Je te remercie. Je ne cesserai jamais de te remercier. Je ne doute pas de ton active bienveillance, mais tu ne réussiras point. Tu souffriras sans me servir. Reste en repos, et à l'écart. Si je suis malheureux, je ne veux pas que le malheur en atteigne d'autres. Non! Je suis assez affligé des souffrances de mon frère Atlas qui, vers les régions de Hespéros, se tient debout, portant sur ses épaules la colonne de l'Ouranos et de la terre, fardeau écrasant! Je contemple aussi, plein de pitié, ce fils de Gaia, habitant des antres Kilikiens, ce monstre guerrier, aux cent têtes, qui terrassait tout de sa force, l'impétueux Typhôn, qui se rebella contre tous les Dieux, vomissant le carnage de ses gueules horribles. L'éclair de Gorgô jaillissait, flamboyant, de ses yeux, tandis que, de son assaut violent, il menaçait la tyrannie de Zeus. Mais le Trait vigilant, la Foudre précipitée et respirant la flamme, se rua sur lui, écrasant ses insolences tumultueuses. Frappé à travers la poitrine et consumé de la Foudre, il perdit ses forces, brisé par le tonnerre. Maintenant, son corps gît, inutile et abject, entre les détroits de la mer, écrasé sous les racines de l'Aitna, tandis que Hèphaistos, assis sur les sommets, forge les masses de fer chauffées à blanc. De là, un jour, se précipiteront les Fleuves de feu, dévorant de leurs ardentes mâchoires les larges plaines de la féconde Sikélia. Typhôn vomira ainsi sa fureur en un tourbillon de flamme débordante, bien que consumé par la Foudre de Zeus. Tu n'es pas inexpérimenté. Tu ne seras pas privé de mes avertissements. Préserve-toi, de quelque façon que ce soit. Pour moi, je subirai ma destinée présente, jusqu'à ce que l'esprit de Zeus cesse d'être irrité.

OKÉANOS.

Promètheus! ne sais-tu pas que les paroles sont les médecins de la colère, cette maladie?

PROMÈTHEUS.

Si toutefois le cœur s'apaise; si on ne heurte pas ainsi le gonflement furieux de l'esprit.

OKÉANOS.

Mais quel danger peut résulter d'un effort, d'une tentative hardie? Dis-le-moi.

PROMÈTHEUS.

Peine très-inutile, simplicité stupide.

OKÉANOS.

Laisse-moi courir ce danger. Ne point sembler sage est d'une sagesse très-avantageuse.

PROMÈTHEUS.

Ta faute me serait imputée.

OKÉANOS.

Par ce discours, maintenant, tu me chasses.

PROMÈTHEUS.

Prends garde que ta pitié pour moi n'excite la haine contre toi.

OKÉANOS.

Est-ce la haine de Celui qui a récemment conquis le thrône tout-puissant?

PROMÈTHEUS.

Crains que son cœur s'irrite jamais!

OKÉANOS.

Promètheus! ta destinée sera ma leçon.

PROMÈTHEUS.

Va! hâte-toi! Pense toujours ainsi.

OKÉANOS.

Je me hâte à ta voix. Voici que le Quadrupède ailé traverse le large chemin de l'Aithèr, plein du désir de se reposer dans l'étable accoutumée.

LE CHŒUR DES OKÉANIDES.

Strophe I.

Promètheus ! Je gémis sur ta destinée déplorable. J'arrose mes joues de larmes qui coulent de mes yeux délicats, comme des sources humides. Zeus, qui a décrété ces maux lamentables, se glorifie de sa puissance dominatrice sur les Dieux anciens.

Antistrophe I.

Déjà toute cette région retentit lugubrement. On pleure ton antique gloire et la grandeur de tes frères. Tous ceux qui habitent la terre de la sainte Asia, dans un long gémissement, pleurent avec toi sur tes misères :

Strophe II

Les habitantes de la terre de Kolkhôs, les Vierges intrépides au combat, et la multitude des Skythes qui hantent, aux extrémités de la terre, le marais Maiotide ;

Antistrophe II.

Et la fleur belliqueuse de l'Arabia, et tous ceux qui habitent la citadelle près du Kaukasos, foule guerrière, frémissante de lances aiguës.

Épode.

J'ai vu un seul autre Titan, avant toi, accablé des mêmes maux et de cet éternel outrage par les Dieux, Atlas qui, toujours doué d'une immense vigueur, soutient de ses épaules le lourd pôle Ouranien. Le bouillonnement marin résonne en se heurtant. Le Gouffre frémit. Le noir abîme souterrain du Hadès tremble. Les sources des Fleuves au cours sacré pleurent sur ce supplice lamentable!

PROMÈTHEUS.

Ne croyez pas que je me taise par mépris ou par insolence; mais je me mords le cœur en pensée, quand je me vois aussi outrageusement torturé. Pourtant, quel autre que moi a distribué leurs honneurs à ces Dieux nouveaux? Mais je me tais sur ceci. Je ne vous dirais que ce que vous savez. Apprenez plutôt les maux qui étaient parmi les Vivants, pleins d'ignorance autrefois, et que j'ai rendus sages et doués d'intelligence. Non que je leur reproche rien, mais, en parlant de ce que je leur ai donné, je prouve mon amour pour eux.

Au commencement, ils regardaient en vain et ne voyaient pas; ils écoutaient et n'entendaient pas. Pendant un long espace de temps, semblables aux images des songes, ils confondaient aveuglément toutes choses. Ils ne connaissaient ni les maisons faites de briques et exposées au soleil, ni la charpente. Ils habitaient sous terre, au fond des ténébreux réduits des antres, comme les fourmis longues et minces. Ils ne savaient rien, ni de l'hiver, ni du printemps fleuri, ni de l'été fructueux. Ils vivaient sans penser, jusqu'au jour où je leur enseignai le lever certain des astres et leur coucher irrégulier. Pour eux je trouvai le Nombre, la plus ingénieuse des choses, et l'arrangement des lettres, et la mémoire mère des Muses. Le premier, j'unis sous le joug les animaux destinés à servir, afin qu'ils pussent remplacer les hommes dans les plus rudes travaux. Je conduisis au char les chevaux porteurs de freins, ornements des riches. Nul que moi ne trouva ces autres chars des navigateurs, fendant la mer, volant avec des voiles. Malheureux ! Après avoir inventé ces choses pour les Vivants, je ne trouve rien maintenant pour me délivrer moi-même de mon supplice.

LE CHŒUR DES OKÉANIDES.

Tu souffres un supplice indigne. Tu erres, troublé dans ton esprit. Mauvais médecin, ta pensée est malade, et tu n'y trouves aucun remède qui puisse te guérir.

PROMÈTHEUS.

Si tu veux écouter le reste, tu admireras combien d'arts et de ressources j'ai inventés. Voici le plus grand : Si quelqu'un, autrefois, tombait malade, il n'y avait aucun remède, aucune nourriture, aucun baume, ni rien qu'il pût boire. Ils mouraient par le manque de remèdes, avant que je leur eusse enseigné les mixtures des médicaments salutaires qui, maintenant, chassent loin d'eux toutes les maladies. J'instituai les nombreux rites de la divination. Le premier, je signalai dans les songes les choses qui devaient arriver, et j'expliquai aux hommes les révélations obscures. J'ai précisé aux voyageurs les hasards des chemins et le sens assuré du vol des oiseaux aux ongles recourbés, ceux qui sont propices, ceux qui sont contraires, le genre de nourriture de chacun, leurs haines, leurs amours et leurs réunions. J'enseignai aussi l'aspect lisse des entrailles et leur couleur qui plaît aux Daimones, et la qualité favorable de la bile et du foie, et les cuisses couvertes de graisse. En brûlant les longs reins, j'ai enseigné aux hommes l'art difficile de prévoir. Je leur ai révélé les présages du Feu, qui, autrefois, étaient obscurs. Telles sont les choses. Et qui peut dire avoir trouvé avant moi toutes les richesses cachées aux hommes sous la terre : l'airain, le fer, l'argent, l'or? Personne. Je le sais certainement, à moins de vouloir se vanter vainement. Écoute enfin un seul mot qui résume : tous les arts ont été révélés aux Vivants par Promètheus.

LE CHŒUR DES OKÉANIDES.

Ne dédaigne pas ta propre douleur, puisque tu as aidé les hommes plus qu'il ne convenait. J'espère que tu échapperas alors à tes chaînes, et que tu ne seras pas moins puissant que Zeus.

PROMÈTHEUS.

L'inévitable Moire n'accomplira point les choses ainsi. La fatalité en a décidé. Je serai consumé de misères infinies et de malheurs, jusqu'à ce que je sois délivré de mes chaînes. La science est beaucoup trop faible contre la nécessité.

LE CHŒUR DES OKÉANIDES.

Qui donc gouverne la nécessité ?

PROMÈTHEUS.

Les trois Moires et les Erinnyes qui n'oublient rien.

LE CHŒUR DES OKÉANIDES.

Zeus leur est-il soumis?

PROMÈTHEUS.

Certes. Il ne peut échapper à ce qui est fatal.

LE CHŒUR DES OKÉANIDES.

Qu'y a-t-il de fatal pour Zeus, si ce n'est de commander toujours ?

PROMÈTHEUS.

Ne recherche pas cela. N'insiste point.

LE CHŒUR DES OKÉANIDES.

Sans doute elle est sacrée, cette chose que tu caches ?

PROMÈTHEUS.

Parle d'autre chose. Ce n'est point le temps de révéler celle-ci. Il me faut la taire absolument. Si je la garde pour moi, je serai délivré de ces chaînes ignominieuses et de ce supplice.

LE CHŒUR DES OKÉANIDES.

Strophe I.

Puisse Zeus, maître de toutes choses, ne jamais opposer sa puissance à ma volonté ! Que je ne cesse jamais d'honorer les Dieux et d'assister aux festins sacrés où sont égorgés les bœufs, auprès de l'intarissable cours du Père Okéanos ! Que je ne les offense jamais de mes paroles ! Que ce désir demeure en moi et ne s'efface jamais !

Antistrophe I.

Il est doux de mener une longue vie pleine de certitude et d'espérance, et de nourrir son cœur d'une joie lumineuse ! J'ai horreur de te voir accablé de maux infinis.

Tu n'as pas assez respecté Zeus. Sûr de ta sagesse, tu as trop aimé les mortels, ô Promètheus !

Strophe II.

O ami, vois combien la suite en est funeste ! Quel secours, quelle protection attends-tu des Éphémères ? Ne vois-tu pas l'inerte imbécillité, semblable au sommeil, qui étreint la race aveugle des mortels ? Jamais la volonté des hommes ne troublera l'ordre voulu par Zeus.

Antistrophe II.

J'ai reconnu cela lorsque j'ai contemplé ton supplice, ô Promètheus ! Que l'harmonie était différente qui caressait mes oreilles, quand autour de tes bains et de ton lit je chantais selon le rite nuptial, au temps où, l'ayant persuadée par tes présents, tu épousais Hèsiona, la fille de mon Père !

IÔ.

Quelle est cette terre ? Quelle est cette race ? Quel est celui-ci, ainsi lié à ce rocher tempêtueux par ces chaînes ? Pour quel crime es-tu châtié ? Ah ! ah ! ah ! voici que le Taon me pique de nouveau, malheureuse ! Lui ! Le spectre d'Argos, fils de Gaia ! Fuis, ô terre ! Je vois, ô terreur ! le Bouvier aux yeux innombrables qui me regarde ! Il approche avec son œil rusé. Bien que mort, la terre ne le cache point. Échappé du Hadès, il me poursuit, malheureuse, affamée, vagabonde, à travers les sables marins !

Strophe.

La syrinx enduite de cire fait entendre le chant du sommeil. Hélas, hélas, hélas! où ces longues courses me poussent-elles? O fils de Kronos, pourquoi m'as-tu liée à ces misères? Pourquoi exciter ainsi par la terreur ma fureur et ma démence? Consume-moi par le feu, engloutis-moi sous la terre, ou jette-moi en pâture aux bêtes de la mer! Ne te refuse pas à ce désir, ô Roi! Mes courses vagabondes m'ont exténuée. Je ne sais comment ni où je serai délivrée de mes maux.

LE CHŒUR DES OKÉANIDES.

N'entends-tu point la voix de la Vierge aux cornes de vache?

PROMÈTHEUS.

Comment n'entendrais-je point la jeune Vierge harcelée par le Taon, la fille d'Inakhos? Elle a brûlé d'amour le cœur de Zeus, et voici qu'elle est violemment éprouvée, en ces trop longues courses, par la haine de Hèra.

IÔ.

Antistrophe.

Pourquoi as-tu prononcé le nom de mon père? Dis-le à une malheureuse. Qui es-tu? Qui es-tu donc, ô malheureux! toi qui sais mon nom, toi qui nommes le mal envoyé par les Dieux, ce mal qui me dessèche et me mord de furieux aiguillons? Hélas! Je suis venue en bondissant, excitée par les brûlures de la faim, domptée par la volonté haineuse de Hèra. Hélas! Quels malheureux subissent les maux qui m'accablent? Mais dis-moi clairement ce qui me reste à souffrir, dis-moi s'il est un soulagement ou un remède à mon mal. Si tu le sais, parle, dis-le à la malheureuse Vierge vagabonde.

PROMÈTHEUS.

Ce que tu désires, je te le dirai clairement, sans te cacher rien, simplement, comme il convient entre amis. Tu vois Promètheus, Celui qui a donné le Feu aux Vivants.

IÔ.

O toi qui t'es révélé pour le commun salut des hommes, malheureux Promètheus! pour quelle cause souffres-tu ainsi?

PROMÈTHEUS.

A peine ai-je cessé de déplorer mes misères.

IÔ.

Tu ne me feras donc point cette grâce?

PROMÈTHEUS.

Parle, que demandes-tu? Tu sauras tout de moi.

IÔ.

Dis-moi qui t'a lié à cette roche escarpée.

PROMÈTHEUS.

La volonté de Zeus et les mains de Hèphaistos.

IÔ.

Mais de quels crimes subis-tu le châtiment?

PROMÈTHEUS.

Je ne puis te répondre que cela seulement.

IÔ.

Apprends-moi le terme de mes courses et ce que durera mon mal.

PROMÈTHEUS.

Il vaut mieux pour toi l'ignorer que le savoir.

IÔ.

Ne me cache rien de ce que je dois souffrir.

PROMÈTHEUS.

Je ne te refuse pas ce service.

IÔ.

Que tardes-tu donc? Dis-moi tout.

PROMÈTHEUS.

Ce n'est point mauvaise volonté. Je crains de troubler ton esprit.

IÔ.

Cela me plaît. Ne considère rien au delà.

PROMÈTHEUS.

Puisque tu le désires, il me faut parler. Écoute donc.

LE CHŒUR DES OKÉANIDES.

Non, pas encore. Accorde-moi une part de joie. D'abord, sachons d'elle-même sa fatale destinée et son mal. Tu lui diras ensuite le reste de ses misères.

PROMÈTHEUS.

Il t'appartient, Iô, de les satisfaire. Après tout, elles sont les sœurs de ton père. Il est doux de déplorer sa propre destinée et d'exciter les larmes de qui nous écoute.

IÔ.

Je ne sais comment je pourrais vous refuser. Vous saurez clairement ce que vous demandez, bien qu'il me soit amer de raconter comment mon esprit a été troublé par un Dieu, et comment j'ai été misérablement transformée.

Sans cesse des apparitions nocturnes erraient dans ma chambre virginale et me caressaient de douces paroles : — O bienheureuse jeune fille, pourquoi gardes-tu si longtemps la virginité, quand de si belles noces te sont possibles? Zeus brûle par toi, sous le trait du désir. Il veut posséder Kypris avec toi. O jeune fille, ne repousse pas le lit de Zeus! Va dans la profonde prairie de Lerna, où sont les enclos et les étables de ton père, afin que l'œil de Zeus ne brûle plus de désirs. — Et pendant toutes les nuits, malheureuse! j'étais harcelée de tels songes, jusqu'à ce que j'eusse osé raconter à mon père ces apparitions nocturnes. Et lui, il envoya de nombreux messagers à Pythô et à Dôdônè, afin d'apprendre ce qu'il devait faire qui fût agréable aux Dieux. Et ils revenaient, rapportant des oracles ambigus et des paroles obscures et inintelligibles. Enfin la révélation fut clairement manifestée à Inakhos qu'il eût à me chasser de ma demeure et de ma patrie, pour que je fusse vagabonde aux extrémités de la terre. La foudre flamboyante de Zeus devait venir, s'il n'obéissait pas, et anéantir toute notre race. Contre son gré, malgré moi, persuadé par cet oracle de Loxias, il me chassa hors de ses demeures. L'ordre de Zeus l'y forçait. Il fut contraint de le faire. Et aussitôt mon aspect et mon esprit furent transformés, et je courus, d'un bond furieux, cornue comme tu vois, piquée par l'aiguillon mordant du Taon, vers le doux rivage de la source Kerkhnéia, dans la vallée de Lerna. Le Bouvier Argos, né de Gaia, me suivait plein de colère, épiant mes traces de ses yeux innombrables. Brusquement, la destinée le priva de la vie. Moi, furieuse toujours sous l'aiguillon divin, je courus de terre en terre. Tu sais tout. Si tu peux dire quelles seront mes misères futures, dis-les-moi. Dans ta pitié ne me flatte point par des paroles mensongères. Le mensonge, je pense, est un mal très-honteux.

LE CHŒUR DES OKÉANIDES.

Tais-toi, tais-toi ! Cesse ! hélas ! jamais, jamais je n'ai pensé qu'un tel récit viendrait à mes oreilles, ni que des maux si tristes à voir et si tristes à subir, de telles expiations, de telles épouvantes, glaceraient mon cœur d'un double aiguillon !

PROMÈTHEUS.

Tu gémis et tu es terrifiée trop tôt. Attends que tu saches le reste.

LE CHŒUR DES OKÉANIDES.

Parle, apprends-le-lui. Il est doux aux malades de savoir sûrement d'avance ce qu'ils souffriront encore.

PROMÈTHEUS.

Ce que vous avez demandé, vous l'avez aisément obtenu de moi, ayant voulu l'entendre, avant tout, raconter ses propres misères. Maintenant sachez le reste, les maux que cette jeune Vierge doit subir par la volonté de Hèra. Toi, fille d'Inakhos, garde mes paroles dans ton esprit, afin de connaître le terme de ta course.

Tournée vers le lever de Hèlios, tu iras d'abord par les plaines non labourées. Tu parviendras ainsi jusqu'aux Skythes nomades qui, sous leurs toits d'osier tressé, habitent, dans les hautes régions, leurs chars aux roues solidement construites, armés d'arcs qui lancent au loin les flèches. Je te conseille de n'en point approcher. Va plus loin, en courant le long des rochers battus par la mer. A gauche habitent les Khalybes qui travaillent le fer. Il faut te garder d'eux. Ils sont farouches et inabordables aux étrangers. Et tu parviendras au fleuve Hybristès, qui est bien nommé. Ne tente point de le passer, car cela n'est pas facile, avant que tu sois parvenue au Kaukasos lui-même, la plus haute des montagnes, là où le fleuve verse la violence de ses eaux, au faîte du mont. Il faut faire ton chemin par-dessus les cimes élevées, vers le midi. Tu rencontreras la foule des Amazones qui méprisent les mâles et qui habiteront un jour Thémiskyra, auprès du Thermodôn, où s'ouvre l'âpre mâchoire de la mer Salmydèsienne, funeste aux marins et marâtre des nefs. Elles t'indiqueront très-volontiers ta route. Tu arriveras à l'Isthme Kimmérien, aux embouchures étroites de la mer. Laisse-le et passe courageusement les détroits Maiotiques. Et ce sera une grande renommée parmi les mortels que celle de ton passage, d'où viendra le nom de Bosphoros. Puis, ayant abandonné la terre d'Eurôpè, tu aborderas le continent d'Asia. En tout ceci, le Tyran des Dieux ne vous semble-t-il pas toujours également violent? Le Dieu a voulu s'unir à cette mortelle, et il l'a accablée de ces afflictions. O jeune fille, tu as trouvé un fiancé cruel, car tu n'as entendu que le commencement de tes misères.

IÔ.

Ah! Malheur à moi! hélas!

PROMÈTHEUS.

Tu pleures et gémis de nouveau? Que feras-tu quand tu entendras le reste de tes maux?

LE CHŒUR DES OKÉANIDES.

As-tu donc encore des malheurs à lui annoncer?

PROMÈTHEUS.

Toute une mer tempêtueuse de cruelles douleurs.

IÔ.

A quoi me sert donc de vivre? Et je ne me précipite pas brusquement de ce rocher rugueux, afin, me brisant dans ce sentier, de m'affranchir de toutes mes peines! Mieux vaut mourir soudainement que d'être en proie à une destinée mauvaise pendant tous les jours de la vie!

PROMÈTHEUS.

Tu subirais plus cruellement mes douleurs, à moi qui ne puis mourir! Ce serait, en effet, un refuge à mes maux. Mais il n'est aucun terme à mon supplice, avant que Zeus tombe de la tyrannie.

IÔ.

Arrivera-t-il, un jour, que Zeus cesse de commander ?

PROMÈTHEUS.

Tu te réjouirais, je pense, de voir une telle chute.

IÔ.

Comment non, moi qui suis si cruellement torturée par Zeus ?

PROMÈTHEUS.

Certes, cela arrivera. Sache-le de moi.

IÔ.

Par qui sera-t-il dépossédé du Sceptre tyrannique ?

PROMÈTHEUS.

Par sa propre démence.

IÔ.

De quelle façon ? Parle, à moins qu'il n'y ait danger.

PROMÈTHEUS.

Il célébrera des noces par lesquelles il gémira.

IÔ.

Divines ou mortelles? Parle, s'il est permis.

PROMÈTHEUS.

Pourquoi me le demander? Il ne m'est point permis de le dire.

IÔ.

Et par cette Épouse il tombera du thrône?

PROMÈTHEUS.

Elle enfantera un fils plus puissant que son père.

IÔ.

Et il ne peut fuir cette destinée?

PROMÈTHEUS.

Non, pas avant que je sois délivré de ces chaînes.

IÔ.

Qui pourrait te délivrer malgré Zeus?

PROMÈTHEUS.

Il est fatal que quelqu'un de ta race le fasse.

IÔ.

Que dis-tu? Un de mes fils te délivrera?

PROMÈTHEUS.

Le treizième de ta race.

IÔ.

Ton oracle n'est pas facile à comprendre.

PROMÈTHEUS.

Ne cherche donc pas à connaître tes malheurs futurs.

IÔ.

Après m'avoir promis, ne me refuse pas.

PROMÈTHEUS.

Je te ferai l'une des deux révélations.

IÔ.

Laquelle? Laisse-moi choisir.

PROMÈTHEUS.

Je le veux. Choisis en effet. Je te dirai clairement ce que tu dois encore souffrir, ou je te dirai qui me délivrera.

LE CHŒUR DES OKÉANIDES.

Dis-lui une de ces choses, et consens à me dire l'autre. Ne méprise pas ma demande. Révèle-lui le reste de ses maux, et, à moi, ton libérateur.

PROMÈTHEUS.

Puisque vous le désirez, je le veux bien. Je vous dirai ce que vous demandez. A toi, d'abord, Iô, je raconterai tes courses agitées. Grave-les dans ton esprit, afin de te les rappeler.

Quand tu auras traversé le détroit qui sépare les deux continents, va vers l'Orient, sur la route de Hèlios. T'éloignant de la mer grondante, tu parviendras aux

Prairies Gorgonéiennes de Kisthènè, où habitent les Phorkides, les trois vieilles Filles, semblables à des cygnes, et qui n'ont à elles trois qu'un œil et qu'une dent, et que Hèlios n'éclaire jamais de ses rayons, ni la nocturne Sèlénè. Auprès habitent leurs sœurs, les trois Gorgones ailées, aux cheveux de serpents, funestes aux hommes, et qu'aucun mortel ne regarde sans rendre le souffle vital. Je te décris ce lieu, afin que tu le redoutes. Mais voici un autre spectacle affreux : les Chiens muets de Zeus, aux museaux aigus, les Grypes ! Fuis-les. Fuis aussi l'armée des Cavaliers Arimaspes, à l'œil unique, qui habitent sur les bords du fleuve Ploutôn qui roule de l'or. Garde-toi de les approcher. Aux extrémités de la terre, tu parviendras chez les peuples noirs qui habitent aux sources de Hèlios, là où est le fleuve Aithiopien. Descends ses bords jusqu'à ce que tu arrives à la cataracte où le Néilos répand, des montagnes de Byblos, son eau vénérable et douce à boire. De là, tu gagneras la terre triangulaire du Néilos, où la destinée vous accordera d'habiter, toi, Iô, et ta race. Si mes paroles sont obscures et difficiles à comprendre, rappelle-les-moi, et renseigne-toi. J'ai plus de loisir que je ne voudrais.

LE CHŒUR DES OKÉANIDES.

Si tu as oublié quelque chose dans le récit de ses courses lamentables, parle. Si tu as tout dit, souviens-toi de répondre à notre demande.

PROMÈTHEUS.

Elle a entendu tout le récit de ses courses errantes. Afin qu'elle sache que mes paroles ne sont pas vaines, je lui dirai ce qu'elle a subi avant d'arriver ici. Je lui donnerai cette preuve de ce que j'ai prédit. Pour éviter une trop grande abondance de paroles, j'en viendrai sans tarder à ses dernières courses errantes.

Tu es parvenue à la terre des Molosses, à la haute Dôdônè, où sont l'Oracle et la demeure de Zeus Thesprote, et le Chêne fatidique, prodige incroyable! Tu as appris d'eux, très-clairement, que tu étais destinée à être l'illustre épouse de Zeus, et leur révélation te souriait. De là, saisie de fureur, tu parvins à la mer, au large détroit de Rhéa. Puis, ta course vagabonde t'en éloigna. Dans l'avenir, sache-le, cette mer sera nommée Ionienne, comme un monument de ton voyage à tous les mortels. Que ces paroles te soient un témoignage de ma prévoyance qui pénètre par de là ce qui apparaît manifestement. Je dirai le reste à toutes, à vous et à celle-ci. Je retourne à mon premier récit.

Il est une ville, Kanôbos, la dernière de l'Aigyptia, située sur un monceau de terre, à l'embouchure même du Néilos. Là, Zeus, te caressant de la main et t'effleurant à peine, apaisera ton esprit. Tu concevras de Zeus le noir Epaphos qui jouira de toute la terre qu'arrose le Néilos au large cours. Après lui, à la cinquième génération, cinquante de tes filles reviendront contre leur gré dans Argos, pour fuir leurs noces avec leurs cousins. Ceux-ci, emportés par leur désir, tels que des éperviers harcelant des colombes, les poursuivront pour des noces qu'ils auraient dû ne pas rechercher. Et les Dieux détruiront leurs corps, et la terre Pélasgienne les recevra, domptés par l'action sanguinaire des femmes, pendant la veillée nocturne, audacieuse et pleine d'embûches. Chaque femme tuera son mari, égorgé de deux coups d'épée. Qu'une telle Kypris soit accordée à mes ennemis! Mais l'amour attendrira une de ces jeunes filles. Elle ne tuera point son mari, hésitant dans son cœur, mais aimant mieux être accusée de faiblesse que de cruauté. Elle enfantera la race des Rois d'Argos, et il faudrait de nombreuses paroles pour raconter celle-ci, et c'est d'elle que sortira le courageux et illustre Archer qui me délivrera de mes maux. L'antique Titanis Thémis, ma mère, m'a révélé cet oracle. Il faudrait un trop long temps pour raconter de quelle façon et en quel lieu ces choses arriveront. Tu ne gagnerais rien à le savoir.

IÔ.

Hélas, hélas! La convulsion me pénètre de nouveau! La démence tourmente mon esprit et l'aiguillon du Taon me pique et me brûle! Mon cœur épouvanté bat ma poitrine. Mes yeux roulent égarés! Je suis arrachée de moi-même! Je ne puis plus parler. Mes cris confus se heurtent aux flots de mon mal terrible!

LE CHŒUR DES OKÉANIDES.

Strophe.

Certes il était sage celui qui pensa le premier et dit ceci : L'union entre égaux est la meilleure. Qui vit de son travail ne doit rechercher l'alliance, ni des orgueilleux de leurs richesses, ni des orgueilleux de leur naissance.

Antistrophe.

O Moires! Puissé-je ne jamais, jamais me voir entrer dans le lit de Zeus, ni jamais m'unir à aucun mari Ouranien! Je suis épouvantée de voir cette Vierge ennemie des hommes, Iô, ainsi tourmentée par les courses terribles de Hèra!

Épode.

Je ne crains rien d'une union entre égaux, mais que je sois préservée de l'amour des Dieux tout-puissants et de leur présence fatale! Cette rencontre est invincible, et ce chemin est sans issue. Je ne sais que devenir, ni comment échapper à la volonté de Zeus.

PROMÈTHEUS.

Et pourtant, un jour, Zeus, malgré l'opiniâtreté de son esprit, deviendra humble, grâce aux noces qu'il médite et qui le renverseront de la tyrannie. Et, alors, la malédiction s'accomplira que son père Kronos lança, en tombant de son vieux thrône. Aucun des Dieux, si ce n'est moi, ne peut savoir sûrement comment échapper à ce malheur. Moi, je le sais. Qu'il siége maintenant dans les hauteurs retentissantes, fier de lancer de ses mains le Trait vomissant le feu! Ceci ne l'aidera en rien. Il n'en tombera pas moins, par une ruine irrémédiable. Il se prépare maintenant lui-même un adversaire redoutable, un prodigieux et invincible ennemi qui inventera une flamme plus terrible que la Foudre, et dont le retentissement l'emportera sur le tonnerre, et qui brisera la lance de Poseidôn, le Trident marin qui ébranle les continents. Zeus, ainsi accablé, saura la distance qu'il y a entre commander et obéir.

LE CHŒUR DES OKÉANIDES.

Certes, tu parles contre Zeus, comme il te plaît de parler.

PROMÈTHEUS.

Cela me plaît, mais cela arrivera.

LE CHŒUR DES OKÉANIDES.

Espères-tu donc que quelqu'un commande un jour à Zeus?

PROMÈTHEUS.

Il subira alors de plus horribles douleurs que les miennes.

LE CHŒUR DES OKÉANIDES.

Comment ne crains-tu pas de prononcer de telles paroles?

PROMÈTHEUS.

Pourquoi craindrais-je? Ma destinée n'est point de mourir.

LE CHŒUR DES OKÉANIDES.

Mais il t'accablera d'un mal plus horrible.

PROMÈTHEUS.

Qu'il le fasse donc. Je m'attends à tout.

LE CHŒUR DES OKÉANIDES.

Ceux qui redoutent Adrastéia sont sages!

PROMÈTHEUS.

Redoute, invoque! affirme lui qu'il régnera toujours. Pour moi, Zeus m'inquiète moins que rien. Qu'il agisse! Qu'il commande encore un peu de temps, comme il le veut. Il ne commandera pas toujours aux Dieux. Mais je vois le messager de Zeus, le serviteur du nouveau Tyran. Dans tous les cas, je saurai quel message extraordinaire il apporte.

HERMÈS.

C'est à toi que je parle, Menteur, ô très-indomptable, qui as failli envers les Dieux, et qui as fait part de nos honneurs aux Éphémères, Voleur du Feu! Le Père t'ordonne de lui dire quelles sont ces noces que tu proclames, et par lesquelles il perdra sa puissance. Dis-moi nettement ces choses, une par une. Promètheus! Ne me contrains pas de faire deux voyages. Tu sais que Zeus n'en deviendrait pas plus clément.

PROMÈTHEUS.

Cette parole est enflée et pleine d'orgueil, comme il convient à un esclave des Dieux. Vous exercez une tyrannie récente, étant récents vous-mêmes, et vous vous croyez, dans vos citadelles, à l'abri du malheur; mais n'en ai-je pas vu tomber deux tyrans déjà? Le troisième est celui qui commande maintenant. Lui aussi je le verrai tomber très-rapidement et très-ignominieusement. Te semblé-je craindre et redouter les Dieux nouveaux? Je ne crains absolument rien. Toi, reprends le chemin par lequel tu es venu. Tu ne sauras rien de ce que tu m'as demandé.

HERMÈS.

C'est par une telle opiniâtreté que déjà tu t'es précipité dans ces tourments.

PROMÈTHEUS.

Sache-le, je ne changerais pas mon supplice contre ta servilité. Je pense qu'il vaut mieux être l'esclave de ce rocher que le fidèle messager de ton père Zeus. Ainsi, aux ignominies il faut répondre par des ignominies.

HERMÈS.

Tu sembles te réjouir des maux que tu souffres maintenant.

PROMÈTHEUS.

M'en réjouir! Puissé-je voir mes ennemis se réjouir ainsi, et toi surtout!

HERMÈS.

Me crois-tu pour quelque chose dans ton malheur?

PROMÈTHEUS.

Afin de parler nettement, je hais tous ces Dieux qui, chargés de mes bienfaits, me tourmentent injustement.

HERMÈS.

Je vois que ta démence est grande.

PROMÈTHEUS.

Certes! Si haïr ses ennemis est une démence.

HERMÈS.

Si tu jouissais d'une destinée prospère, tu serais insupportable.

PROMÈTHEUS.

Ah! hélas!

HERMÈS.

Zeus ne connaît pas une telle plainte.

PROMÈTHEUS.

Le temps qui va toujours révèlera tout.

HERMÈS.

Tu n'as pas encore appris de lui à être sage.

PROMÈTHEUS.

Alors, je ne t'aurais pas répondu, esclave!

HERMÈS.

Tu ne veux donc rien dire de ce que demande le Père?

PROMÈTHEUS.

Tourmenté par Zeus, je lui en rendrais grâce!

HERMÈS.

Te joues-tu de moi comme d'un enfant?

PROMÈTHEUS.

N'es-tu pas un enfant, et plus insensé qu'un enfant, si

tu espères apprendre quelque chose de moi? Par aucun tourment, par aucune ruse, Zeus ne pourra me contraindre de parler, avant que ces chaînes qui me chargent soient brisées. Puis, que la flamme ardente me foudroie, que Zeus heurte et bouleverse tout du blanc tourbillon de la neige et des tonnerres souterrains! Rien de tout cela ne me fléchira. Je ne lui dirai point par qui il est dans sa destinée d'être dépossédé de la tyrannie.

HERMÈS.

Songes-y. A quoi ceci te servira-t-il?

PROMÈTHEUS.

Tout est considéré et arrêté depuis longtemps.

HERMÈS.

Ose donc une fois, ô insensé, demander la sagesse aux maux que tu subis!

PROMÈTHEUS.

Tu me fatigues, et vainement, autant que si tu réprimandais le flot! Qu'il ne te vienne jamais dans l'esprit que je puisse, épouvanté par la volonté de Zeus, avoir un cœur de femme, et, les mains levées à la façon des femmes, supplier celui que je hais tant de me délivrer de mes chaînes. Je suis loin de tout cela.

HERMÈS.

Il me semble que j'ai beaucoup parlé, et très-inutilement. Tu ne t'apaises en rien, ni ne te rends à mes prières. Voici que, mordant le frein, comme un poulain à peine dompté, tu résistes avec violence et luttes contre les rênes. Tu te révoltes dans un esprit insensé. L'opiniâtreté est inutile en elle-même à qui ne raisonne pas. Vois, si tu n'obéis pas à mes conseils, quelle tempête, quel inévitable débordement de maux va se ruer sur toi. D'abord, sous le feu de la Foudre et sous le tonnerre, le Père écrasera ces âpres escarpements. Il engloutira ton corps que ces bras de pierre emporteront. Enseveli longtemps, tu renaîtras à la lumière; mais le Chien ailé de Zeus, l'aigle sanglant, déchirera avec voracité le vaste reste de ton corps. Convive non invité, il viendra chaque jour. Il dévorera et mangera ton foie noir. Et n'espère point la fin de ce supplice, avant qu'un des Dieux veuille prendre ta place et descende vers le sombre Hadès, dans le profond brouillard du Tartaros. C'est pourquoi, délibère. Ceci n'est point une fausse et vaine menace, mais une parole qui n'est que trop réelle. La bouche de Zeus ne sait point mentir, et ce qu'elle dit s'accomplit. Toi, songe et délibère, à moins que tu ne préfères l'opiniâtreté à p[illegible]udence.

LE CHŒUR DES OKÉANIDES.

Il nous semble que Hermès parle comme il convient. [illegible] veut que tu rejettes l'opiniâtreté pour écouter la prudence et la sagesse. Obéis. Il est honteux au sage de s'écarter de la droite raison.

PROMÈTHEUS.

Je sais tout ce qu'il dit et répète. Il est juste qu'un ennemi soit outragé par son ennemi. Maintenant, que le Serpent flamboyant se précipite sur moi, que l'Aithèr soit secoué par le tonnerre et le tourbillon des vents violents, que la tempête arrache la terre de ses fondements avec toutes ses racines, que le flot de la mer, dans un rauque bouillonnement, envahisse les chemins des astres Ouraniens, que Zeus lance mon corps au fond du noir Tartaros en un tournoiement irrésistible! Mais il ne me donnera pas la mort!

HERMÈS.

Certes, telles doivent être les paroles et les résolutions des esprits saisis de démence. Il n'y manque rien. Il délire dans son mal et ne retranche rien de sa fureur. Mais vous, cependant, qui gémissez sur ses misères, quittez promptement ce lieu, de peur que l'horrible rugissement du tonnerre ne bouleverse vos esprits.

LE CHŒUR DES OKÉANIDES.

Parle autrement. Donne-moi d'autres conseils pour me convaincre. Ce que tu me dis est intolérable. Comment peux-tu m'ordonner une action lâche? Avec lui, s'il le faut, je veux souffrir, ayant appris à détester les traîtres. La trahison est la plus immonde des maladies.

HERMÈS.

Rappelez-vous ce que j'ai annoncé. Saisies par Atè, n'en accusez pas la Fortune. Ne dites jamais que Zeus vous a brusquement précipitées dans le malheur; car, certes, vous serez enveloppées vous-mêmes dans l'immense rêts du malheur, non soudainement, ni prises au piége, mais, le sachant, et par votre propre démence.

PROMÈTHEUS.

Voici que la terre s'ébranle, non plus en paroles, mais en réalité. Le rauque fracas du tonnerre mugit. Les spirales flambent. Les tourbillons roulent la poussière. Tous les souffles des vents se mêlent et se heurtent dans un combat furieux, et l'Aithèr se confond avec la mer. Ainsi Zeus se rue manifestement contre moi et me frappe d'épouvante. O respect sacré de ma mère! ô Aithèr qui roules! Commune lumière de tous! voyez de quelles iniquités je souffre!

Fin de Promètheus enchaîné.

II

LES SUPPLIANTES

II

LES SUPPLIANTES

Le Chœur des Danaïdes.
Danaos.
Pélasgos, roi des Argiens.
Un Héraut.

LE CHŒUR DES DANAÏDES.

UE Zeus, Dieu des suppliants, nous regarde avec bienveillance, apportées ici, sur nos nefs, des embouchures sablonneuses du Néilos! Ayant laissé la terre divine qui confine à la Syria, nous avons fui, non pour un meurtre commis, ou condamnées à l'exil par la sentence du peuple, mais pour échapper à des hommes, pour éviter les noces fraternelles, impies, exécrables des fils d'Aigyptos. Notre père Danaos, inspirateur de ce dessein, a conduit notre flotte, et, délibérant sur ceci, entre deux maux a choisi le plus noble : la fuite à travers les ondes marines, afin d'aborder la terre Argienne d'où notre race se glorifie d'être issue, du contact, du souffle de Zeus et de la Vache tourmentée.

Dans quelle terre plus propice que celle-ci serions-nous arrivées, ayant à la main ces rameaux des suppliants, enveloppés de bandelettes de laine? O vous, ville, terre, blanches eaux! Vous, Dieux des hauteurs, et vous, Dieux des expiations terribles, qui avez des demeures souterraines! Et toi, Zeus sauveur, gardien du foyer des hommes pieux! Accueillez tous en ce pays hospitalier cette troupe de jeunes filles suppliantes, et rejetez à la mer, afin qu'ils fuient promptement, la foule insolente des hommes, des Aigyptogènes, avant qu'ils aient posé le pied sur cette terre non souillée! Et qu'ils périssent dans la mer soulevée, en un tourbillon tumultueux, par le tonnerre et la foudre, et battus des vents chargés de pluie, avant qu'ils montent dans les lits des filles de leur oncle, malgré elles et malgré Thémis!

Strophe I.

Maintenant, nous invoquons, à travers les mers, le fils de Zeus, notre vengeur, conçu au contact, au souffle de Zeus, par la Vache, notre aïeule, qui paissait les fleurs, celui qui, à l'heure de l'enfantement, fut le bien nommé par la destinée : Épaphos!

Antistrophe I.

L'invoquant aujourd'hui dans les pâturages herbeux de notre mère antique, nous rappellerons nos malheurs anciens. Et nous donnerons des preuves certaines de notre origine, et nos paroles seront vraies, quelque étranges et inattendues qu'elles soient, et chacun saura tout, selon la suite des temps.

Strophe II.

S'il est ici un habitant de cette terre, observateur des oiseaux, quand il entendra ma plainte lamentable, il croira entendre la voix de la femme malheureuse du perfide Tèreus, du rossignol poursuivi par le faucon.

Antistrophe II.

Chassée des lieux et des fleuves accoutumés, elle gémit sans trève, se souvenant de la mort de son fils qui périt, s'offrant à la colère et tombant sous la main de sa misérable mère.

Strophe III.

Et moi aussi je recherche les modes Iaoniens, et je déchire cette joue délicate cueillie sur les bords du Néilos, et ce sein abreuvé de larmes; et je nourris les fleurs du deuil, songeant aux amis de celle qui a fui la terre natale, s'il en est qui aient souci d'elle.

Antistrophe III.

Dieux générateurs, si vous protégez l'équité, entendez-moi! Ne laissez pas s'accomplir ce qui est contre la justice. Soyez les ennemis de la violence, et condamnez-la avant ces noces. Après le combat, il est un autel tutélaire, un rempart pour les vaincus, et, pour ceux qui fuient, un sanctuaire des Daimones.

Strophe IV.

Puisse la volonté de Zeus nous être vraiment bienveillante! Elle n'est pas facile à connaître. Elle brille pourtant dans l'obscurité, malgré la noire destinée des races mortelles.

Antistrophe IV.

La destinée se précipite et frappe sûrement, dès qu'elle a été décrétée dans la tête de Zeus; mais les voies de la Pensée divine, impénétrables aux yeux, sont inaccessibles et enveloppées d'ombre.

Strophe V.

Du haut de leurs tours il précipite les Vivants dans la ruine, et toute force est vaine contre les Daimones. Assise au faîte des demeures sacrées, la Pensée divine accomplit toute sa volonté.

Antistrophe V.

Puisse-t-elle regarder l'insolence des hommes et cette race d'Aigyptos, furieuse et toujours harcelée, à cause de mes noces, par l'inévitable aiguillon du désir, et qui maintenant sait enfin sa défaite!

Strophe VI.

Telles sont mes calamités lamentables, mes larmes

amères et cruelles. Hélas! hélas! vivante, je me pleure en paroles lugubres. Je t'implore, ô terre d'Apis! Comprends, hélas! ma voix étrangère. Voici que je déchire et que je lacère les vêtements de lin et les voiles Sidoniens.

Antistrophe VI.

Ils vouent des offrandes aux Dieux, ceux qui, sauvés par une heureuse destinée, n'ont plus l'épouvante de la mort. Hélas! hélas! hélas! il est difficile de pénétrer ce qui nous est réservé. Où cette tempête m'entraînera-t-elle? Je t'implore, ô terre d'Apis! Comprends, hélas! ma voix étrangère Voici que je déchire et que je lacère les vêtements de lin et les voiles Sidoniens.

Strophe VII.

Certes, l'aviron et cette demeure aux voiles de lin qui abritait ma faiblesse contre la mer m'ont conduite ici, à l'aide des vents, sans avoir subi de tempête. En ceci je n'accuse personne. Mais que le Père Zeus, qui voit tout, donne à cette destinée une fin heureuse, et que, noble race d'une mère vénérable, nous puissions, hélas! vierges et libres, échapper au lit de ces hommes!

Antistrophe VII.

Que la chaste fille de Zeus me regarde d'un œil pur et tranquille, moi qui la supplie! Vierge, qu'elle défende des vierges contre la persécution et la violence, et que, noble race d'une mère vénérable, nous puissions, hélas! vierges et libres, échapper au lit de ces hommes!

Strophe VIII.

Mais si nous sommes méprisées des Dieux Olympiens, nous irons, tuées par la corde, avec des rameaux suppliants, vers la sombre Race souterraine frappée par Zeus, vers le Zeus des Morts, qui est hospitalier pour tous. Ah ! Zeus ! La colère qui harcelait Iô se ruait des Dieux. Elle vient aussi de ton Épouse, cette calamité Ouranienne, car la tempête, avec violence, s'est jetée sur nous !

Antistrophe VIII.

Certes, Zeus entendrait d'amers reproches, si, méprisant le fils de la Vache, celui qu'il engendra lui-même autrefois, il détournait sa face de nos prières. Mais, invoqué par nous, qu'il nous entende des hauteurs ! Ah ! Zeus ! la colère qui harcelait Iô se ruait des Dieux. Elle vient aussi de ton Épouse, cette calamité Ouranienne, car la tempête, avec violence, s'est jetée sur nous.

DANAOS.

Enfants, il vous faut être prudentes. Vous êtes venues à travers les flots, conduites sagement par votre vieux père. Maintenant que vous êtes à terre, agissez avec prévoyance et gardez mes paroles dans votre esprit.

Je vois une poussière, messagère muette d'une multitude. Les moyeux des roues crient en tournant autour des essieux. Je vois une foule armée de boucliers et agitant des lances, et des chevaux et des chars arrondis. Sans doute les princes de cette terre viennent à nous, avertis de notre arrivée par des messagers ; mais, qu'ils soient bienveillants ou animés d'un esprit farouche, il convient, à tout événement, ô jeunes filles, de nous retirer sur cette hauteur consacrée aux Dieux qui président les Jeux. Un autel est plus sûr qu'une tour, et c'est un plus ferme bouclier. Allez en toute hâte, tenant pieusement dans vos mains suppliantes les bandelettes de laine blanche, ornements de Zeus qui protége les suppliants. Répondez à vos hôtes en paroles respectueuses et tristes, comme la nécessité le demande et comme il convient à des étrangères. Expliquez-leur clairement que votre exil n'est pas taché de sang. Avant tout, que vos paroles ne soient point arrogantes, que votre front soit modeste et votre regard tranquille. N'usez point de longs discours, car ici cela est odieux. Souvenez-vous qu'il faut céder, car vous êtes étrangères et chassées par l'exil. Il ne convient pas aux humbles de parler arrogamment.

LE CHŒUR DES DANAÏDES.

Père, tu parles avec prudence à des esprits prudents. Nous garderons tes sages conseils et nous nous en souviendrons. Que notre Père Zeus veille sur nous!

DANAOS.

Ne tarde donc pas, hâte-toi d'agir.

LE CHŒUR DES DANAÏDES.

Déjà je voudrais être assise là-haut près de toi.

DANAOS.

O Zeus! aie pitié de nous, qui sommes accablés de maux!

LE CHŒUR DES DANAÏDES.

Qu'il nous regarde d'un œil bienveillant ! S'il le veut, tout finira heureusement.

DANAOS.

Maintenant, invoquez cet Oiseau de Zeus.

LE CHŒUR DES DANAÏDES.

Nous invoquons les rayons sauveurs de Hèlios, le divin Apollôn, le Dieu autrefois exilé de l'Ouranos. Lui qui a connu des maux semblables, qu'il ait pitié des Vivants !

DANAOS.

Qu'il ait pitié de nous, qu'il nous secoure avec bienveillance !

LE CHŒUR DES DANAÏDES.

Quel autre de ces Daimones invoquerai-je aussi ?

DANAOS.

Je vois le Trident, signe du Dieu.

LE CHŒUR DES DANAÏDES.

Il nous a heureusement menées ici, qu'il nous soit propice sur terre !

DANAOS.

Celui-ci est Hermès, selon la coutume des Hellènes.

LE CHŒUR DES DANAÏDES.

Puisse t-il nous annoncer que nous sommes délivrées du mal!

DANAOS.

Vénérez l'autel commun de tous ces Immortels. Dans ce lieu sacré, asseyez-vous comme une troupe de colombes épouvantées par ces faucons, ces ennemis, vos parents, qui souillent leur race. Un oiseau qui se repaît d'un oiseau est-il pur? Comment donc serait-il pur celui qui veut épouser une femme malgré elle et malgré son père? Même mort, dans le Hadès, s'il a commis ce crime, il n'échappera pas au châtiment. C'est là, dit-on, qu'un autre Zeus est le juge suprême des crimes parmi les morts. Observez-vous et gagnez ce lieu, afin que ceci ait une heureuse fin.

LE ROI PÉLASGOS.

De quel pays êtes-vous, qui n'êtes point vêtues à la manière Hellénienne, mais qui portez des robes et des voiles barbares? En effet, ce vêtement n'est ni d'Argos, ni d'aucune partie de Hellas. Que vous ayez osé venir intrépidement sur cette terre, sans guides, sans hérauts, sans hôtes qui vous protégent, cela est surprenant. Certes, à la vérité, des rameaux, selon la coutume des suppliants, sont déposés auprès de vous sur les autels des Dieux qui président les Jeux. La terre de Hellas ne reconnaît que cela en vous. Je ne puis donc que supposer tout le reste, à moins que je ne sois renseigné par vos paroles.

LE CHŒUR DES DANAÏDES.

Tu as dit vrai sur nos vêtements ; mais à qui parlé-je maintenant? Est-ce à un simple citoyen, à un porte-baguette, gardien des temples, ou au chef de la ville?

LE ROI PÉLASGOS.

Réponds à ce que j'ai dit et parle avec confiance. Je suis fils de Palaikhthôn, issu de cette terre, Pélasgos, prince de ce pays; et cette terre est habitée par la race des Pélasges, du nom de leur Roi ainsi nommés justement; et je commande à tout le pays que baignent, vers le couchant, l'Algos et le Strymôn. J'enferme dans mes frontières la terre des Perrhaibes, et, au delà du Pindos, les contrées voisines des Paiones, et les monts Dôdônaiens, et mes limites sont les flots de la mer; mais mon pouvoir s'étend bien au delà. Cette terre est celle d'Apis, ainsi nommée en souvenir d'un médecin. En effet, Apis, médecin et divinateur, fils d'Apollôn, étant venu de Naupaktia, délivra le pays des monstres dévorateurs d'hommes et qu'avait produits un sol ensanglanté par des meurtres antiques, dragons venimeux et terribles. Apis, en coupant et en purifiant, guérit ces maux et mérita de grandes louanges des Argiens, et, par reconnaissance, nous gardons sa mémoire dans nos prières. Maintenant que tu sais avec certitude qui je suis, dis quelle est ta race et parle encore. Cependant notre ville n'aime pas les longs discours.

LE CHŒUR DES DANAÏDES.

Mes paroles seront claires et brèves. Nous nous glorifions d'être de race argienne, nous sommes issues de la Vache à l'irréprochable postérité, et je prouverai la vérité de tout ceci.

LE ROI PÉLASGOS.

Ce que vous me dites est incroyable, Étrangères. Votre race est issue d'Argos? Vous êtes pourtant plus semblables à des Libyennes qu'aux femmes de ce pays. Le Néilos a nourri seul une telle famille, et voilà le caractère du type kyprien, tel que l'action de l'homme l'imprime dans la femme. J'ai entendu dire que les Indiennes nomades, habitant la terre voisine des Aithiopiens, voyageaient sur des chameaux qui portent aussi des fardeaux. Il y a encore les Amazones vierges qui se nourrissent de chair. Si vous étiez armées d'arcs, je vous dirais telles. Mais, instruit par vous, que je sache plus amplement comment votre race est d'origine argienne.

LE CHŒUR DES DANAÏDES.

On dit qu'autrefois naquit, dans cette terre argienne, la Gardienne du seuil de Hèra, Iô, dont la renommée est grande.

LE ROI PÉLASGOS.

S'agit-il de cette union de Zeus et d'une mortelle?

LE CHŒUR DES DANAÏDES.

Hèra ne connut point d'abord cet amour clandestin.

LE ROI PÉLASGOS.

Quelle fut la fin de cette dissension royale?

LE CHŒUR DES DANAÏDES.

La Déesse Argienne changea la femme en vache.

LE ROI PÉLASGOS.

Zeus s'approcha donc de la femme cornue?

LE CHŒUR DES DANAÏDES.

On dit que, pour la féconder, il prit la forme d'un taureau.

LE ROI PÉLASGOS.

Que fit alors l'Épouse puissante de Zeus?

LE CHŒUR DES DANAÏDES.

Elle donna à la Vache un gardien qui voyait toutes choses.

LE ROI PÉLASGOS.

Quel était ce Bouvier ayant des yeux tout autour de la tête?

LE CHŒUR DES DANAÏDES.

Argos, fils de Gaia, que tua Hermès.

LE ROI PÉLASGOS.

Que fit encore Hèra à la Vache malheureuse ?

LE CHŒUR DES DANAÏDES.

Elle lui infligea le moucheron qui pique et rend furieux les bœufs, et que les habitants du Néilos nomment taon.

LE ROI PÉLASGOS.

Puis elle la chassa en longues courses loin de cette terre.

LE CHŒUR DES DANAÏDES.

Certes, tu as dit tout ce que j'allais dire.

LE ROI PÉLASGOS.

Puis elle parvint à Kanôbos et à Memphis.

LE CHŒUR DES DANAÏDES.

Et Zeus, la touchant de la main, engendra un fils.

LE ROI PÉLASGOS.

Comment donc ? un fils de Zeus s'est vanté d'être né d'une vache ?

LE CHŒUR DES DANAÏDES.

Il fut nommé Épaphos et fut le salut de celle-ci.

LE ROI PÉLASGOS.

. . . .

LE CHŒUR DES DANAÏDES.

Libyè. Une grande terre porte son nom.

LE ROI PÉLASGOS.

Et quel fils eut-elle?

LE CHŒUR DES DANAÏDES.

Le seul Bèlos, qui eut deux fils, dont l'un est mon père.

LE ROI PÉLASGOS.

Dis-moi le nom de cet homme très-sage.

LE CHŒUR DES DANAÏDES.

Danaos, et son frère eut cinquante fils.

LE ROI PÉLASGOS.

Dis-moi complaisamment le nom de celui-ci.

LE CHŒUR DES DANAÏDES.

Aigyptos. Maintenant que tu n'ignores plus ma race antique, protége et sauve une famille argienne.

LE ROI PÉLASGOS.

Certes, vous me semblez, comme nous, issues anciennement de cette terre; mais comment avez-vous osé quitter les demeures paternelles? Quelle destinée soudaine vous a poursuivies?

LE CHŒUR DES DANAÏDES.

Roi des Pélasges, les maux des hommes sont divers, et le malheur n'a pas toujours le même vol. Car eût-on jamais prévu notre fuite inattendue vers cette terre d'Argos à laquelle nous lie une antique origine, et que nous y aborderions pour échapper à des noces odieuses?

LE ROI PÉLASGOS.

Et que demandez-vous à ces Dieux qui président les Jeux, tandis que vous tenez en mains ces rameaux récemment coupés et enveloppés de laine?

LE CHŒUR DES DANAÏDES.

De ne pas être les esclaves des fils d'Aigyptos.

LE ROI PÉLASGOS.

Est-ce par haine, ou pour éviter l'inceste?

LE CHŒUR DES DANAÏDES

Qui voudrait payer afin d'avoir ses parents pour maîtres ?

LE ROI PÉLASGOS.

Cependant, c'est ainsi que les vivants augmentent leurs richesses.

LE CHŒUR DES DANAÏDES.

Et c'est ainsi qu'on échappe aisément à la pauvreté.

LE ROI PÉLASGOS.

Comment donc pourrais-je vous venir en aide avec bienveillance?

LE CHŒUR DES DANAÏDES.

Ne nous livre pas aux fils d'Aigyptos qui nous réclameront.

LE ROI PÉLASGOS.

Tu demandes une résolution dangereuse, et j'en attends une guerre.

LE CHŒUR DES DANAÏDES.

La Justice protégera ses alliés.

LE ROI PÉLASGOS.

Si, dès le commencement, elle a pris leur cause pour sienne.

LE CHŒUR DES DANAÏDES.

Respecte la poupe de ta ville ornée de rameaux.

LE ROI PÉLASGOS.

Je suis épouvanté de les voir ombrager ces autels!

LE CHŒUR DES DANAÏDES.

Elle est terrible, la colère de Zeus, protecteur des suppliants.

Strophe I

Fils de Palaikhthôn, entends-moi avec bienveillance, ô roi des Pélasges. Regarde-moi, suppliante, exilée, errante, comme une génisse aux taches blanches sur un haut rocher. Elle mugit sans secours et raconte son péril au bouvier.

LE ROI PÉLASGOS.

Autour des autels des Dieux qui président les Jeux, je vois cette foule de jeunes filles suppliantes, ombragée de rameaux récemment coupés. Puissent-elles, ces étrangères, ne pas être une cause de ruine pour nous, et puisse une guerre inattendue ne pas sortir de ceci. Certes, notre ville n'en a pas besoin.

LE CHŒUR DES DANAÏDES.

Antistrophe I.

Que Thémis, Déesse des suppliants, fille de Zeus

qui dispense les biens, regarde ma fuite innocente! Et toi, vieillard, apprends ceci de plus jeunes que toi : Si tu respectes un suppliant, tu ne manqueras de rien, car la volonté des Dieux accepte les offrandes sacrées d'un homme pieux.

LE ROI PÉLASGOS.

Vous ne vous êtes point assises en suppliantes au foyer de mes demeures. S'il y a manque d'hospitalité, toute la ville en est responsable, et c'est au peuple tout entier à s'en inquiéter, afin d'échapper à l'expiation. Pour moi, je ne vous ferai aucune promesse, mais je délibérerai sur ceci avec tous les citoyens.

LE CHŒUR DES DANAÏDES.

Strophe II.

Tu es la ville, tu es le peuple, tu es le Prytane souverain qui commandes à l'autel et au foyer. Tu es seul dans ta volonté, tu es assis seul sur le thrône où tu régis toutes choses. Crains seul tout le mal.

LE ROI PÉLASGOS.

Qu'il retombe sur mes ennemis! Je ne puis vous venir en aide sans danger, et il est inhumain de mépriser vos prières. Mon esprit est plein de doutes et de craintes, et je ne sais ce qu'il faut faire ou ne pas faire.

LE CHŒUR DES DANAÏDES.

Antistrophe II.

Celui qui d'en haut veille sur nous, regarde-le, ce

gardien des malheureux réfugiés en suppliants auprès de leurs proches qui leur refusent la justice qui leur est due. La colère de Zeus, protecteur des suppliants, suit les plaintes vaines des malheureux.

LE ROI PÉLASGOS.

Mais si les fils d'Aigyptos affirment que, d'après la loi de cette ville, étant du même sang, vous êtes sous leur main, qui les réfutera ? Il est donc nécessaire de leur opposer vos propres lois, si vous désirez prouver qu'ils n'ont aucun droit sur vous.

LE CHŒUR DES DANAÏDES.

Strophe III.

Que je ne sois jamais soumise à ces hommes! Plutôt fuir sous les astres, à travers les mers, ces noces odieuses! Mais tu prendras la Justice pour compagne, et tu jugeras ainsi que le veut la majesté des Dieux

LE ROI PÉLASGOS.

La cause n'est pas facile à juger. Ne me prends pas pour juge. Je te l'ai dit déjà, même si j'en avais le pouvoir, je ne déciderais rien sans le peuple, de peur qu'il me dise un jour, si quelque malheur arrivait : — Pour avoir honoré des étrangères, tu as perdu ta ville.

LE CHŒUR DES DANAÏDES.

Antistrophe III.

Zeus pèse ma cause et décide selon l'équité entre mes

proches et moi. Il dispense le châtiment aux mauvais et la justice aux bons. Puisque tout est encore en suspens, pourquoi ne fais-tu pas ce qui est juste?

LE ROI PÉLASGOS.

Semblable au plongeur dont l'œil lucide ne doit pas être troublé par le vin, il me faut descendre dans une profonde réflexion, afin que tout se concilie heureusement, sans danger pour la ville et pour moi-même, et sans attirer la guerre et la vengeance; il me faut ne point vous livrer, vous qui êtes assises aux autels des Dieux, et ne point offenser le Dieu vengeur, terrible à tous, qui, même dans le Hadès, ne lâche point les morts. Ne dois-je pas, selon vous, m'inquiéter de ce souci sauveur?

LE CHŒUR DES DANAÏDES.

Strophe I.

Aie ce souci et sois pour nous, comme il est juste, un protecteur bon et miséricordieux. Ne me perds pas, fugitive, chassée de la terre natale par une violence impie.

Antistrophe I.

Ne souffre pas que je sois arrachée, à tes yeux, des autels de tant de Dieux, telle qu'une proie. O toi qui possèdes toute la puissance sur cette terre, songe à l'insolence de ces hommes et préserve-moi de leur colère.

Strophe II.

Ne souffre pas que, suppliante, je sois arrachée des images des Dieux contre tout droit et toute justice, telle qu'une jument entraînée, saisie par mes bandelettes aux couleurs variées et par mes vêtements.

Antistrophe II.

Sache que, selon ce que tu décideras, il en arrivera autant à tes enfants et à ta demeure. Songe dans ton esprit que telle est la juste loi de Zeus.

LE ROI PÉLASGOS.

Je le pense aussi. Tout se réduit à cela. Avec les Dieux ou avec les persécuteurs de ces femmes c'est une guerre terrible, de toute nécessité. Les clous sont tous fixés dans la nef, et celle-ci glisse sur les rouleaux. Nulle fin à tout ceci sans tourment. Richesses enlevées, demeures dévastées, les plus grandes calamités sont suivies d'une plus grande abondance, si Zeus, qui dispense les biens, le veut ainsi. Si la langue a parlé d'une façon inopportune, des paroles peuvent adoucir ceux que des paroles ont douloureusement offensés. Afin que le sang de mes proches ne soit pas versé, il me faut offrir à tous les Dieux de nombreux sacrifices et de nombreuses victimes, remèdes de toute calamité. Certes, je voudrais être délivré de cette guerre. J'aime mieux ignorer les maux que les éprouver. Puisse, contre mon espérance, ceci avoir une heureuse fin!

LE CHŒUR DES DANAÏDES.

Écoute mes dernières paroles.

LE ROI PÉLASGOS.

J'écoute, parle, rien ne m'échappera.

LE CHŒUR DES DANAÏDES.

J'ai des ceintures qui retiennent mes vêtements.

LE ROI PÉLASGOS.

Certes. Cela convient aux femmes.

LE CHŒUR DES DANAÏDES.

Sache donc qu'il y a là pour nous une aide excellente.

LE ROI PÉLASGOS.

Explique-toi. Que signifient ces paroles?

LE CHŒUR DES DANAÏDES.

Si tu ne nous promets rien de certain...

LE ROI PÉLASGOS.

De quelle aide te seront ces ceintures?

LE CHŒUR DES DANAÏDES.

Elles serviront à parer ces images d'ornements nouveaux.

LE ROI PÉLASGOS.

Tu parles en énigmes. Dis-moi comment.

LE CHŒUR DES DANAÏDES

Nous nous pendrons aussitôt à ces Dieux.

LE ROI PÉLASGOS.

J'ai entendu tes paroles. Elles frappent mon esprit d'horreur.

LE CHŒUR DES DANAÏDES.

Tu as compris. Je me suis expliquée plus clairement.

LE ROI PÉLASGOS.

Pour mille raisons ces difficultés sont inextricables. L'abondance des maux m'écrase comme un torrent. Je suis submergé par une mer furieuse d'immenses calamités, et il n'y a point de port à mes malheurs. En effet, vous l'avez dit, si je ne vous viens point en aide je commets un crime inexpiable; mais si, devant nos murs, je range la bataille contre tes proches, les fils d'Aigyptos, n'est-ce pas un malheur lamentable que, pour des femmes, les hommes ensanglantent la terre? Cependant il faut redouter la colère de Zeus qui protége les suppliants, car il est la suprême épouvante des mortels. Toi donc, vieillard, père de ces vierges, saisis promptement ces rameaux entre tes bras et porte-les aux autels de nos autres Dieux, afin que tous les citoyens voient ces marques de votre arrivée et que ma prière en votre faveur ne soit pas rejetée, car le peuple se plaît toujours à blâmer ses chefs. En effet, il sera facilement touché en voyant ces rameaux, et il prendra en haine l'insolence de vos ennemis, et il sera plus bienveillant pour vous, car on s'intéresse communément aux plus faibles.

DANAOS.

Ceci est digne d'actions de grâces sans nombre d'avoir rencontré un protecteur aussi vénérable; mais donne-moi des serviteurs et des guides de cette terre, afin que nous trouvions les demeures et les autels des Dieux qui protégent la ville et que nous marchions en sûreté, car notre aspect est étranger, et le Néilos ne nourrit pas une race semblable à celle d'Inakhos. Il faut craindre que la confiance attire le danger; il arrive qu'on tue un ami par ignorance.

LE ROI PÉLASGOS.

Allez, hommes! L'étranger a bien parlé. Menez-le vers les autels de la ville et les demeures des Dieux. Dites brièvement à ceux que vous rencontrerez que vous conduisez un marin, suppliant des Dieux.

LE CHŒUR DES DANAÏDES.

Tes paroles et tes ordres suffisent pour notre père; mais quelle sera ma part? Où trouverai-je ma sûreté?

LE ROI PÉLASGOS.

Laisse ici ces rameaux, marques de ton malheur.

LE CHŒUR DES DANAÏDES.

Je les abandonne, confiante en tes paroles et en ta puissance.

LE ROI PÉLASGOS.

Retire-toi dans ce bois vaste.

LE CHŒUR DES DANAÏDES.

Comment ce bois profane me protégera-t-il?

LE ROI PÉLASGOS.

Nous ne te livrerons pas aux oiseaux de proie.

LE CHŒUR DES DANAÏDES.

Mais si c'était à des hommes plus à craindre que des dragons terribles?

LE ROI PÉLASGOS.

Réponds par un meilleur augure à des paroles de bon augure.

LE CHŒUR DES DANAÏDES.

Ne t'étonne pas que, frappées de terreur, nous manquions de patience.

LE ROI PÉLASGOS.

La défiance envers les Rois est sans borne.

LE CHŒUR DES DANAÏDES.

Rends-moi la joie par tes paroles et tes actions.

LE ROI PÉLASGOS.

Votre père ne vous laissera pas longtemps seules. Pour moi, ayant convoqué le peuple qui habite ce pays, je tenterai de persuader les citoyens de vous être bienveillants et j'enseignerai à votre père ce qu'il faudra dire. Dans l'intervalle restez ici, et priez les Dieux du pays que vos désirs s'accomplissent. Moi je vais préparer tout ceci. Que la persuasion et la fortune me fassent réussir!

LE CHŒUR DES DANAÏDES.

Strophe I.

Roi des Rois, le plus heureux des Bienheureux, Force très-puissante des Puissants, très-riche Zeus, écoute, exauce mes prières! Détourne l'insolence de ces hommes que tu hais avec justice, abîme dans la mer pourprée leur nef aux noirs rameurs.

Antistrophe I.

Regarde avec bienveillance cette race antique de jeunes filles issue d'une femme que tu as aimée. Souviens-toi d'Iô, que tu touchas de la main, et par laquelle nous nous glorifions d'appartenir à cette terre où nous sommes.

Strophe II.

Nous marchons dans les pas antiques, dans les pâturages fleuris de notre mère, dans la grasse prairie d'où Iô, harcelée par le taon, s'enfuit, vagabonde et furieuse, à travers d'innombrables races mortelles. Deux fois, de la terre à la terre opposée, elle traversa le détroit qui porte son nom.

Antistrophe II.

De la Phrygia, riche en troupeaux, à travers la terre d'Asia, elle parcourut Teuthras, ville des Mysiens, et les vallées Lydiennes, et les monts Kilikiens, et les contrées Pamphyliennes, et les fleuves au cours sans fin, et la terre de la richesse, et la terre féconde en fruits d'Aphrodita.

Strophe III.

Harcelée par l'aiguillon du Bouvier ailé, elle parvint au bois florissant de Zeus, au pâturage fécondé par les neiges fondues et que parcourt la force de Typhôn, aux eaux du Néilos, vierges de maladies; mais elle était toujours furieuse, en proie aux douleurs cuisantes de l'implacable Hèra.

Antistrophe III.

Et les vivants qui habitaient cette terre eurent l'esprit saisi par la pâle terreur, quand ils virent cette bête étrange, tenant de la race humaine et de la brute, moitié femme et moitié vache, et ils restaient stupéfaits devant ce prodige. Et alors, quel fut celui qui apaisa Iô vagabonde et misérablement harcelée par le taon?

Strophe IV.

Zeus, le Roi éternel. La violence du tourment cessa par la puissance et par le souffle divins, et l'amertume lamentable des larmes s'apaisa, et, recevant très-véritablement le faix de Zeus, elle enfanta un illustre fils.

Antistrophe IV.

Qui devait être très-heureux pendant une longue vie. Et toute la terre cria : — Cet enfant est vraiment de Zeus! Qui, en effet, eût réprimé les ruses furieuses de Hèra? Ceci est l'œuvre de Zeus; et qui dira que nous sommes la race issue d'Épaphos dira la vérité.

Strophe V.

Quel autre parmi les Dieux invoquerais-je plus justement? C'est le Père, la source de toute génération, le maître par sa propre puissance, le créateur des choses antiques, le très-bienveillant Zeus!

Antistrophe V.

Il n'y a point de puissance au-dessus de la sienne, nul ne siége au-dessus de lui, nul n'est respecté par lui. Ce qu'il dit s'accomplit aussitôt, ce qu'il pense est réalisé sans retard.

DANAOS.

Ayez bon courage, enfants! Les citoyens nous sont propices. Le peuple a décidé et décrété.

LE CHŒUR DES DANAÏDES.

Salut! ô vieillard, le plus cher des messagers! Mais dis-nous quel décret a été rendu, et de quel côté le peuple a levé le plus de mains.

DANAOS.

Il a plu aux Argiens de ne point se diviser, et mon vieux cœur en a rajeuni, car l'Aithèr s'est hérissé des mains droites levées de tout le peuple, et il a été décrété unanimement que nous pourrions habiter cette terre en liberté, à l'abri des outrages de tous les mortels, et que ni citoyens, ni étrangers ne pourraient nous emmener en servitude comme une proie. De plus, si quelque citoyen ne nous venait point en aide contre la violence, il serait, par sentence du peuple, privé du droit de cité et condamné à l'exil. Telle est la résolution que le Roi des Pélasges a fait prendre en notre faveur, annonçant la grande colère de Zeus, protecteur des suppliants, et que la ville ne resterait pas longtemps debout, deux fois souillée par son droit abandonné et par l'outrage à l'hospitalité, source intarissable de calamités. Et le peuple argien, l'ayant entendu, et sans attendre la voix du héraut, décréta, à mains levées, que les choses seraient ainsi. Le peuple des Pélasges a écouté favorablement ces paroles faites pour persuader, et Zeus a exaucé nos désirs.

LE CHŒUR DES DANAÏDES.

Faisons pour les Argiens des vœux heureux, pour prix de leur bienveillance. Que Zeus hospitalier reçoive ces paroles sincères de la bouche de ses hôtes! Que nos prières soient ainsi exaucées jusqu'à la fin sans empêchement.

Strophe I.

Et maintenant, Dieux nés de Zeus, écoutez les prières que nous répandons pour cette race. Que jamais, au milieu des clameurs tumultueuses, la ville pélasgienne ne soit dévorée par le feu! Que le farouche Arès fauche les mortels en d'autres campagnes! Car ils ont eu pitié de notre misère, en nous sauvant par leur bienveillante sentence, car ils ont respecté ce troupeau lamentable, les suppliantes de Zeus!

Antistrophe I.

Ils n'ont point jugé en faveur des hommes et méprisé le droit des femmes; mais ils ont regardé le divin Vengeur, la Sentinelle qu'on ne peut tromper, Celui que nulle demeure n'a vu debout sur son toit sans qu'il ne s'écroulât! car il se pose lourdement. Ils ont respecté leurs parentes, suppliantes de l'illustre Zeus; c'est pourquoi sur les autels purs ils apaiseront les Dieux.

Strophe II.

A l'ombre de ces rameaux suppliants mon vœu s'envolera pour leur récompense. Que jamais la contagion ne dépeuple la ville de ses citoyens, que jamais la sédition n'ensanglante la terre de meurtres domestiques, que la fleur de la jeunesse ne soit point cueillie, que l'amant d'Aphrodita, le fléau des mortels, Arès, ne tranche pas cette fleur !

Antistrophe II.

Que les autels brûlent, entourés de sacrificateurs vénérables, afin que la Chose publique prospère ! Qu'ils honorent le grand Zeus, le très-grand Dieu hospitalier, qui, par la loi antique, a établi les Destinées ! Prions pour que toujours, ici, les générations se multiplient et pour qu'Artémis Hékata protége l'accouchement des femmes.

Strophe III.

Que jamais le carnage ne se rue ici, tuant les guerriers, saccageant la ville, ennemi des Chœurs et de la Kithare, et n'y déchaîne tout armé le lamentable Arès au milieu des clameurs publiques ! Que l'horrible essaim des maladies s'abatte loin de la vigueur des guerriers, et que le Lykien Apollôn soit toujours favorable à toute cette jeunesse !

Antistrophe III.

Que Zeus, en toute saison, entr'ouvre la terre pour une abondante fécondité ! Que les troupeaux paissants enfantent partout d'innombrables petits, et que chacun soit comblé de biens par les Dieux ! Que les Muses, les divines Chanteuses, accordent leurs voix, et que le son de la Lyre s'unisse harmonieusement au son de leurs bouches sacrées !

Strophe IV.

Que le peuple qui commande dans la ville, gardien de l'intérêt commun, observe équitablement les droits de la cité! Qu'il se montre conciliant avec les étrangers avant d'armer Arès, et qu'ils lui rendent justice avant d'y être contraints!

Antistrophe IV.

Que les Argiens honorent toujours les Dieux de ce pays par des offrandes de lauriers et par des hécatombes, selon la coutume de leurs pères! Le respect des parents est, en effet, le troisième parmi les préceptes de la très-vénérable Thémis!

DANAOS.

Je loue ces sages vœux, chères filles; mais ne vous épouvantez pas d'entendre votre père vous annoncer des nouvelles inattendues. De cette hauteur qui vous a reçues suppliantes je vois une nef. Elle est bien reconnaissable; je ne me trompe pas. Voici les manœuvres et les voiles. La proue est tournée de ce côté, n'obéissant que trop au gouvernail qui, de la poupe, la dirige, car cette nef ne nous est point amie. Les marins sont déjà visibles avec leurs membres noirs sous leurs vêtements blancs. Voici qu'on aperçoit nettement tout le reste de la flotte; mais la nef qui marche en tête des autres a replié ses voiles et s'avance à force d'avirons. Il vous faut être calmes et prudentes et ne pas oublier de prier les Dieux dans ce danger. Pour moi, je reviendrai bientôt avec les protecteurs qui nous prêtent leur aide.

LE CHŒUR DES DANAÏDES.

Peut-être un héraut ou un chef viendra nous réclamer et voudra nous emmener en servitude.

DANAOS.

Ils n'en feront rien; n'ayez aucune crainte d'eux.

LE CHŒUR DES DANAÏDES.

Cependant, si nous tardons à être secourues, le mieux est de nous en remettre à l'aide de ces Dieux.

DANAOS.

Ayez bon courage. Au temps, au jour marqué, le mortel qui a offensé les Dieux en reçoit le châtiment.

LE CHŒUR DES DANAÏDES.

Strophe I.

Père! je tremble que ces nefs qui volent rapidement n'arrivent en peu d'instants. La terreur me saisit. Me faudra-t-il recommencer à fuir épouvantée? Père, je meurs de crainte.

DANAOS.

Puisque le décret des Argiens a été ratifié par leurs suffrages, ayez une ferme espérance; ils combattront pour vous, mes filles, j'en suis certain.

LE CHŒUR DES DANAÏDES.

Antistrophe I.

La race d'Aigyptos est funeste, farouche et insatiable de combat. Mais je le dis à qui le sait. Poussés par leur fureur, ils ont navigué sur leurs nefs solides et sombres, avec cette noire et grande armée.

DANAOS.

Mais ils rencontreront ici de nombreux bras exercés à la pleine chaleur du jour.

LE CHŒUR DES DANAÏDES.

Strophe II.

Ne me laisse pas seule ici, je t'en supplie, Père! une femme seule est sans force; Arès lui manque. Ceux-ci, rusés et impurs tels que des corbeaux, ne respectent point la sainteté des autels.

DANAOS.

Ceci nous servira, enfants, si les Dieux les détestent autant que vous les haïssez.

LE CHŒUR DES DANAÏDES.

Antistrophe II.

Ni les tridents, ni ces sanctuaires divins révérés par nous

n'arrêteront leur main. Ils sont trop féroces, trop gonflés d'impiété et de violence. Impudents comme des chiens, ils n'écouteront point les Dieux.

DANAOS.

Mais on dit que les loups sont plus forts que les chiens, et que le fruit du papyros n'en vaut pas l'épi.

LE CHŒUR DES DANAÏDES.

Semblables à des bêtes fauves, impies et farouches, ils ont l'âme furieuse, et il faut redouter leur violence.

DANAOS.

La navigation d'une armée navale n'est pas aussi prompte. Il faut trouver un mouillage où l'on puisse fixer les câbles qui attachent les nefs à la terre. Les pilotes ne jettent pas sitôt les ancres, surtout quand ils abordent une côte sans port. A l'heure où Hèlios tombe vers l'ombre, la nuit a coutume d'inspirer des inquiétudes à un sage pilote. Ainsi cette armée ne débarquera pas en sûreté avant d'avoir trouvé pour ces nefs un mouillage auquel on puisse se fier. Pour toi, prends garde, saisie de terreur, de négliger les Dieux, et implore leur secours. La ville ne se plaindra pas de votre messager, car, bien que je sois vieux, la parole ni la prudence ne me manquent.

LE CHŒUR DES DANAÏDES.

Strophe I.

O terre montueuse, justement vénérable, qu'allons-nous souffrir? Où fuir sur la terre d'Apis, où trouver quelque part une caverne? Que ne puis-je, noire fumée, m'approcher des nuages de Zeus et disparaître! Je m'anéantirais comme une poussière qui s'envole sans ailes!

Antistrophe I.

Je n'ai plus de courage, si je ne prends la fuite. Mon cœur sombre est saisi d'épouvante. Cette retraite choisie par mon père me perdra. Je meurs de crainte. J'aimerais mieux subir la destinée fatale, suspendue à ce lacet, que de sentir un de ces hommes odieux me saisir avec violence. Que je sois morte plutôt, et qu'Aidès me commande!

Strophe II.

Qui me donnera une demeure aérienne où les nuées pluvieuses deviennent de la neige, un rocher âpre, escarpé, inaccessible aux chèvres, solitaire, fréquenté des vautours, et d'où je puisse me précipiter avant de subir ces noces détestées?

Antistrophe II.

Ensuite je ne refuserai pas de servir de pâture aux chiens et aux oiseaux carnassiers de ce pays. La mort me délivrera de mes maux lamentables; que la mort m'arrive avant le lit nuptial! Quel autre libérateur de ces noces pourrais-je trouver?

Strophe III.

Élevez vos voix lugubres vers l'Ouranos, poussez des

chants suppliants vers les Dieux, qui m'obtiennent leur aide et me délivrent. Père, vois les desseins de nos ennemis, toi qui n'aimes pas à contempler de tes yeux sévères les actions violentes. Sois favorable à tes suppliantes, Maître de la terre, très-puissant Zeus!

Antistrophe III.

L'orgueilleuse race d'Aigyptos, cette race farouche qui me poursuit et me presse dans ma fuite, veut me saisir avec violence. Mais toi, Zeus, tu tiens le fléau de la balance, et les mortels ne font rien sans toi!

Oh! oh! oh! Ah! ah! ah! Voici un ravisseur, sorti des nefs, qui me poursuit à terre! Auparavant, ô ravisseur, meurs! Ah! ah! ô Dieux! de nouveau je pousse des cris lamentables. Voici le commencement des misères et des violences que je vais subir. Hélas! hélas! secours promptement des jeunes filles fugitives. Nos ennemis jettent des clameurs terribles sur les nefs et sur le rivage. O Roi, protége-nous!

LE HÉRAUT.

Hâtez-vous! marchez promptement vers la nef.

LE CHŒUR DES DANAÏDES.

Eh bien! arrachez nos cheveux, frappez-nous, coupez notre tête toute sanglante!

LE HÉRAUT.

Promptement, misérables! à la nef! et ensuite à travers les flots salés! Obéis à mes ordres sans réplique et au fer de ma lance. Je te pousserai sanglante dans la nef, où tu resteras gisante. Cède à la violence. Point de résistance insensée.

LE CHŒUR DES DANAÏDES.

Hélas, hélas!

LE HÉRAUT.

Marche vers la nef, laisse ces autels; ils ne sont point honorés par les hommes pieux.

LE CHŒUR DES DANAÏDES.

Qu'elle ne me revoie jamais, l'onde nourricière du Néilos qui rajeunit le sang des mortels! Sur cette terre sacrée, vieillard, je suis sortie d'une très-antique race.

LE HÉRAUT.

A la nef! à la nef! marche promptement, que tu le veuilles ou non. Entraînées de force, allons! marchez vers la nef, avant que je vous frappe de mes poings, misérables!

LE CHŒUR DES DANAÏDES.

Strophe I.

Hélas! hélas! que n'as-tu péri misérablement dans le gouffre de la mer, jeté, au milieu des vastes tempêtes, contre le cap Sarpèdonien!

LE HÉRAUT.

Crie, lamente-toi, invoque les Dieux! tu n'éviteras pas la nef aigyptienne. Lamente-toi, pousse des gémissements plus amers que toutes les douleurs, nomme-toi Lamentation!

LE CHŒUR DES DANAÏDES.

Antistrophe I.

Hélas, hélas! L'outrage aboie sur le rivage! Tu vomis l'eau amère, toi qui me parles! Que le grand Néilos t'engloutisse, orgueilleux, toi et ton arrogance!

LE HÉRAUT.

Je vous ordonne de gagner la nef qui appuie sa proue au rivage. Allons, promptement et sans retard! sans quoi je vais vous y traîner violemment par les cheveux!

LE CHŒUR DES DANAÏDES.

Strophe II.

Hélas, hélas! Père! Le secours divin ne m'a pas sauvée du malheur. Comme une araignée qui m'enveloppe, voilà le songe noir! ô Dieux, ô Dieux! Terre, ma mère! Terre, ma mère! détourne ces clameurs terribles. O Roi! fils de Gaia, ô Zeus!

LE HÉRAUT.

Je ne crains pas les Dieux de cette terre. Ils n'ont

point nourri mon enfance et ils ne me conduiront pas à la vieillesse.

LE CHŒUR DES DANAÏDES.

Antistrophe II.

Voici que ce serpent à deux pieds est plein de rage près de moi, et veut me mordre comme une vipère. O Dieux! ô Dieux! Terre, ma mère! Terre, ma mère! détourne ces clameurs terribles. O Roi! fils de Gaia, ô Zeus!

LE HÉRAUT.

Celle qui, n'obéissant pas à mes paroles, ne marchera point vers la nef, ne tardera pas à voir ses vêtements en pièces.

LE CHŒUR DES DANAÏDES.

Strophe III.

Hélas! ô chefs et princes de la ville; je succombe!

LE HÉRAUT.

Vous verrez bientôt plusieurs princes, les fils d'Aigyptos. Croyez-moi, vous ne manquerez point de maîtres.

LE CHŒUR DES DANAÏDES.

Antistrophe III.

Nous périssons, ô Roi! nous succombons!

LE HÉRAUT.

Vous allez être traînées d'ici par les cheveux, puisque vous n'obéissez pas à mes paroles.

LE ROI PÉLASGOS.

Et toi, que veux-tu? Pourquoi outrages-tu de ton insolence la terre des hommes Pélasgiens. Pensais-tu arriver dans une ville de femmes? Tu n'es qu'un barbare, et tu oses te jouer des Hellènes! Pour tant oublier, ton esprit est troublé, certes.

LE HÉRAUT.

Qu'ai-je donc fait ici contre la justice?

LE ROI PÉLASGOS.

Étranger toi-même, tu ne sais ce qui est dû à des hôtes.

LE HÉRAUT.

Comment ne le saurais-je pas? Je reprends ce que j'ai perdu.

LE ROI PÉLASGOS.

A quels proxènes de ce pays as-tu parlé?

LE HÉRAUT.

A Hermès, au très-grand proxène et chercheur.

LE ROI PÉLASGOS.

Tu te recommandes des Dieux et tu les outrages !

LE HÉRAUT.

Je ne respecte que les Daimones du Néilos.

LE ROI PÉLASGOS.

A t'entendre, tu ne comptes pour rien les Dieux de cette terre ?

LE HÉRAUT.

J'emmènerai celles-ci, à moins qu'on me les arrache.

LE ROI PÉLASGOS.

Tu gémiras, si tu les touches, et promptement.

LE HÉRAUT.

J'entends une parole qui n'est pas hospitalière.

LE ROI PÉLASGOS.

Ceux qui outragent les Dieux ne sont pas mes hôtes.

LE HÉRAUT.

Viens ! tu diras cela aux fils d'Aigyptos.

LE ROI PÉLASGOS.

C'est un souci qui m'inquiète fort peu.

LE HÉRAUT.

Mais, afin que je puisse leur parler clairement, car il convient qu'un héraut soit un messager fidèle, que leur dirai-je? Comment leur annoncerai-je que je reviens sans cette troupe de jeunes filles, leurs parentes? Arès ne jugera point cette affaire à l'aide de témoins, d'argent et d'amende. Avant la fin, beaucoup de guerriers tomberont, et il y aura beaucoup de morts.

LE ROI PÉLASGOS.

Il n'est point nécessaire que tu saches mon nom. Tes compagnons et toi vous le connaîtrez assez avec le temps. Si celles-ci le veulent bien, tu les emmèneras de leur plein gré, les ayant persuadées par des paroles respectueuses. En effet, la Ville a décidé, par les suffrages unanimes du peuple, que ces jeunes filles ne seraient ni enlevées par violence, ni livrées contre leur gré. Cette sentence a été fixée par un clou solide, afin de rester inébranlable. Elle n'a point été inscrite sur des tables d'airain, ni enfermée en un livre, mais tu l'entends hautement de la bouche d'un homme libre. Va ! ôte-toi promptement de mes yeux.

LE HÉRAUT.

Alors, tu sauras que c'est la guerre. La force et la victoire resteront aux hommes.

LE ROI PÉLASGOS.

Vous en trouverez, des hommes, parmi ceux de ce pays, et qui ne sont pas buveurs de vin d'orge. Pour vous, avec vos chères compagnes, entrez d'un cœur ferme dans la ville bien fortifiée, entourée de tours profondément assises. Il y a là de nombreuses demeures publiques, et j'ai moi-même largement bâti la mienne. Il est agréable d'habiter d'heureuses demeures avec un grand nombre de compagnons; mais, si cela vous plaît mieux, il vous sera permis d'habiter des demeures particulières. Choisissez ce qui vous sera le plus agréable. Moi, je serai votre protecteur, avec tous les citoyens qui ont pris cette résolution. Pourquoi chercheriez-vous des appuis plus dignes de confiance?

LE CHŒUR DES DANAÏDES.

Sois comblé de biens pour tant de bienfaits, divin Roi des Pélasges! Mais, dans ta bonté, envoie ici notre père courageux, Danaos, notre prévoyant conseiller. Sa prudence est meilleure pour décider quelles demeures et quel lieu nous devons choisir. Chacun est prêt à blâmer des étrangers. Que tout arrive donc pour le mieux.

LE ROI PÉLASGOS.

Vous serez reçues avec des paroles de bienveillance et

de joie par les citoyens de cette terre. Et vous, chères servantes, suivez chacune, pas à pas, celle des filles de Danaos qu'il vous aura désignée.

DANAOS.

O enfants! il faut que vous fassiez des vœux et des sacrifices et que vous versiez des libations aux Argiens comme à des Dieux olympiens, puisqu'ils nous ont sauvés sans hésiter. Ils ont écouté avec une grande faveur ce que j'ai fait contre nos cruels parents, et ils m'ont donné ces compagnons et ces gardes afin de m'honorer et pour que je ne fusse pas frappé par surprise d'un trait mortel, ce qui eût été pour cette terre une souillure éternelle. Après tout ceci il convient que vous leur rendiez grâces et que vous les honoriez plus que moi-même. Gardez cette parole dans votre mémoire avec tous les autres sages conseils de votre père : le temps seul montre ce que valent des inconnus. Chacun a une langue médisante contre l'étranger, et ses paroles excitent aisément les malveillants. Je vous avertis donc de ne point me couvrir de honte, puisque vous possédez la jeunesse qui charme les hommes. La belle maturité est difficile à garder : les bêtes fauves et les hommes, ce qui vole et ce qui rampe, tous l'entourent d'embûches. La beauté des fruits mûrs les fait cueillir et ne donne point de vains désirs. Ainsi chaque passant lance de ses yeux le trait du désir sur la beauté et le charme des jeunes filles. Ne nous attirons point ces malheurs que nous avons évités par notre navigation sur la grande mer. Ce serait une honte pour nous et une joie pour nos ennemis. Deux demeures nous sont offertes : celle de Pélasgos et celle de la Ville, et toutes deux sans rien payer, ce qui est avantageux. Cependant, gardez les conseils de votre père, puisque vous possédez l'honnêteté, qui est un bien plus cher que la vie.

LE CHŒUR DES DANAÏDES.

Le reste aux Dieux Olympiens! Mais rassure-toi, Père, au sujet de ma jeunesse. A moins d'un nouveau conseil des Dieux, je ne quitterai pas le chemin que j'ai déjà parcouru.

Strophe I.

Allons, célébrez par vos chants les Dieux heureux protecteurs d'Argos, vous qui habitez la ville et les bords de l'antique fleuve Érasinos! vous qui marchez avec nous, chantez! Célébrons la ville des Pélasges et ne songeons plus à honorer de nos louanges le cours du Néilos.

Antistrophe I.

Chantons plutôt les fleuves qui versent sur cette terre l'abondance de leurs eaux et réjouissent le sol à l'aide de leurs limons fertiles. Que la chaste Artémis regarde notre troupe malheureuse, et que les noces de Kythérè, si elles nous arrivent, ne nous soient point infligées, car ceci nous serait odieux.

Strophe II.

Nous ne méprisons point la bienveillante Kypris, car, avec Hèra, elle possède la plus grande puissance auprès de Zeus. On l'honore, la subtile Déesse, source des biens vénérables. Le Désir et la douce Persuasion, à qui rien ne résiste, sont les compagnons de leur chère mère; mais c'est à Harmonia que la Moire a donné le langage charmant d'Aphrodita et les entretiens amoureux.

Antistrophe II.

Je redoute les vents qui chassent les exilées, les douleurs cruelles et les guerres sanglantes. Pourquoi nos rapides persécuteurs ont-ils accompli une si prompte navigation? Que ce que la Destinée a voulu arrive donc! La pensée de Zeus est infinie et inévitable. Que nous puissions au moins finir par des noces semblables à celles de tant d'autres femmes avant nous!

PREMIER DEMI-CHŒUR.

Grand Zeus! détourne de nous l'hymen des fils d'Aigyptos!

SECOND DEMI-CHŒUR.

Ceci serait pour le mieux; mais tu supplies un Dieu inexorable.

PREMIER DEMI-CHŒUR.

N'ignores-tu pas les choses futures?

SECOND DEMI-CHŒUR.

Pourquoi vouloir pénétrer l'immense pensée de Zeus? Faites des vœux moins grands.

PREMIER DEMI-CHŒUR.

Pourquoi me donnes-tu ce conseil?

7

SECOND DEMI-CHŒUR.

Crains de pénétrer les choses divines.

PREMIER DEMI-CHŒUR.

Que le Roi Zeus détourne de moi les noces odieuses de cet homme que je fuis, lui qui délivra Iô de son mal, en la caressant heureusement de la main, et, par une douce violence, créa ainsi notre race!

SECOND DEMI-CHŒUR.

Qu'il accorde la victoire aux femmes! Que chacun ait sa part de bien et de mal, et que, par mes prières, la Justice obtienne sa récompense légitime de la volonté tutélaire des Dieux!

Fin des Suppliantes.

III

LES SEPT CONTRE THÈBA

III

LES SEPT CONTRE THÈBA

Étéoklès.
L'Éclaireur.
Le Messager.
Le Héraut.
Ismènè.
Antigonè.
Le Chœur des Vierges.

ÉTÉOKLÈS.

Hommes de Kadmos, il doit parler selon le temps, celui qui veille sur la chose publique, à la poupe de la Ville, tenant la barre et défendant ses paupières contre le sommeil. En effet, si nous agissons bien, c'est à un Dieu que nous le devons; mais, si quelque malheur arrive, — que cela ne soit pas! — Étéoklès seul sera en proie aux mille clameurs de la Ville et aux accusations tumultueuses des citoyens. Que Zeus Préservateur, digne de ce nom, vienne en aide à la ville des Kadméiones! Maintenant, il faut que chacun de vous, celui qui est encore dans la fleur de la jeunesse et celui qui est mûr par les années, montre l'accroissement de ses forces et fasse tout pour défendre, comme il est juste, la Ville et les autels de nos Dieux, afin que ceux-ci ne soient point privés de leurs honneurs, et nos enfants, et cette terre maternelle, notre très-chère nourrice. En effet, c'est elle qui a porté le poids de votre enfance, tandis que vous rampiez tout petits sur son sein, et qui vous a nourris pour être des guerriers dévoués et la défendre dans ce danger. Jusqu'à ce jour un Dieu nous a favorisés, et depuis que nous sommes assiégés, la guerre vous a été bonne par l'aide des Dieux. Mais voici qu'il a parlé, le divinateur, le berger des oiseaux, qui entend des oreilles et de l'esprit, sans le secours du feu et par un art infaillible, les oiseaux fatidiques. Ce dispensateur d'augures dit qu'un grand assaut des Argiens se prépare contre la Ville dans les embûches de la nuit. Donc, tous, hâtez-vous aux créneaux et aux portes des murailles. Armés, couverts de cuirasses, debout sur le faîte des tours, au seuil des portes, soyez fermes et ne craignez point la foule des assiégeants. Un Dieu nous donnera le dessus. J'ai envoyé des espions et des éclaireurs du côté de l'ennemi. Je suis certain qu'ils ne se tromperont point de route, et, dès que je les aurai entendus, je serai à l'abri des surprises.

L'ÉCLAIREUR.

Étéoklès, très-excellent roi des Kadméiones, me voici, ayant de sûres nouvelles de l'armée ennemie. J'ai vu tous leurs préparatifs. Sept guerriers, chefs farouches, recevant dans un noir bouclier le sang d'un bœuf égorgé, les mains teintes de sang, ont juré par Arès, Ényô et Phobos altéré de sang, de dévaster la Ville et de renverser la citadelle des Kadméiones par la force, ou de mourir en arrosant cette terre de leur sang. Puis, de leurs mains, ils ont suspendu au char d'Adrastos les souvenirs qui seront envoyés à leurs parents dans leurs demeures; et ils ont versé des larmes, mais sans nulle pitié dans leur bouche. Leur âme de fer, ardente et furieuse, brûlait de la rage de lions qui se jettent les uns sur les autres. Tu sais sans retard ce qu'ils ont fait. Je les ai laissés tirant au sort les portes où chacun d'eux conduirait sa troupe. C'est pourquoi, choisis les meilleurs guerriers de la Ville, et place-les comme chefs aux seuils des portes, promptement. Déjà l'armée des Argiens approche et marche à travers la poussière, et la blanche écume qui tombe par flocons des naseaux des chevaux souille la plaine. Mais toi, comme un habile pilote de nef, fortifie la Ville avant que les tourbillons d'Arès se ruent. En effet, la mer terrestre des guerriers pousse des cris. Fais promptement tout ce qu'il faut contre elle. Moi, je veillerai fidèlement tout le jour, afin que tu apprennes clairement ce qui se passe au dehors, et que tu ne sois point surpris.

ÉTÉOKLÈS.

O Zeus! et toi, Gaia! et vous, Dieux protecteurs de la Ville! Imprécation, Érinnys toute-puissante de mon père! ne laissez pas ma ville, prise par les ennemis, détruite jusque dans ses fondements et, dispersée, elle, où l'on parle la langue de Hellas, où sont vos demeures familières! Que cette Ville, la libre terre de Kadmos, ne soit jamais soumise au joug de la servitude. Soyez notre soutien. Je vous supplie pour des intérêts qui nous sont communs, car une ville toujours prospère honore les Daimones.

LE CHŒUR DES VIERGES.

Épouvantée, je crie, en proie à de grandes et terribles afflictions. L'armée se rue hors du camp. L'immense foule des cavaliers abonde et se précipite. La poussière aérienne m'apparaît, muet et véridique messager. Le trépignement des sabots frappant la plaine approche et vole; il retentit comme l'irrésistible torrent qui roule du haut des montagnes.

Hélas, hélas! Dieux et Déesses, détournez le malheur qui se rue! L'armée aux boucliers blancs, avec une clameur qui franchit nos murailles, s'avance en ordre de bataille et se jette impétueusement sur la Ville. Qui donc nous protégera? Qui nous viendra en aide, des Dieux ou des Déesses? Devant laquelle des images des Daimones me prosternerai-je? O Bienheureux, honorés de siéges splendides, c'est l'instant suprême où nous devons embrasser vos images! Que tardons-nous, nous qui gémissons si profondément? Entendez-vous, ou n'entendez-vous pas le bruit strident des boucliers? Quand donc, si ce n'est maintenant, supplierons-nous avec des voiles et des couronnes?

Je suis épouvantée de ce bruit. Ce n'est certes pas le son d'une seule lance. Que feras-tu? Abandonneras-tu cette terre, ô Arès, antique enfant de ce sol? O Dieu, qui resplendis d'un casque d'or, regarde, regarde la Ville que tu as tant aimée autrefois! Dieux, protecteurs de cette terre, venez, venez tous! Voyez cette troupe de vierges qui vous supplient de détourner d'elles la servitude. En effet, autour de la Ville, le flot des guerriers aux casques à crinières, la tempête furieuse d'Arès retentit.

Et toi, Zeus, Père universel, repousse au loin l'assaut de nos ennemis; car les Argiens enveloppent la Ville de Kadmos, et la terreur des armes et les freins dans la bouche des chevaux crient le carnage. Les sept chefs farouches de l'armée ennemie, resplendissants de l'éclat des armes, chacun à l'endroit marqué par le sort, sont debout aux sept portes.

Et toi, fille de Zeus, amie du combat, sois la protectrice de la Ville, ô Pallas! Et toi, Roi hippique, maître de la mer, qui frappes les flots de ton trident, Poseidôn, délivre-nous, délivre-nous de nos terreurs! Et toi, ô Arès! hélas, hélas! protége ouvertement la citadelle de Kadmos!

Et toi, Kypris, aïeule de notre race, détourne le malheur loin de nous, qui sommes issues de ton sang. Nous voici devant toi, invoquant l'aide des Dieux par nos prières suppliantes.

Et toi, Roi des loups, tueur de loups, sois la ruine de l'armée ennemie! Et toi, fille de Latô, bande bien ton arc, chère Artémis!

Ah! ah! j'entends le retentissement des chars autour de la Ville, ô puissante Hèra! Les moyeux crient lugubrement autour des essieux, chère Artémis!

Ah! ah! L'aithèr est hérissé de lances furieuses. Quelle destinée notre Ville va-t-elle subir? Qu'arrivera-t-il? Qu'ont décidé les Dieux? Ah! ah!

La pluie des pierres se rue sur les hauts créneaux, ô cher Apollôn! Le bruit des boucliers recouverts d'airain retentit aux portes, et le signal sacré du combat est parti de Zeus.

Et toi, bienheureuse reine Onka, hors les murs, protége la Ville aux sept portes!

Strophe.

O vous, Dieux tout-puissants, Dieux et Déesses, suprêmes gardiens de cette terre, ne livrez pas la Ville à cette armée étrangère, pour être dévastée par la guerre. Entendez les justes prières des vierges suppliantes!

Antistrophè.

O chers Daimones, protecteurs de la Ville, montrez que vous l'aimez, que vous avez le souci des autels publics et que vous les défendez. Souvenez-vous des nombreux sacrifices Orgiaques célébrés par les citoyens.

ÉTÉOKLÈS.

Je vous le demande, insupportables brutes, détestées des sages! se prosterner en hurlant et en criant devant les images des Dieux qui protégent la Ville, est-ce ce qu'il y a de mieux à faire pour elle et pour le peuple assiégé? Plaise aux Dieux que, dans le malheur ou dans la prospérité, je n'habite jamais avec aucune femme femelle! Si la fortune les favorise, leur impudence est intolérable; si la terreur les saisit, le mal n'en est que plus grand pour la Ville et pour la maison. Maintenant, par votre tumulte et par vos courses insensées, voici que vous avez jeté le lâche découragement parmi les citoyens et que vous aidez grandement les forces de l'ennemi. Ainsi, nous nous déchirons nous-mêmes. C'est ce qui arrive quand on habite avec des femmes. Mais si quelqu'un n'obéit pas à mon ordre, homme, femme ou ce qui tient le milieu, une sentence de mort sera rendue contre eux, et aucun n'échappera au supplice public de la lapidation. Le souci de l'homme est que la femme ne se mêle pas de ce qui se passe au dehors. Si elle reste enfermée dans la demeure, elle n'est d'aucun danger. As-tu entendu, ou n'as-tu pas entendu? Parlé-je à une sourde?

LE CHŒUR DES VIERGES.

Strophe I.

O cher enfant d'Oidipous, je me suis épouvantée en entendant le fracas des chars retentissants, tandis que les moyeux crient en tournant et que les chaînes des freins durcis au feu sonnent dans la bouche des chevaux, incessamment.

ÉTÉOKLÈS.

Quoi donc? Le marin trouve-t-il la voie du salut en se réfugiant de la proue à la poupe, pendant que la nef est assaillie par les flots de la mer?

LE CHŒUR DES VIERGES.

Antistrophe I.

Je suis accourue, me réfugiant auprès des images antiques des Dieux, et confiante en eux, quand le retentissement de cette terrible pluie d'hiver s'est jeté sur nos portes. Alors, saisie de terreur, j'ai élevé mes supplications aux Dieux, afin d'obtenir leur aide pour la Ville.

ÉTÉOKLÈS.

Les priez-vous pour qu'ils défendent nos murailles contre la lance des ennemis ?

LE CHŒUR DES VIERGES.

Certes, cela regarde les Dieux.

ÉTÉOKLÈS.

Mais on dit que les Dieux abandonnent une ville prise d'assaut.

LE CHŒUR DES VIERGES.

Strophe II.

Puisse, moi vivante, l'assemblée des Dieux ne jamais l'abandonner ! Que je ne voie jamais notre Ville envahie par l'ennemi et en proie à l'ardent incendie !

ÉTÉOKLÈS.

N'amenez pas notre ruine en invoquant les Dieux. Femmes ! l'obéissance est la mère du salut. J'ai parlé.

LE CHŒUR DES VIERGES.

Antistrophe II.

Mais la puissance des Dieux est au-dessus de tout. Souvent elle console dans le malheur et chasse de nos yeux les nuages suspendus des calamités amères.

ÉTÉOKLÈS.

Il appartient aux hommes d'égorger les victimes et de faire des sacrifices aux Dieux quand l'ennemi approche. Vous ne devez que vous taire et rester enfermées dans vos demeures.

LE CHŒUR DES VIERGES.

Strophe III.

Nous habitons une ville encore invaincue par la protection des Dieux, et nos murailles nous défendent de la multitude des ennemis. Pourquoi nous blâmer de notre piété?

ÉTÉOKLÈS.

Je ne vous blâme point d'honorer la race des Dieux; mais n'empêchez point les citoyens de courir aux armes. Restez calmes, et ne vous épouvantez pas hors mesure.

LE CHŒUR DES VIERGES.

Antistrophe III.

Quand j'ai entendu ce fracas soudain, saisie de terreur je me suis réfugiée dans cette citadelle, retraite vénérable.

ÉTÉOKLÈS.

Maintenant, si vous entendez parler de morts et de blessés, ne vous répandez pas en lamentations sur eux, car Arès se repaît du carnage des vivants.

LE CHŒUR DES VIERGES.

Ah! j'entends le hennissement des chevaux!

ÉTÉOKLÈS.

Entendez-le, mais gardez-vous de l'entendre trop!

LE CHŒUR DES VIERGES.

La citadelle gémit dans ses fondements, enveloppée d'ennemis.

ÉTÉOKLÈS.

C'est à moi de m'en occuper.

LE CHŒUR DES VIERGES.

Je meurs d'épouvante; le bruit s'accroît aux portes.

ÉTÉOKLÈS.

Ne vous tairez-vous point? N'en dites rien dans la Ville.

LE CHŒUR DES VIERGES.

O vous tous, ô Dieux, ne livrez pas nos murailles!

ÉTÉOKLÈS.

Misérables! ne vous tairez-vous pas?

LE CHŒUR DES VIERGES.

O Dieux de la Ville, gardez-nous d'être réduites en servitude !

ÉTÉOKLÈS.

C'est vous qui nous réduirez en servitude, moi et toute la Ville.

LE CHŒUR DES VIERGES.

O Zeus tout-puissant, lance ton trait contre nos ennemis !

ÉTÉOKLÈS.

O Zeus, pourquoi as-tu créé cette race de femmes !

LE CHŒUR DES VIERGES.

Nous serons aussi misérables que les hommes, si la Ville est prise.

ÉTÉOKLÈS.

Encore des cris de mauvais augure en embrassant ces images des Dieux !

LE CHŒUR DES VIERGES.

L'épouvante et la terreur égarent ma langue.

ÉTÉOKLÈS.

Ce que je te prie de m'accorder est peu de chose.

LE CHŒUR DES VIERGES.

Dis promptement, afin que je le grave aussitôt dans mon esprit.

ÉTÉOKLÈS.

Tais-toi, ô malheureuse, et n'effraye point les nôtres.

LE CHŒUR DES VIERGES.

Je me tais, et je subirai la destinée commune.

ÉTÉOKLÈS.

Je préfère tes dernières paroles aux premières. C'est pourquoi laisse ces images, et, par de meilleures prières, supplie les Dieux d'être nos compagnons dans le combat. Puis, quand tu auras entendu mes vœux, chante le chant sacré, l'heureux Paian, qui s'élève au milieu des solennités sacrées des Hellènes, qui donne la confiance aux amis et dissipe la crainte que donne l'ennemi : — Aux Dieux de la Ville et de la terre, aux Dieux des champs et de l'Agora, aux sources de Dirkè, à l'Isménos, je jure, si la victoire est à nous et si la Ville est sauvée, d'égorger des brebis sur les autels des Dieux, de leur sacrifier des taureaux, et de consacrer en trophées, dans leurs demeures divines, les armures et les dépouilles prises à l'ennemi. — Tels sont les vœux qu'il faut adresser aux Dieux, sans gémissements, sans lamentations vaines et sauvages. En effet, vous n'en échapperez pas davantage à la fatale destinée. Pour moi, je vais placer aux sept issues des murailles les six guerriers et moi, le tième, les meilleurs adversaires des ennemis, avant que les rapides nouvelles, que les rumeurs qui volent et se multiplient ne mettent tout en feu dans cette nécessité.

LE CHŒUR DES VIERGES.

Strophe I.

Je ferai ainsi; mais la crainte n'est point apaisée dans mon cœur, et les inquiétudes l'oppressent d'épouvante, à cause de l'ennemi qui enveloppe nos murailles, de même que la colombe, qui nourrit ses petits, redoute pour eux les serpents qui se glissent dans le nid. Et voici qu'ils approchent des tours, en foule et par masses serrées! Qu'arrivera-t-il de moi? Ils lancent de tous côtés contre les citoyens les rudes pierres qu'ils ont saisies. Par tous les moyens, ô Dieux nés de Zeus, défendez la Ville et le peuple de Kadmos!

Antistrophe I.

Quelle terre meilleure irez-vous chercher, après que vous aurez abandonné aux ennemis ce pays fertile et la source de Dirkè, la plus salutaire de toutes les eaux qu'envoient Poseidôn qui entoure la terre et les enfants de Tèthys? C'est pourquoi, ô Dieux protecteurs de la Ville, envoyez à ceux qui sont hors nos murailles l'épouvante qui trouble les guerriers et fait jeter les armes, donnez la victoire aux nôtres, et, protecteurs de la Ville, toujours présents dans vos demeures, soyez touchés des prières que nous vous adressons à haute voix.

Strophe II.

Il serait lamentable que la Ville Ogygienne fût engloutie dans le Hadès, en proie à la lance, réduite en servitude, souillée de cendre, dévastée honteusement par l'homme Akhaien et la volonté des Dieux, et que les femmes, hélas! jeunes et vieilles, les vêtements déchirés, fussent traînées par les cheveux comme des juments! Et toute la Ville retentirait des mille clameurs des captives mourantes! Je crains cette destinée terrible.

Antistrophe II.

Il serait lamentable que des vierges, avant la solennité des noces, fussent entraînées loin de la demeure. En effet, la mort serait une destinée plus heureuse; car une ville saccagée souffre d'innombrables maux. On entraîne, on tue, on allume l'incendie; toute la ville est infectée de fumée; Arès, le dompteur de peuples, furieux, étouffe la pitié.

Strophe III.

La Ville retentit de confuses clameurs; la multitude ennemie l'enveloppe d'une muraille hérissée. L'homme est tué par l'homme avec la lance. Les vagissements des enfants à la mamelle et tout sanglants retentissent. Voici les rapines, compagnes des tumultes. Celui qui va piller se heurte à celui qui a pillé; ceux qui n'ont rien encore s'appellent les uns les autres; aucun ne veut la moindre part, mais tous veulent la plus grande portion de la proie. Qui pourrait tout raconter?

Antistrophe III.

Toutes sortes de fruits épars sur la terre pénètrent de douleur qui les rencontre. Spectacle amer pour les intendantes! Les innombrables présents de la terre sont emportés par les eaux fangeuses. Les jeunes filles, brusquement assaillies par un malheur nouveau pour elles, seront les misérables esclaves d'un guerrier heureux, d'un ennemi! Et la seule espérance qui leur reste est de s'engloutir dans la ténébreuse mort qui met fin aux lamentables misères.

PREMIER DEMI-CHŒUR.

Amies! cet éclaireur, je pense, nous apporte quelque nouvelle de l'armée ennemie. Il accourt en grande hâte.

SECOND DEMI-CHŒUR.

Le Roi lui-même, le fils d'Oidipous approche, afin d'apprendre la nouvelle du messager. Comme ce dernier, il hâte sa marche.

L'ÉCLAIREUR.

Bien instruit, je dirai clairement ce que l'ennemi prépare, et chacun de ceux que le sort a marqués pour attaquer les portes. Déjà Tydeus frémit de colère à la porte Proitide, car le divinateur défend de passer le fleuve Ismènos, les signes sacrés n'étant pas propices. Et Tydeus, furieux et avide du combat, tel qu'un dragon sous les ardeurs de midi, pousse des cris et outrage le prudent divinateur Oikléidès, lui reprochant de fuir lâchement la mort et le combat. En criant ainsi, il secoue les épaisses aigrettes, crinière de son casque; et les clochettes d'airain qui pendent de son bouclier sonnent la terreur. Il porte sur ce bouclier un emblème orgueilleux, l'Ouranos resplendissant d'astres; et, au centre, Sélènè, éclatante et pleine, reine des étoiles, œil de la nuit, rayonne. Furieux, et fier de ses armes magnifiques, il pousse des clameurs sur les rives du fleuve, avide du combat, comme l'étalon, haletant contre le frein, qui s'emporte, désirant le son de la trompette. Qui lui opposeras-tu? Qui défendra la porte de Proitos, les barrières une fois rompues, et aura la force de le contenir?

ÉTÉOKLÈS.

Je ne redoute point des ornements guerriers. Les emblèmes ne font pas de blessures, les aigrettes et les clochettes ne mordent point sans la lance. Cette Nuit, que tu dis être ciselée sur le bouclier et qui resplendit des astres de l'Ouranos, est peut-être un signe fatal pour cet homme. Si la nuit tombe sur ses yeux mourants, cet emblème orgueilleux aura été pour qui le porte un présage véritable et certain, et il aura prédit lui-même le terme de son insolence. Moi, j'opposerai à Tydeus, comme défenseur de la porte, le brave fils d'Astakos, issu d'une race illustre, thrône du devoir, qui hait les paroles impudentes, qui méprise la honte et n'a point coutume d'être un lâche. Mélanippos, enfant de cette terre, est issu des guerriers nés des Dents semées, de ceux qu'Arès épargna. Arès décidera du combat par ses dés; mais il est juste que Mélanippos détourne la lance ennemie du sein de la mère qui l'a conçu.

LE CHŒUR DES VIERGES.

Strophe I.

Que les Dieux donnent la victoire à notre défenseur, à celui qui combat pour la Ville et pour le droit! Mais je crains de voir l'égorgement sanglant de nos amis.

L'ÉCLAIREUR.

Certes, que les Dieux lui accordent de vaincre heureusement! Kapaneus a été marqué par le sort pour la porte d'Élektra. C'est un autre géant, plus grand que le premier, et son insolence n'est pas d'un homme. Il lance contre nos murailles des menaces horribles. Puisse la destinée ne pas les accomplir! Il dit qu'il renversera Thèba, que les Dieux y consentent ou non. La foudre de Zeus, tombant sur la terre, ne l'arrêterait pas. Il compare les éclairs et les coups de foudre aux chaleurs de midi. Il porte pour emblème un homme nu, un pyrophore, qui tient à la main une torche flamboyante, et qui crie en lettres d'or : Je brûlerai la Ville! Envoie contre ce guerrier... Mais qui marchera contre lui? Qui aura l'intrépidité d'affronter cet homme orgueilleux?

ÉTÉOKLÈS.

En face de cette insolence, l'avantage est pour nous. La langue est la vraie révélatrice des pensées impudentes des hommes. Kapaneus menace et se prépare à exécuter ses menaces; il méprise les Dieux, et, bien que mortel, dans son orgueil insensé, il crie ses outrages à Zeus, dans l'Ouranos. Je suis certain que la foudre va se ruer sur lui, et, certes, elle n'est point semblable aux chaleurs de Hèlios, à midi. Un guerrier lui sera opposé, le vigoureux Polyphontès, trop avare de paroles, mais irréprochable rempart, et à qui sont propices la bienveillante Artémis et tous les autres Dieux. Dis-moi celui que le sort a marqué pour une autre porte.

LE CHŒUR DES VIERGES.

Antistrophe I.

Qu'il meure, celui qui menace la Ville de ces maux terribles ! Que le trait de la foudre le perce avant qu'il se rue dans nos demeures et que sa lance orgueilleuse nous ait chassées de nos chambres virginales !

L'ÉCLAIREUR.

Je dirai celui que le sort a marqué pour les portes. Le troisième sort est tombé sur Étéoklos, du casque d'airain renversé, afin qu'il mène sa troupe à la porte Nèitide. Il contient ses chevaux écumants sous les freins et qui veulent se ruer sur les portes. Les muselières sifflent avec un bruit sauvage, emplies des souffles furieux qui sortent de leurs naseaux. Son bouclier n'est pas orné d'un emblème vulgaire : un hoplite monte les degrés d'une échelle pour renverser une tour ennemie, et il crie ces paroles gravées : Arès lui-même ne me repousserait pas de ces murailles ! — Envoie contre ce guerrier quelqu'un qui réponde à notre confiance et qui sauve notre Ville du joug de la servitude

ÉTÉOKLÈS.

J'enverrai celui-ci, mais non sans confiance en sa fortune : Mégareus, fils de Kréôn, de la race des Dents semées, et qui ne se fera pas précéder de paroles impudentes. Il ne reculera pas, épouvanté par le souffle furieux des chevaux. Il mourra en payant ce qu'il doit à la terre qui l'a nourri, ou il suspendra dans la demeure de son père les dépouilles enlevées à Étéoklos, l'image et la ville du bouclier. A un autre ! ne crains pas de tout me dire.

LE CHŒUR DES VIERGES.

Strophe II.

Je supplie les Dieux que ce défenseur de notre foyer triomphe aussi, et qu'il arrive malheur à nos ennemis. Dans un esprit furieux ils se ruent contre la Ville avec des cris insensés, mais que Zeus vengeur les regarde dans sa colère !

L'ÉCLAIREUR.

Le quatrième, qui tient la porte voisine, celle d'Ogka Athènè, est Hippomédôn, doué d'une haute stature, et il marche en criant. J'ai été effrayé de le voir, faisant tournoyer, comme une aire immense, l'orbe de son bouclier, et je parle avec vérité. Ce n'est point un ciseleur inhabile qui a gravé cette œuvre sur le bouclier : Typhôn soufflant de sa bouche qui vomit le feu une noire fumée, sœur aux mille couleurs de la flamme. La cavité du bouclier creux est entourée de nœuds de serpents entrelacés. Et le guerrier crie, plein de la fureur d'Arès, et il est ivre du combat comme une Thyias, et l'épouvante le précède. Je crois que le choc de ce guerrier est à redouter, et déjà la terreur en tumulte est aux portes.

ÉTÉOKLÈS.

Avant tout Ogka Pallas est dans la ville basse, auprès de la porte. Elle hait l'insolence de ce guerrier, et elle chassera le Dragon horrible loin de ses enfants. Hyperbios, le brave fils d'Oinops, a été choisi par moi pour lutter contre l'homme, et il désire savoir quelle sera sa destinée en une telle rencontre. Il est irréprochable par la stature, le courage et les armes. Hermès les a mis face à face. Les deux guerriers combattront l'un contre l'autre, ainsi que les Dieux ennemis qui sont sur les boucliers. L'un possède Typhôn, qui vomit le feu; mais le Père Zeus se tient debout sur le bouclier de Hyperbios, tenant en main le trait flamboyant. Jamais quelqu'un a-t-il vu Zeus vaincu? L'amitié des Daimones est ainsi partagée : nous sommes avec les vainqueurs, eux avec les vaincus, s'il est vrai que Zeus l'emporte sur Typhôn dans le combat. Telle sera donc la fortune des deux guerriers ennemis, et Zeus, dont l'image est sur le bouclier, sera le sauveur de Hyperbios.

LE CHŒUR DES VIERGES.

Antistrophe II.

J'ai confiance que celui qui porte sur son bouclier l'image du Daimôn souterrain, de l'ennemi détesté de Zeus, cette image haïe des vivants et des Dieux aux longs jours, tombera, la tête la première, devant nos portes.

L'ÉCLAIREUR.

Qu'il en soit ainsi! Je dirai maintenant le cinquième, celui qui se tient à la cinquième porte, auprès du tombeau d'Amphiôn, fils de Zeus. Il jure, par la lance qu'il a en main, et qui est, assure-t-il, plus vénérable pour lui qu'un Dieu et plus chère à ses yeux, qu'il saccagera la ville des Kadméiones, malgré Zeus. C'est le fils au beau visage d'une mère montagnarde, un enfant-homme qui pousse ces clameurs. Un duvet de poils naissants, que multiplie la séve de l'âge, fleurit sur ses joues. Il marche, l'esprit furieux, l'œil farouche, et n'ayant des vierges que le nom ; et ce n'est pas sans menaces qu'il s'approche de la porte. Sur son bouclier d'airain, abri sphérique de son corps, il porte, attachée par des clous, le fléau de la Ville, la Sphinx mangeuse de chair crue, image brillante et ciselée. Sous elle, le monstre tient un homme, un des Kadméiones, de sorte que les coups nombreux portent sur lui. Et il n'est pas venu pour se dérober au combat, et il n'a point fait un long chemin pour être déshonoré, Parthénopaios l'Arkadien ! Tel est le guerrier qui, accueilli parmi les Argiens, leur paye le prix des soins reçus dans Argos, en menaçant nos murailles. Puisse un Dieu ne pas les accomplir !

ÉTÉOKLÈS.

Certes, si les Dieux accomplissaient les menaces impies que méditent nos ennemis, certes, nos murs périraient bientôt jusqu'aux fondements; mais à celui-ci, que tu dis être un Arcadien, j'opposerai un homme qui ne sait point se vanter, mais qui agit, Aktôr, frère de Hyperbios, qui ne permettra point que sans combat l'injure se rue au dedans de nos portes et accroisse nos maux, ni qu'il entre ici, celui qui porte sur son bouclier l'image de la Bête féroce, du plus odieux des monstres. Cette image accusera elle-même celui qui l'aura apportée du dehors, quand elle recevra d'innombrables coups aux pieds de nos murailles. Puissent les Dieux accomplir mon augure!

LE CHŒUR DES VIERGES.

Strophe III.

Les cris entrent dans mon cœur, et mes cheveux se hérissent lorsque j'entends les bruyantes menaces de ces hommes impiès et hurlants. Puissent les Dieux les engloutir dans cette terre!

L'ÉCLAIREUR.

Je dirai le sixième, homme très-sage et très-brave, un divinateur, le vigoureux Amphiaraos. Il a été marqué pour la porte Homolôis; et il accable souvent de paroles injurieuses le robuste Tydeus, tueur d'hommes, perturbateur de sa ville, source de tous les maux pour Argos, évocateur d'Érinnys, ministre du meurtre et conseiller de malheur pour Adrastos. Puis, tournant les yeux vers ton malheureux frère, le robuste Polyneikès, il le nomme en partageant son nom en deux parties, et il dit ces paroles : -- C'est un travail agréable aux Dieux, bon à raconter pour qu'il soit connu de nos descendants, que de dévaster, par l'envahissement d'une armée étrangère, sa ville natale et les Dieux de sa patrie! Comment expier le sang répandu de sa mère ? Comment ta patrie, soumise par ta violence, te sera-t-elle attachée jamais ? Moi, à la vérité, j'engraisserai cette terre de mon sang, divinateur enseveli dans un sol ennemi. Nous combattrons, et j'espère que ma mort ne sera pas honteuse. — Ainsi parle le Divinateur, en agitant son bouclier d'airain d'une rondeur parfaite et qui ne porte aucun emblème dans le cercle. En effet, il ne veut point paraître le meilleur, mais il veut l'être. Les sages desseins naissent comme une moisson des profonds sillons de son âme. Je te conseille de lui opposer des adversaires sages et vigilants. Il est à redouter, celui qui craint les Dieux.

ÉTÉOKLÈS.

C'est une mauvaise destinée que celle qui a fait d'un homme juste le compagnon d'hommes pervers. La pire des choses est d'avoir de mauvais compagnons; on n'en recueille point de fruits, car le champ d'Atè n'en a point d'autres que la mort. En effet, quand un homme pieux monte sur une nef avec de vils matelots capables de tout oser, il périt avec cette race d'hommes impies; ou, quand un homme juste vit au milieu de citoyens inhospitaliers et oubliant les Dieux, il est enveloppé, innocent, dans le même filet, et il tombe, frappé comme le reste, sous le fouet d'un Dieu. Tel ce divinateur, fils d'Oikleus, homme prudent, juste, brave et pieux, et grand prophète, a été mêlé contre son gré à ces hommes impies et injurieux; mais quand ils reprendront leur longue route, il fuira aussi, et, par la volonté de Zeus, il sera entraîné comme eux. Mais j'espère qu'il n'assiégera point nos portes, non par lâcheté, mais sachant qu'il doit périr dans le combat, si les oracles de Loxias sont véridiques. Or, ils ont coutume de se taire ou de dire vrai. Cependant, je lui opposerai un portier inhospitalier, le robuste Lasthénès, vieux par la prudence, bien qu'ayant toute la vigueur de la jeunesse. Son œil est prompt et sa main ne tarde pas à frapper de la lance l'endroit découvert par le bouclier. Mais c'est un don des Dieux que le succès des vivants!

LE CHŒUR DES VIERGES.

Antistrophe III.

Dieux! entendez nos justes prières, faites que la Ville soit victorieuse, et détournez sur nos ennemis les maux que la lance nous apporte. Que Zeus, les ayant rejetés hors des murailles, les anéantisse de sa foudre!

L'ÉCLAIREUR.

Je dirai le septième, celui qui se tient devant la septième porte, ton propre frère, qui jette ses imprécations et ses vœux contre la Ville. Il veut, ayant pénétré dans nos murailles, proclamé par le héraut, chanter le Paian de la destruction, courir sur toi, et, après t'avoir tué, tomber sur ton cadavre; ou, si tu survis au combat, t'infliger l'ignominie de l'exil, dont tu l'as frappé toi-même en le chassant de cette terre. Telles sont les clameurs du robuste Polyneikès. Il invoque tous les Dieux de la patrie, afin qu'ils le vengent en accomplissant tous ses vœux. Il porte un riche bouclier récemment fait. Un double emblème y est figuré : un homme en or, d'un aspect guerrier, que précède une femme majestueuse. Elle dit, selon les paroles inscrites, qu'elle est la Justice : — Je ramènerai cet homme et lui rendrai sa ville, et il commandera dans la demeure paternelle. — C'est ainsi qu'ils sont tous rangés. Vois qui tu opposeras à celui-ci. Tu n'auras point à me reprocher des rapports infidèles. Maintenant, c'est à toi de gouverner la Ville.

ÉTÉOKLÈS.

O race lamentable d'Oidipous, en horreur aux Dieux et frappée de démence par eux! hélas! voici que les malédictions de mon père s'accomplissent! Mais il ne faut ni pleurer, ni gémir, ni exciter des gémissements insupportables. Nous saurons bientôt, ô Polyneikès le bien nommé, ce que fera cet emblème, et si ces lettres d'or, orgueilleusement gravées sur ton bouclier et signe de ta démence, te ramèneront ici. Certes, si la fille de Zeus, la vierge Justice, assistait cet homme de ses conseils et de ses actes, il réussirait aisément; mais, ni quand il quitta l'obscure matrice, ni enfant, ni adolescent, ni quand ses joues eurent été couvertes d'une barbe épaisse, jamais la Justice ne l'a regardé, ni jugé digne d'elle; et ce n'est pas aujourd'hui qu'elle lui viendra en aide pour le malheur de la patrie. Certes, elle serait nommée d'un faux nom, la Justice, si elle venait en aide à un homme qui ose tout. Aussi, avec confiance, combattrai-je moi-même contre lui. Qui donc a plus droit d'agir ainsi? Je combattrai, ennemi contre ennemi, roi contre roi, frère contre frère. Allons, qu'on m'apporte promptement mes knèmides, ma lance et ce qu'il faut pour m'abriter des pierres!

LE CHŒUR DES VIERGES.

O le plus cher des hommes, fils d'Oidipous, ne sois

pas semblable à cet homme qui parle si honteusement! C'est assez que les Kadméiones combattent contre les Argiens. Ce sang peut s'expier; mais le meurtre mutuel de deux frères, aucun temps ne peut effacer ce crime.

ÉTÉOKLÈS.

Qu'on supporte le malheur sans la honte, soit! car la délivrance en est dans la mort; mais que penserais-tu de ceux qui subiraient à la fois la honte et le malheur?

LE CHŒUR DES VIERGES.

Strophe I.

A quoi songes-tu, enfant? Prends garde que l'aveugle colère, la fureur du combat, ne t'entraîne. Étouffe tout d'abord un désir fatal.

ÉTÉOKLÈS.

Certes, un Dieu pousse les choses à cette fin. Que la race de Laios, odieuse à Phoibos, descende donc tout entière, emportée par les vents, vers les flots du Kôkytos!

LE CHŒUR DES VIERGES.

Antistrophe I.

Un féroce désir t'entraîne aux fruits amers du meurtre, à l'effusion d'un sang qu'il est défendu de répandre.

ÉTÉOKLÈS.

La fatale Imprécation de mon cher père veut être accomplie. Elle me presse, les yeux secs de larmes, de songer à la vengeance bien plus qu'à la mort.

LE CHŒUR DES VIERGES.

Strophe II.

Ne hâte point la tienne. Tu ne seras point appelé lâche pour avoir sagement sauvé ta vie. La noire et tempétueuse Érinnys n'entrera point dans ta demeure, si les Dieux acceptent un sacrifice de tes mains.

ÉTÉOKLÈS.

Les Dieux nous ont oubliés depuis longtemps. Ils ne demandent que notre mort. Pourquoi donc flatter lâchement l'inévitable fin?

LE CHŒUR DES VIERGES.

Antistrophe II.

Certes, maintenant, un Daimôn te presse; mais un Dieu peut changer de dessein et faire souffler un vent plus favorable. Maintenant, à la vérité, c'est une tempête.

ÉTÉOKLÈS.

Les imprécations d'Oidipous forment cette tempête. Elles n'étaient que trop véridiques, ces images de mes visions nocturnes, spectres qui partageaient les biens paternels.

LE CHŒUR DES VIERGES.

Écoute les femmes, bien que tu ne les aimes pas.

ÉTÉOKLÈS.

Dites ce que vous désirez, mais brièvement.

LE CHŒUR DES VIERGES.

Ne te rends pas à la septième porte.

ÉTÉOKLÈS.

Je suis aiguisé, tes paroles ne m'émousseront pas.

LE CHŒUR DES VIERGES.

Les Dieux sont avec les victorieux, même lâches

ÉTÉOKLÈS.

Il ne convient pas que ceci soit dit à un hoplite.

LE CHŒUR DES VIERGES.

Mais tu veux verser le sang de ton frère!

ÉTÉOKLÈS.

Avec l'aide des Dieux, il n'évitera point la mort.

LE CHŒUR DES VIERGES.

Strophe I.

Je suis saisie d'horreur. La Déesse destructrice de la famille, dissemblable aux Dieux, véridique prophétesse de malheur, l'Érinnys invoquée par l'imprécation du père accomplit les exécrations furieuses d'Oidipous, frappé de démence. Afin de perdre les fils, la discorde précipite les choses.

Antistrophe I.

Le barbare Khalybs, envoyé des Skythes, le farouche partageur des biens, le Fer cruel leur dispensera la part de terre qui suffit aux morts, car ils n'auront rien de leurs vastes champs.

Strophe II.

Quand ils se seront égorgés l'un l'autre, et quand la poussière aura bu le sang noir du meurtre, qui offrira l'expiation? Qui les lavera? O calamités nouvelles ajoutées aux antiques calamités de cette race!

Antistrophe II.

En effet, il est ancien, ce crime promptement puni, mais qui reste attaché à la troisième génération, cette faute de Laios commise malgré Apollôn qui lui avait ordonné trois fois, par les oracles Pythiques, là où est le nombril de la terre, de mourir sans enfants et de sauver la Ville.

Strophe III.

Mais, entraîné par des amis insensés, il engendra sa propre mort, le parricide Oidipous qui féconda incestueusement le sein qui l'avait nourri et engendra aussi une race sanglante. La démence unit ces époux insensés

Antistrophe III.

C'est une mer roulant ses flots de calamités. L'un tombe, l'autre monte trois fois plus haut et gronde autour de la poupe de la Ville, et il n'y a contre lui d'autre abri pour nous que d'étroites murailles. Je tremble que la Ville périsse avec ses rois.

Strophe IV.

Elles accourent les catastrophes des antiques exécrations. La dernière tempête se lève, et elle ne passera point que les richesses trop lourdes des marchands ne soient jetées hors de la nef.

Antistrophe IV.

Qui d'entre les hommes fut plus honoré qu'Oidipous par les Dieux, les citoyens et la multitude des vivants, quand il eut délivré cette terre de la Sphinx, fléau des mortels?

Strophe V.

Mais dès qu'il eut appris, le malheureux! que ses noces étaient incestueuses, saisi de désespoir et de fureur, il commit un double malheur. De cette main qui avait tué son père, il s'arracha les yeux qui nous sont plus chers que nos enfants.

Antistrophe V.

Plein de colère, il lança des imprécations terribles contre ses enfants, et il souhaita qu'ils partageassent ses biens à main armée. Certes, je tremble que la rapide Érinnys n'accomplisse ses vœux.

LE MESSAGER.

Reprenez courage, enfants nourries par vos mères. Cette Ville est sauvée du joug de la servitude. Les menaces orgueilleuses de ces hommes farouches sont tombées; la Ville est tranquille, et la nef a résisté aux coups multipliés des flots. Nos murailles nous protégent et nous avons fortifié nos portes de guerriers irréprochables. A six d'entre elles nous l'avons emporté, mais, à la septième, le roi Apollôn, le vénérable, a puni, sur la race d'Oidipous, l'antique faute de Laios.

LE CHŒUR DES VIERGES.

Quel nouveau malheur est tombé sur la Ville?

LE MESSAGER.

La Ville est sauvée, mais les rois nés du même inceste...

LE CHŒUR DES VIERGES.

Quoi! que dis-tu? Je suis saisie de terreur à tes paroles.

LE MESSAGER.

Écoute avec calme. Les fils d'Oidipous. .

LE CHŒUR DES VIERGES.

O malheureuse! je prévois le malheur que tu vas m'annoncer!

LE MESSAGER.

Ils sont tombés tous deux morts.

LE CHŒUR DES VIERGES.

Ils en sont venus là! Chose horrible! Achève.

LE MESSAGER.

La terre a bu leur sang versé par un meurtre mutuel

LE CHŒUR DES VIERGES.

Ainsi, ils se sont égorgés de leurs mains fraternelles!

LE MESSAGER.

Certes, tous deux sont morts.

LE CHŒUR DES VIERGES.

Le même Daimôn les a frappés à la fois!

LE MESSAGER.

Un même destin a détruit la malheureuse race d'Oidipous. Il faut en gémir et s'en réjouir, car la Ville est sauvée; mais les chefs, les deux princes, avec le fer skythique forgé par le marteau, ont fait le partage des biens paternels. Ils en posséderont tout ce qui suffira pour leur sépulture, poussés à leur ruine par les terribles exécrations de leur père. La Ville est sauvée; mais, par un meurtre mutuel, la terre a bu le sang des Rois qu'un même père a engendrés.

LE CHŒUR DES VIERGES.

Strophe I.

O grand Zeus! Et vous, Dieux protecteurs de la Ville, qui gardez la citadelle de Kadmos, dois-je me réjouir et glorifier le sauveur de la Ville?

Antistrophe I.

Ou pleurerai-je les lamentables chefs de guerre morts sans enfants, et qui, selon le sens véridique de leur nom, ont péri par leur impiété?

Strophe II.

O noire et infaillible Imprécation sur la race d'Oidipous ! Un froid terrible envahit ma poitrine. Préparons pour la tombe le chant des Thyades, puisque j'ai vu les morts sanglants misérablement tués ! Certes, leurs armes se sont rencontrées sous un présage funèbre !

Antistrophe II.

L'exécration de leur père les a poursuivis inexorablement jusqu'à la fin. La faute de Laios qui n'obéit point à l'oracle, a eu son effet, et au delà. Mon inquiétude pour la Ville était juste ; les oracles ne m'ont point menti. O vous, très-déplorables, vous avez commis ce crime incroyable ! Cette horrible calamité n'existe plus seulement en paroles !

Épôde.

Tout cela est vrai ! Voici sous nos yeux ce qu'avait raconté le messager. Double angoisse, double meurtre de deux hommes qui se sont tués l'un l'autre, calamité accomplie d'une double destinée mauvaise ! Que dirai-je ? si ce n'est que le malheur a suivi le malheur dans cette famille. O amies, avec le vent des lamentations, agitez vos mains autour de vos têtes et faites le bruit des rames qui, sur l'Akhérôn, poussent la Théôris à voile noire ignorée d'Apollôn et de Hèlios vers la terre sombre qui contient tous les mortels. En effet, voici Antigonè et Ismènè qui viennent pour ce devoir lugubre. Je pense que, du fond de leur cœur aimant, elles vont exhaler, dans leur juste douleur, un chant funèbre pour leurs frères morts. Mais il convient que nous chantions lugubrement avant elles l'hymne terrible d'Érinnys, et que le Paian odieux soit entendu de Aidès.

PREMIER DEMI-CHŒUR.

Hélas ! ô très-malheureuses sœurs entre toutes celles qui ceignent leurs robes ! Je verse des larmes, je gémis, et je n'ai nul besoin de feindre des plaintes.

SECOND DEMI-CHŒUR.

Strophe I.

Hélas ! insensés ! sourds à la voix de vos amis, insatiables de maux, qui avez voulu par la violence et le combat, ô malheureux, vous saisir de la demeure paternelle !

PREMIER DEMI-CHŒUR.

Malheureux, sans doute, eux qui, par leur double meurtre, ont achevé la ruine de leur maison !

SECOND DEMI-CHŒUR.

Antistrophe I.

Hélas ! hélas, vous qui avez renversé la demeure paternelle, qui n'avez songé, chacun, qu'à votre propre monarchie, c'est le fer qui vous a conciliés !

PREMIER DEMI-CHŒUR.

Certes, la puissante Érinnys vient d'accomplir l'imprécation d'Oidipous.

SECOND DEMI-CHŒUR.

Strophe II.

Percés à travers le cœur et les flancs fraternels! hélas! frappés par un Daimôn ennemi! Hélas! O malédictions d'un égorgement mutuel!

PREMIER DEMI-CHŒUR.

La blessure a traversé la poitrine; ils ont été frappés dans leur race et dans leurs corps. Ineffable fureur! Destinée terrible suscitée par les exécrations d'un père!

SECOND DEMI-CHŒUR.

Antistrophe II.

Les gémissements ont pénétré dans la Ville. Les murailles gémissent, et toute cette terre amie des hommes! Elles resteront à d'autres, ces richesses pour lesquelles ils ont souffert et qui ont amené leur querelle et leur mort.

PREMIER DEMI-CHŒUR.

Les biens ont été partagés entre ces furieux, et chacun en a eu sa part égale; mais leurs amis blâment le Dispensateur; Arès ne me plaît pas.

SECOND DEMI-CHŒUR.

Strophe III.

Tous deux sont couchés, frappés par le fer. Frappés

par le fer, ils ont chacun leur part. Laquelle? diras-tu. Une place au tombeau de leurs ancêtres!

PREMIER DEMI-CHŒUR.

Une grande lamentation monte vers eux dans la demeure et déchire ma poitrine; et, songeant à tant de misères, je gémis sur moi et sur leurs malheurs, et je verse de vraies larmes de mon cœur qui se consume en pleurant ces deux Rois.

SECOND DEMI-CHŒUR.

Antistrophe III.

Mais il faut parler de ces frères malheureux et des maux innombrables dont les citoyens ont été accablés par eux, et du carnage de tant de guerriers étrangers.

PREMIER DEMI-CHŒUR.

Entre toutes celles qui ont conçu, malheureuse la mère qui les a enfantés! Elle eut son fils pour époux et elle conçut ceux-ci qui viennent d'expirer, égorgés de leurs mains fraternelles.

SECOND DEMI-CHŒUR.

Strophe IV.

Certes, leurs mains fraternelles ont commis ce meurtre horrible! Une discorde furieuse a terminé ainsi leur querelle.

PREMIER DEMI-CHŒUR.

Leurs haines se sont apaisées, leurs vies se sont mêlées sur la-terre tachée de leur sang. Certes, ils sont maintenant du même sang! C'est un amer conciliateur, cet étranger d'outre-mer, sorti du feu, le Fer aigu! C'est un amer partageur de biens, Arès, qui vient d'accomplir la malédiction paternelle!

SECOND DEMI-CHŒUR.

Antistrophe IV.

O malheureux! chacun d'eux a sa part des maux envoyés par Zeus. Ils auront sous leurs corps les vastes domaines de la terre.

PREMIER DEMI-CHŒUR.

Hélas! cette demeure est fleurie d'innombrables douleurs! Les Imprécations victorieuses ont poussé leur cri terrible, en chassant toute une race devant elles. Le trophée d'Atè est dressé à la porte où ils sont tombés, et le Daimôn, les ayant domptés, se repose!

ANTIGONÈ.

Frappé, tu as frappé!

ISMÈNÈ.

Tu as tué et tu as été tué!

ANTIGONÈ.

Tu as tué par la lance !

ISMÈNÈ.

Tu as été tué par la lance !

ANTIGONÈ.

Malheureux !

ISMÈNÈ.

Malheureux !

ANTIGONÈ.

Allez, mes larmes !

ISMÈNÈ.

Allez, mes gémissements !

ANTIGONÈ.

Tu es mort !

ISMÈNÈ.

Après avoir tué !

ANTIGONÈ.

Strophe.

Hélas ! mon esprit est égaré de douleur !

ISMÈNÈ.

Mon cœur gémit en moi-même.

ANTIGONÈ.

Hélas, hélas! que tu es à plaindre!

ISMÈNÈ.

Mais toi, malheureux entre tous!

ANTIGONÈ.

Tu as péri par un frère.

ISMÈNÈ.

Tu as tué un frère!

ANTIGONÈ.

Choses lamentables à dire!

ISMÈNÈ.

Choses lamentables à voir!

ANTIGONÈ.

Et nous sommes témoins de tels maux!

ISMÈNÈ.

Des sœurs près de leurs frères!

LE CHŒUR DES VIERGES.

O Moire, lamentable dispensatrice des douleurs terribles, Ombre vénérable d'Oidipous, noire Érinnys, certes tu es toute-puissante !

ANTIGONÈ.

Antistrophe.

O malheurs horribles à voir !

ISMÈNÈ.

Je le vois ainsi, revenant d'exil !

ANTIGONÈ.

Il n'a point échappé, il a tué !

ISMÈNÈ.

De retour, il a perdu la vie !

ANTIGONÈ.

Certes, il l'a perdue.

ISMÈNÈ.

Et il a privé son frère de la vie !

ANTIGONÈ

Misérable race !

ISMÈNÈ.

Accablée de tant de maux !

ANTIGONÈ.

Double malheur lamentable de deux frères !

ISMÈNÈ.

Maux violents et lamentables !

ANTIGONÈ.

Tristes à dire !

ISMÈNÈ.

Tristes à voir !

LE CHŒUR DES VIERGES.

O Moire, lamentable dispensatrice des douleurs terribles, Ombre vénérable d'Oidipous, noire Érinnys, certes, tu es toute-puissante !

ANTIGONÈ.

Toi, tu l'as connue en subissant cette destinée.

ISMÈNÈ.

Toi, plus tard, tu l'as éprouvée.

ANTIGONÈ.

Quand tu revins dans la Ville.

ISMÈNÈ.

Armé de la lance contre lui !

ANTIGONÈ.

Choses lamentables à dire!

ISMÈNÈ

Lamentables à voir!

ANTIGONÈ.

O malheur!

ISMÈNÈ.

O misère!

ANTIGONÈ.

De notre race et de cette terre!

ISMÈNÈ.

Pour moi, avant tous!

ANTIGONÈ.

Hélas! pour moi plus encore!

ISMÈNÈ.

Hélas! Cause de ces maux lamentables, Roi Etéoklès!

ANTIGONÈ.

O les plus malheureux et les plus insensés de tous les hommes!

ISMÈNÈ.

Hélas! où les ensevelir?

ANTIGONÈ.

Hélas! au lieu le plus honorable.

ISMÈNÈ.

Hélas! leur misère sera réunie à leur père.

LE HÉRAUT.

Il me faut annoncer ce qu'ont voulu et décrété les chefs du peuple de cette ville de Kadmos. Il leur plaît qu'Étéoklès, à cause de son amour pour la patrie, soit enseveli dans cette terre vénérée. Il a reçu la mort en repoussant l'ennemi de la Ville. Irréprochablement dévoué aux Dieux de ses pères, il est tombé là où il est beau aux jeunes hommes de tomber. Voilà ce qu'on m'a ordonné de vous dire. Maintenant, il leur plaît que le cadavre de son frère Polyneikès soit jeté hors la Ville, sans sépulture et livré aux chiens, car il eût dévasté la terre des Kadméiones si un Dieu ne se fût opposé à sa lance. Mort, il gardera cette souillure. Malgré les Dieux paternels, il leur a fait cet outrage d'avoir voulu s'emparer de la Ville en menant contre elle une armée étrangère. C'est pourquoi, en châtiment de son crime, les oiseaux carnassiers seront son immonde tombeau. Il n'y aura point de libations versées sur ses cendres, ni gémissements, ni lamentations sacrées, et il sera privé du cortége de ses amis, ce funèbre honneur. Telle est la volonté des chefs Kadméiones.

ANTIGONÈ.

Et moi, je dis aux chefs des Kadméiones : Si aucun ne veut l'ensevelir avec moi, seule je le ferai et braverai tout le danger. Il ne m'est point honteux d'ensevelir mon frère et d'enfreindre en ceci la volonté de la Ville. Le sang dont nous sommes nés tous deux a une grande force, enfants d'une mère malheureuse et d'un père malheureux. C'est pourquoi mon âme veut rester fidèle à ce malheur, et, vivante, je serai la sœur de ce mort. Les loups affamés ne dévoreront pas sa chair. Que nul ne le pense. Moi-même, bien que femme, je creuserai sa tombe, et je le couvrirai de la poussière apportée dans un pli de mon voile de lin. Que nul ne me blâme en ceci. J'aurai le courage d'agir et d'achever mon action.

LE HÉRAUT.

Je t'avertis de ne point agir contre la volonté des citoyens.

ANTIGONÈ.

Je t'avertis de ne point me donner de vains conseils.

LE HÉRAUT.

Un peuple qui vient d'échapper à la ruine est sévère.

ANTIGONÈ.

Sévère, soit! Je ne laisserai pas mon frère sans sépulture.

LE HÉRAUT.

Tu honoreras, en l'ensevelissant, celui qui est odieux à la Ville?

ANTIGONÈ.

Cependant les Dieux ne l'ont pas privé d'honneurs.

LE HÉRAUT.

Non, tant qu'il n'a point mis cette terre en danger.

ANTIGONÈ.

Il a rendu le mal pour le mal.

LE HÉRAUT.

Il a combattu contre tous pour se venger d'un seul.

ANTIGONÈ.

La divine Éris parle toujours la dernière. Moi, j'ensevelirai celui-ci. N'en dis pas davantage.

LE HÉRAUT.

Agis comme il te convient. Moi, je t'ai avertie.

LE CHŒUR DES VIERGES.

Hélas, hélas! ô terribles Kères Érinnyes, destructrices des races, qui avez renversé jusque dans ses fondements la maison d'Oidipous! Que va-t-il m'arriver? Que ferai-je? Quel parti prendre? Comment me résoudrai-je à ne point te pleurer, ô Polyneikès, et à ne point t'accompagner jusqu'au tombeau? Mais je crains et je m'arrête devant le terrible arrêt des citoyens.

PREMIER DEMI-CHŒUR.

Pour toi, ô Étéoklès, beaucoup te pleureront; mais lui, le malheureux! nul ne gémira sur lui, et il n'aura que les seules larmes funèbres de sa sœur! Qui pourrait se résigner à ces choses?

SECOND DEMI-CHŒUR.

Que la Ville punisse ou ne punisse point ceux qui pleureront Polyneikès, nous, nous irons, avec la seule Antigonè, nous formerons son cortége funèbre, nous l'ensevelirons! En effet, ceci est un deuil commun à tous les Kadméiones, et parfois la Ville a varié dans sa justice.

PREMIER DEMI-CHŒUR.

Nous, nous suivrons celui-ci, comme la Ville et la

justice nous le commandent. Après les Dieux heureux, après la Puissance de Zeus, c'est Étéoklès qui a préservé la Ville des Kadméiones d'être renversée et envahie par les flots d'hommes étrangers.

Fin des Sept contre Thèba.

IV

AGAMEMNÔN

IV

AGAMEMNÔN

Agamemnôn.
Aigisthos.
Talthybios.
Le Veilleur.
Klytaimnestra.
Kasandra.
Le Chœur des Vieillards.

LE VEILLEUR.

Je prie les Dieux de m'affranchir de ces fatigues, de cette veille sans fin que je prolonge toute l'année, comme un chien, au plus haut faîte du toit des Atréides, regardant l'assemblée des Astres nocturnes qui apportent aux vivants l'hiver et l'été, Dynastes éclatants qui rayonnent dans l'Aithèr, et qui se lèvent et se couchent devant moi. Et, maintenant, j'épie le signal de la torche, la splendeur du feu qui doit annoncer, de Troia, que la ville est prise. En effet, voilà ce que le cœur de la femme impérieuse commande et désire. Ici et là, pendant la nuit, sur mon lit mouillé par la rosée et que ne hantent point les songes, l'inquiétude me tient éveillé, et je tremble que le sommeil ferme mes paupières. Parfois, je me mets à chanter ou à fredonner, cherchant ainsi un moyen de ne point dormir, et je gémis sur les malheurs de cette maison si déchue de son antique prospérité. Qu'elle arrive enfin l'heureuse délivrance de mes fatigues! Que le feu apporte la bonne nouvelle, en rayonnant à travers les ténèbres de la nuit!

Salut, ô flambeau nocturne, lumière qui amènes un beau jour et les fêtes de tout un peuple, dans Argos, pour cette victoire! O Dieux! Dieux! Je vais tout dire à la femme d'Agamemnôn, afin que, se levant promptement de son lit, elle salue cette lumière de ses cris de joie, dans les demeures, puisque la ville d'Ilios est prise, ainsi que ce feu éclatant l'annonce. Moi-même, je vais mener le chœur de la joie et proclamer la fortune heureuse de mes maîtres, ayant eu la très-favorable chance de voir cette flamme! Puisse ceci m'arriver, que le Roi de ces demeures unisse, à son retour, sa main très-chère à ma main! Mais je tais le reste. Un grand bœuf est sur ma langue. Si cette maison avait une voix, elle parlerait clairement. Moi, je parle volontiers à ceux qui savent, mais, pour ceux qui ignorent, j'oublie tout.

LE CHŒUR DES VIEILLARDS.

Voici la dixième année depuis que le grand ennemi de

Priamos, le roi Ménélaos, et Agamemnôn, doués par Zeus d'un double thrône et d'un double sceptre, couple illustre et puissant des Atréides, ont entraîné loin de cette terre les mille nefs de la flotte Argienne, force guerrière, et ont poussé une immense clameur belliqueuse du fond de leur cœur, tels que des vautours qui, dans l'amer regret de leurs petits, s'enlevant au-dessus de leurs nids, volent en cercles et agitent leurs ailes comme des avirons, car les nids, vainement surveillés, ont été dépouillés de leurs petits. Mais quelque Dieu les entend enfin, soit Apollôn, ou Pan, ou Zeus, les lamentations aiguës des oiseaux, et il envoie la tardive Érinnys à la poursuite des ravisseurs.

Ainsi Zeus hospitalier et tout-puissant pousse les enfants d'Atreus contre Alexandros, à cause d'une femme plusieurs fois mariée. Que de luttes infligées aux Danaens et aux Troiens, que de membres rompus de fatigue, de genoux qui heurtent la terre, de lances brisées aux premiers rangs des batailles. Maintenant, ce qui est fait est fait, ce qui était fatal est accompli. Ni offrandes sacrées, ni libations, ni larmes n'apaiseront la colère implacable des Dieux privés de la flamme des sacrifices.

Pour nous, rejetés de cette expédition à cause de la vieillesse de nos membres méprisés, nous restons dans nos demeures, égaux en forces à des enfants, et affaissés sur nos bâtons; car le cœur qui bat dans la poitrine d'un enfant est semblable au vieillard, et Arès n'y réside pas; et l'extrême vieillesse aussi, quand son feuillage est flétri, marche sur trois pieds, non plus vigoureuse que l'enfance, comme un spectre qui erre pendant le jour.

Mais toi, fille de Tyndarôs, Reine Klytaimnestra, qu'y a-t-il? Quoi de nouveau? Qu'as-tu appris? En quel message te fies-tu, que tu ordonnes ainsi de préparer des sacrifices de tous côtés? Tous les autels brûlent, chargés d'offrandes, les autels de tous les Dieux, de ceux qui hantent la Ville, des Dieux supérieurs et des Dieux souterrains, et des douze grands Ouraniens. De toutes parts, vers l'Ouranos, monte la flamme parfumée des suaves aliments de l'huile sacrée, et on apporte les saintes libations du fond de la demeure royale.

De ces choses dis-nous ce que tu peux et ce qu'il t'est permis de dire. Calme l'inquiétude qui, parfois, me pénètre cruellement, et, parfois, laisse l'heureuse espérance, inspirée par ces sacrifices, dissiper l'insatiable angoisse qui déchire mon cœur.

Strophe.

Mais je puis raconter la vigueur des guerriers partant sous d'heureux auspices. Les Dieux m'inspirent de chanter, et j'en ai encore la force, les deux thrônes des Akhaiens, les deux chefs de la jeunesse de Hellas, qu'un présage irrésistible envoie contre la terre des Troiens, avec la lance et une main vengeresse. Aux Rois des nefs deux rois des oiseaux, un noir, l'autre blanc sur le dos, apparaissent non loin des demeures, du côté de la main qui tient la lance. Et ils dévoraient, dans les demeures éclatantes, une hase qui allait mettre bas et toute une race que n'avait pu sauver une fuite suprême. — Chante un chant lugubre; mais que tout finisse par la victoire!

Antistrophe.

Le sage Divinateur de l'armée, ayant regardé les oiseaux, reconnut en eux les deux Atréides belliqueux, chefs, princes, mangeurs de la hase, et il leur parla ainsi, expliquant l'augure : — Avec le temps, cette armée prendra la ville de Priamos, et la Moire dévastera violemment les abondantes richesses que les peuples avaient amassées dans les demeures royales, pourvu que la colère des Dieux ne ternisse pas le frein solide forgé dans ce camp pour Troia. En effet, la maison des Atréides est odieuse à la chaste Artémis, car les Chiens ailés de son père ont dévoré là une hase tremblante, avant qu'elle eût mis bas, et toute sa portée. Artémis a horreur des festins d'aigles. — Chante un chant lugubre, mais que tout finisse par la victoire !

Épôde.

— Cette belle Déesse est bienveillante aux faibles petits des lions sauvages, ainsi qu'à tous les petits à la mamelle des bêtes des bois, mais elle veut que les augures des aigles, manifestés sur la droite, s'accomplissent aussi, même s'ils laissent à craindre. C'est pourquoi j'invoque Paian préservateur, de peur qu'Artémis ne prépare à la flotte des Danaens le souffle des vents contraires et les retards de la navigation, ou même un sacrifice horrible, illégitime, sans festins, cause certaine de colères et de haine contre un mari. En effet, il restera ici un terrible souvenir domestique, plein de perfidies et vengeur d'enfants ! — Ainsi Kalkhas, ayant contemplé les Oiseaux au commencement de l'expédition, annonça les prospérités et les malheurs fatidiques des demeures royales. Avec lui chante le chant lugubre, mais que tout finisse par la victoire !

Strophe I.

Zeus ! s'il est quelque Dieu qui se plaise à être ainsi

nommé, je l'invoque sous ce nom. Ayant tout pesé, je n'en sais aucun de comparable à Zeus, si ce n'est Zeus, pour alléger le vain fardeau des inquiétudes.

Antistrophe I.

Celui qui, le premier, fut grand, qui l'emportait sur tous par sa jeunesse florissante, sa force et son audace, que pourrait-il, étant déchu depuis longtemps? Celui qui vint ensuite a succombé, ayant trouvé un vainqueur; mais qui célèbre pieusement Zeus victorieux, emporte sûrement la palme de la sagesse.

Strophe II.

Il conduit les hommes dans la voie de la sagesse, et il a décrété qu'ils posséderaient la science par la douleur. Le souvenir amer de nos maux pleut tout autour de nos cœurs pendant le sommeil, et, malgré nous, la sagesse arrive. Et cette grâce nous est faite par les Daimones assis dans les hauteurs vénérables.

Antistrophe II.

Alors, le Chef des nefs Argiennes, l'aîné des Atréides, ne reprochant rien au Divinateur, consentit aux calamités possibles, tandis que l'armée Akhaienne restait inerte, échouée sur le rivage en face de Khalkis, dans les courants d'Aulis.

Strophe III.

Et les vents contraires soufflant du Strymôn, apportant l'inaction, épuisant les vivres, rompant les marins de fatigue, n'épargnant ni les nefs, ni les manœuvres, et prolongeant les retards, consumaient la fleur des Argiens. Et le Divinateur, pour cette cruelle tempête, proposa, au nom d'Artémis, un remède plus terrible que le mal : et les Atréides, heurtant la terre de leurs sceptres, ne retinrent point leurs larmes.

Antistrophe III.

Alors, le Chef, l'aîné des Atréides, parla ainsi : — Il y a un danger terrible à ne point obéir, mais il est terrible aussi de tuer cette enfant, ornement de mes demeures, de souiller mes mains paternelles du sang de la vierge égorgée devant l'autel. Malheurs des deux côtés ! Comment pourrais-je abandonner la flotte et mes alliés ? Il leur est permis de désirer que ce sacrifice, le sang d'une vierge, apaise les vents et la colère de la Déesse, car tout serait pour le mieux.

Strophe IV.

Ayant ainsi soumis son esprit au joug de la nécessité, changeant de dessein, sans pitié, furieux, impie, il prit la résolution d'agir jusqu'au bout. Ainsi, la démence, misérable conseillère, source de la discorde, rend les mortels plus audacieux. Et il osa égorger sa fille afin de dégager ses nefs et de poursuivre une guerre entreprise pour une femme.

Antistrophe IV.

Et les chefs, avides de combats, n'écoutèrent ni les prières de la vierge, ni ses tendres supplications à son père, et ils ne furent point touchés de sa jeunesse. Et le père ordonna aux sacrificateurs, après l'invocation, d'étendre la jeune fille sur l'autel, comme une chèvre, enveloppée de ses vêtements et la tête pendante, et de comprimer sa belle bouche, afin d'étouffer ses imprécations funestes contre sa famille.

Strophe V.

Mais, tandis qu'elle versait sur la terre son sang couleur de safran, d'un trait de ses yeux elle saisit de pitié les sacrificateurs, belle comme dans les peintures, et voulant leur parler, ainsi qu'elle avait souvent charmé de ses douces paroles les riches festins paternels, quand, chaste et vierge, elle honorait de sa voix la vie trois fois heureuse de son cher père.

Antistrophe V.

Ce qui arriva ensuite, je ne l'ai point vu et je ne puis le dire; mais la science de Kalkhas n'était point vaine, et la justice enseigne l'avenir à ceux qui souffrent. Que celui qui prévoit ses maux s'en réjouisse! C'est se désespérer avant le temps. Ce que l'oracle annonce arrive manifestement. Que ce soit la prospérité, ainsi que le désire Celle qui approche, ce soutien unique de la terre d'Apis.

LE CHŒUR DES VIEILLARDS.

Me voici, Klytaimnestra, soumis à ta volonté. Il convient, en effet, d'honorer la femme du chef, quand celui-ci a laissé son thrône vide. Soit que tu aies reçu une heureuse nouvelle, ou que, n'en ayant pas reçu, tu ordonnes ces sacrifices dans l'espérance d'en recevoir, je t'écouterai avec joie, et je ne te ferai aucun reproche, si tu te tais.

KLYTAIMNESTRA.

Qu'une heureuse aurore, comme il est dit, naisse de la nuit maternelle! Écoute, et tu auras une joie plus grande que ton espérance : Les Argiens ont pris la ville de Priamos.

LE CHŒUR DES VIEILLARDS.

Que dis-tu? une parole t'a échappé, et j'y crois à peine.

KLYTAIMNESTRA.

Je dis que Troia est aux Argiens. N'ai-je point parlé clairement?

LE CHŒUR DES VIEILLARDS.

La joie me pénètre et provoque mes larmes.

KLYTAIMNESTRA.

Certes, tes yeux révèlent ta bonté.

LE CHŒUR DES VIEILLARDS.

Mais as-tu une preuve certaine de cette nouvelle?

KLYTAIMNESTRA.

Je l'ai, certes, à moins qu'un Dieu ne me trompe.

LE CHŒUR DES VIEILLARDS.

N'as-tu pas cru aisément quelque vision, dans tes songes?

KLYTAIMNESTRA.

Je ne prendrais point pour la vérité l'illusion de mon esprit endormi.

LE CHŒUR DES VIEILLARDS.

Ou quelque rumeur flottante n'a-t-elle point causé ta joie?

KLYTAIMNESTRA.

Douteras-tu longtemps de ma prudence, comme si j'étais une jeune fille?

LE CHŒUR DES VIEILLARDS.

Quand la Ville a-t-elle donc été emportée?

KLYTAIMNESTRA.

Dans cette même nuit de laquelle est sorti ce jour.

LE CHŒUR DES VIEILLARDS.

Et quel messager a pu accourir avec une telle rapidité?

KLYTAIMNESTRA.

Hèphaistos a fait jaillir, de l'Ida, une lumière éclatante. De torche en torche, et par la course du feu, il l'a envoyée jusqu'ici. L'Ida regarde le Hermaios, colline de Lemnos De cette île, la grande flamme a atteint le troisième lieu, l'Athos, montagne de Zeus. La force de la lumière, joyeuse et rapide, s'est élancée de ce faîte, pardessus le dos de la mer, et, telle qu'un Hèlios, a répandu une splendeur d'or dans les cavernes du Makistos. Ici, sans retard, sans se laisser vaincre par le sommeil, on a transmis la nouvelle. La clarté, projetée au loin jusqu'à l'Euripos, a porté le message aux veilleurs du Messapios; et ceux-ci, à leur tour, ayant allumé un monceau de bruyères sèches, ont excité la flamme et fait courir la nouvelle. Et la lumière, active et sans défaillance, volant par delà les plaines de l'Asôpos, comme la brillante Sélènè, jusqu'au sommet du Kithairôn, y a fait jaillir un nouveau feu. Les veilleurs ont accueilli cette lumière venue de si loin, et ils ont allumé un bûcher encore plus éclatant dont la lueur, par-dessus le marais de Gorgôpis, projetée jusqu'au mont Aigiplagxtos, a excité les veilleurs à ne point négliger le feu. Ils ont déployé avec violence un grand tourbillon de flammes qui embrase le rivage, par delà le détroit de Saronikos, et se répand jusqu'au mont Arakhnaios, proche de la ville. Enfin, cette lumière partie de l'Ida est arrivée dans la demeure des Atréides. Tels sont les signaux que j'avais disposés pour se transmettre la nouvelle l'un à l'autre. Le premier a vaincu, et le dernier aussi. Telle est la preuve certaine de ce que je t'ai raconté. Le Roi me l'a annoncé de Troia.

LE CHŒUR DES VIEILLARDS.

Je rendrai grâces aux Dieux plus tard, car je désirerais entendre et admirer encore ces paroles, si tu voulais les redire.

KLYTAIMNESTRA.

En ce jour les Akhaiens sont maîtres de Troia. Je crois entendre les clameurs opposées qui emplissent la Ville. De même, quand le vinaigre et l'huile sont versés dans le même vase, la discorde se met entre eux et ils ne peuvent s'unir. Ainsi les vainqueurs et les vaincus poussent les cris discordants de leurs destinées dissemblables. En effet, les uns se jettent sur les cadavres des maris, des frères, des proches ; et les enfants sur ceux des vieillards. Ceux qui subissent la servitude se lamentent sur le destin de ceux qui leur étaient très-chers. Les autres, rompus par la fatigue du combat nocturne, et affamés, cherchent, confusément, le repas du matin, que la Ville possède. Selon le sort, chacun entre dans les demeures captives des Troiens, à l'abri des pluies et des rosées, et, comme ceux qui n'ont aucun bien, va s'endormir, sans gardes, pendant toute la nuit. S'ils respectent les Dieux protecteurs de la Ville conquise et leurs temples, les vainqueurs ne seront point vaincus au retour. Que la cupidité n'entraîne point tout d'abord l'armée aux actions impies, dans son désir du butin. En effet, il faut qu'ils reviennent saufs dans leurs demeures, en faisant de nouveau le chemin dangereusement parcouru. Si l'armée laissait derrière elle des Dieux outragés, la ruine des vaincus suffirait à éveiller la vengeance, même quand d'autres crimes n'auraient point été commis. Tels sont mes vœux, à moi qui suis femme. Que tout soit manifestement pour le mieux! Que toutes les prospérités leur soient accordées! C'est ce que je souhaite.

LE CHŒUR DES VIEILLARDS.

Femme, tu as parlé avec prudence, et comme l'eût fait un homme sage. Je suis certain que ce que tu m'as annoncé est vrai, et je vais en rendre grâces aux Dieux, car de grands travaux ont reçu une digne récompense.

O Roi Zeus! et toi, heureuse Nuit, qui nous as donné une si haute gloire, qui as enveloppé de rets les tours Troiennes, afin que nul ne puisse sauter, homme ou enfant, hors le large filet de la servitude! Je rends grâces à Zeus hospitalier qui a voulu ceci, et qui depuis longtemps tendait l'arc contre Alexandros, pour que le trait, lancé avant l'heure précise, ne se perdît pas au-dessus des astres.

Strophe I.

Ceux qu'a frappés la vengeance de Zeus peuvent la raconter, et il leur est permis de la suivre du commencement à la fin. Si quelqu'un nie que les Dieux s'inquiètent des mortels qui foulent aux pieds l'honneur des lois sacrées, celui-là n'est point un homme pieux C'est une vérité manifeste pour les descendants de ceux qui soufflaient une guerre d'autant plus inique, que leurs demeures abondaient de plus grandes richesses. Pour que ma vie soit préservée du malheur, qu'il me suffise d'être sage; car les richesses ne sont d'aucun secours à l'homme qui, plein d'insolence, foule aux pieds, pour sa propre ruine, l'autel vénérable de la Justice.

Antistrophe I.

La Persuasion du crime, la funeste fille d'Atè, entraîne avec violence, et tout remède est vain. La faute n'est point effacée, mais, plutôt, elle n'en brille que davantage d'une lumière horrible. Comme une monnaie altérée par le frottement et l'usage, le coupable est noirci par le jugement qu'il subit. L'enfant a poursuivi un oiseau envolé, et il imprime à la Ville une tache ineffaçable. Aucun des Dieux n'écoute plus les supplications, et ils font disparaître l'homme impie qui a commis ces crimes. Tel Pâris, entré dans la demeure des Atréides, souilla, par l'enlèvement d'une femme, la table hospitalière.

Strophe II.

Cette femme, laissant à ses concitoyens les heurtements de boucliers et de lances et l'apprêt des nefs, et portant en dot la ruine à Ilios, a franchi rapidement les portes, ayant osé un crime incroyable. Et les demeures gémissaient ces prédictions : — Hélas! hélas! Maison et chefs! hélas, lit! passage de leurs amours! Le voici, muet, déshonoré, sans plainte amère, l'Époux dont le visage est tranquille; mais il suit par delà les mers l'Épouse regrettée, et on dirait qu'il commande comme un spectre dans la demeure. La grâce des plus belles statues lui est odieuse. Leur beauté n'est plus, car elles n'ont pas d'yeux.

Antistrophe II.

Les lamentables apparitions nocturnes ne donnent que de vaines illusions. Vaine, en effet, la vision heureuse qui s'évanouit sur les ailes du sommeil, s'échappant des mains qui la poursuivent! — Telles étaient les douleurs assises au foyer, dans la demeure, et de plus grandes encore. De tous côtés, chaque demeure est dans l'affliction, à cause de ceux qui ont quitté aussi la terre de Hellas. De nombreux regrets ont pénétré notre cœur. Chacun sait bien ceux qu'il a envoyés, mais les urnes et les cendres reviennent seules dans la demeure, et non plus les vivants!

Strophe III.

Arès, qui échange les cadavres contre de l'or, et qui tient la balance des lances dans le combat, ne renvoie d'Ilios aux parents que de misérables restes consumés par le feu, et des urnes pleines de cendres au lieu d'hommes. Les uns pleurent et louent un guerrier habile au combat. Cet autre est tombé avec gloire dans la mêlée pour une femme qui lui était étrangère. Ainsi, chacun, tout bas, murmure irrité, et une douleur haineuse s'élève sourdement contre les princes Atréides. D'autres ont leurs tombeaux autour des murailles d'Ilios, et la terre ennemie les tient ensevelis.

Antistrophe III.

La haine des citoyens irrités est terrible, et la malédiction publique se fait payer. J'ai l'inquiétude de quelque malheur caché dans l'ombre. Les Dieux veillent d'un œil actif ceux qui ont commis de nombreux meurtres. Les noires Érinnyes changent la fortune d'un homme injustement heureux; elles le plongent dans les ténèbres, et il disparaît. Il est terrible d'être trop loué et envié, car la foudre jaillit des yeux de Zeus. J'aime mieux une félicité qui n'est point enviée. Que je ne sois ni preneur de villes, ni soumis au joug de la servitude!

Épôde.

Une rumeur rapide a répandu dans toute la Ville l'heureuse nouvelle apportée par le feu. Est-ce vrai? Est-ce un mensonge envoyé par les Dieux? Qui sait? Qui peut être assez enfant, ou assez stupide, pour allumer son esprit à ce signal de la flamme, et pour gémir ensuite, la nouvelle démentie? Il convient à une femme, avant toute certitude, de se répandre en actions de grâces sur un événement heureux. L'esprit de la femme est prompt à tout croire, mais la victoire qu'elle annonce se dissipe promptement.

KLYTAIMNESTRA.

Nous saurons bientôt si ces transmissions de torches, de feux et de signaux porte-lumière ont dit vrai, ou si cette heureuse clarté, pareille à celle des songes, a trompé mon esprit. Je vois venir du rivage un héraut couronné de rameaux d'olivier. Cette poussière, sœur altérée de la boue, m'en est témoin. Ce message ne sera plus muet et ne te sera plus apporté seulement par des feux alimentés de branches des montagnes et par la fumée du bûcher. Ses paroles nous donneront une plus grande joie. Je maudirais toute autre nouvelle. Puisse-t-il nous en porter d'aussi heureuses que celles des feux apparus!

TALTHYBIOS.

Salut, ô terre de la patrie, terre d'Argos! Cette dixième année me ramène enfin à toi et accomplit une de mes espérances, après tant d'autres brisées! Je n'osais plus espérer, en effet, mort sur cette terre d'Argos, y trouver une sépulture très-désirée. Maintenant, salut, ô terre! Salut, lumière de Hèlios! Zeus, roi suprême de ce pays! Et toi, prince Pythien, qui, tournant contre nous tes flèches, ne nous poursuis plus de ton arc, et qui t'es rué assez longtemps sur nous, aux rives du Skamandros! Maintenant, prince Apollôn, sois notre sauveur et notre protecteur. J'invoque aussi tous les Dieux qui président aux combats, Hermès, cher héraut et vénérable aux hérauts, et les guerriers qui nous ont envoyés. Qu'ils soient bienveillants au retour de l'armée qui a survécu à la guerre! Salut, demeure royale, chers toits, temples sacrés des Dieux, Daimones qui regardez le lever de Hèlios! Si jamais, autrefois, vous avez accueilli avec des yeux amis le Roi de cette terre, recevez-le de même, quand il revient après un si long temps. Le Roi Agamemnôn revient, vous apportant la lumière, dans cette nuit qui vous est commune à tous. Accueillez-le magnifiquement, car ceci est convenable, puisqu'il a dévasté, dans sa vengeance, la terre de Troia, avec la houe de Zeus! Les temples et les autels des Dieux ont été renversés, et toute la race qui habitait cette terre a été anéantie. Après avoir imposé ce frein à Troia, il est revenu, l'Atréide, le Roi auguste, l'homme heureux. De tous les mortels qui existent, c'est le plus digne d'être honoré. Ni Alexandros, ni la Ville sa complice, ne peuvent se glorifier de crimes plus grands que les maux qu'ils ont subis. Ayant enlevé et volé par un crime, sa proie lui a été ravie, et il a ainsi renversé jusqu'aux fondements la demeure de ses pères. Les Priamides ont doublement expié leur iniquité.

LE CHŒUR DES VIEILLARDS.

Salut, ô héraut, envoyé de l'armée Akhaienne !

TALTHYBIOS.

Je suis heureux, et dussé-je mourir, je n'en voudrais point aux Dieux.

LE CHŒUR DES VIEILLARDS.

Le regret de ta patrie te tourmentait donc ?

TALTHYBIOS.

Tellement, que la joie du retour emplit mes yeux de larmes.

LE CHŒUR DES VIEILLARDS.

Donc, vous connaissiez ce doux mal ?

TALTHYBIOS.

Comment ? Instruis-moi du sens de tes paroles.

LE CHŒUR DES VIEILLARDS.

Tu étais en proie au regret de ceux qui te regrettaient ?

TALTHYBIOS.

Dis-tu que la patrie et l'armée se regrettaient l'une l'autre ?

LE CHŒUR DES VIEILLARDS.

Combien je soupirais du fond de mon cœur attristé !

TALTHYBIOS.

D'où venait votre triste inquiétude pour l'armée ?

LE CHŒUR DES VIEILLARDS.

Depuis longtemps le remède à mon mal est le silence.

TALTHYBIOS.

Qui redoutiez-vous donc en l'absence de vos maîtres ?

LE CHŒUR DES VIEILLARDS.

Maintenant, selon ta parole, le meilleur est de mourir.

TALTHYBIOS.

Certes, car les choses ont eu une heureuse fin. Ce qui arrive dans un long espace de temps amène tantôt des biens, tantôt des revers. Qui, si ce n'est les Dieux, peut passer tout le temps de la vie sans malheur ? En effet, si je voulais rappeler nos misères, les accidents des nefs, les relâches rares et dangereuses, quel jour n'aurions-nous pas souffert et gémi? Sur terre, des maux encore plus grands nous ont assaillis. Nos lits étaient sous les murailles ennemies; les rosées de l'Ouranos et de la terre nous mouillaient, calamité de nos vêtements, et faisaient nos cheveux se hérisser. Et si quelqu'un vous parlait de l'hiver, tueur des oiseaux, et que la neige Idaienne nous rendait intolérable, ou de la chaleur, quand la mer, à midi, quittée par le vent, s'endormait immobile dans son lit! Mais pourquoi se lamenter sur tout cela? La peine est passée; elle est passée aussi pour ceux qui sont morts et qui, jamais, ne se soucieront plus de se relever. A quoi sert de compter les morts? A quoi sert aux survivants de se plaindre? Il faut plutôt se réjouir d'avoir échappé à ces malheurs. Pour nous, qui sommes saufs, dans l'armée Akhaienne, le bien l'emporte et le mal ne peut lutter contre. Glorifions-nous, à la lumière de Hèlios; certes, cela est juste, après avoir tant souffert sur terre et sur mer : — Troia est prise, et la flotte des Argiens a consacré ces dépouilles aux Dieux qui sont honorés dans Hellas, et les a suspendues dans leurs demeures, comme un trophée antique. — Ceci entendu, il faut glorifier la Ville et les chefs, et honorer Zeus qui a fait cela. Tu sais tout.

LE CHŒUR DES VIEILLARDS.

Tes paroles m'ont vaincu, je ne le nie pas. Le désir de tout apprendre est toujours éveillé chez les vieillards. C'est à cette demeure royale et à Klytaimnestra qu'il convient, à la vérité, de se réjouir; mais je veux aussi prendre ma part de leur joie.

KLYTAIMNESTRA.

Depuis longtemps j'ai fait éclater ma joie, dès que le nocturne messager de flamme nous eut annoncé la prise et la ruine de Troia. Alors, on m'a dit, en me blâmant : — Penses-tu, sur la foi de ces torches enflammées, que Troia soit maintenant saccagée? Être ainsi soudainement transportée de joie est bien d'une femme! — Selon de telles paroles, certes, j'étais insensée. Cependant, je fis des sacrifices, et, de toutes parts, dans la Ville, des voix joyeuses, à la façon des femmes, élevaient des actions de grâces dans les temples des Dieux, et chantaient à l'instant où s'assoupit la flamme odorante de l'encens consumé. Maintenant, est-il nécessaire que tu me racontes le reste? J'apprendrai tout du Roi lui-même. Je vais me hâter de recevoir pour le mieux l'Époux vénérable qui revient dans sa patrie. En effet, quel jour plus doux pour une femme que celui où, un Dieu ramenant son mari sain et sauf de la guerre, elle lui ouvre les portes? Va dire à mon époux qu'il vienne promptement, selon le désir des citoyens, et qu'il retrouvera dans ses demeures sa femme fidèle, telle qu'il l'a laissée, chienne de la maison, douce pour lui, mauvaise pour ses ennemis, semblable à elle-même en tout le reste et n'ayant violé aucun sceau, pendant un si long temps. Je ne connais pas plus les plaisirs et les entretiens coupables avec un autre homme, que je ne connais la trempe de l'airain.

TALTHYBIOS.

Une telle louange de soi-même, quand elle est pleine

de vérité, peut être honorablement prononcée par une noble femme.

LE CHŒUR DES VIEILLARDS.

Ainsi, elle vient de t'apprendre toute sa pensée, en paroles claires, afin que tu la connaisses. Mais, parle, héraut, dis-moi si Ménélaos revient avec vous, sain et sauf de la guerre, lui, ce roi cher aux Argiens.

TALTHYBIOS.

Je ne vous donnerai point de nouvelles heureuses, mais fausses; amis, vous n'en jouiriez pas longtemps.

LE CHŒUR DES VIEILLARDS.

Puisses-tu nous donner des nouvelles heureuses, mais vraies! les faussetés se découvrent aisément.

TALTHYBIOS.

Ce héros a disparu de l'armée Akhaienne; lui et sa nef ont disparu. Je ne dis point de mensonges.

LE CHŒUR DES VIEILLARDS.

S'est-il séparé de vous ouvertement en partant d'Ilios, ou bien une tempête, dont tous ont souffert, l'a-t-elle entraîné loin de l'armée?

TALTHYBIOS.

Tu as touché le but, comme un habile archer. Tu as raconté brièvement une grande calamité.

LE CHŒUR DES VIEILLARDS.

Que dit-on de lui parmi les autres marins? Qu'il est vivant ou qu'il est mort?

TALTHYBIOS.

Nul ne le sait, nul ne peut en donner de nouvelles certaines, si ce n'est Hèlios d'où vient la force génératrice de la terre.

LE CHŒUR DES VIEILLARDS.

Dis-nous comment est venue et comment a cessé cette tempête excitée contre les nefs par la colère des Daimones.

TALTHYBIOS.

Il ne convient pas de profaner un jour heureux par des récits de malheurs; mais c'est le prix des Dieux. Quand un messager annonce, avec un visage morne, la terrible défaite d'une armée détruite, la blessure de tout un peuple, d'innombrables citoyens chassés de mille demeures par le double fouet que brandit Arès, par la double lance sanglante, certes, celui qui annonce de tels maux peut chanter le Paian des Érinnyes; mais moi qui viens, joyeux messager de victoire, vers un peuple plein de joie, comment mêlerai-je le bien au mal, en racontant cette tempête que la colère des Dieux a précipitée sur les Argiens ? Le feu et la mer, qui se haïssaient auparavant, se sont conjurés, et ont prouvé leur alliance en détruisant la malheureuse armée des Argiens. Les fureurs de la mer soulevée se déchaînèrent dans la nuit. Les vents Thrèkiens brisèrent les nefs entre elles ; et d'autres, heurtant violemment leurs éperons, au milieu des tourbillons et des torrents de pluie, disparurent et périrent, entraînées dans le gouffre par un terrible pilote. Au retour de l'éclatante lumière de Hèlios, nous vîmes la mer Aigaienne toute fleurie de cadavres des héros Akhaiens et de débris de nefs. Un dieu, non un homme, tenant la barre, laissa notre seule nef sauve et l'arracha au naufrage, ou intercéda pour notre salut. La fortune protectrice vint s'asseoir, favorable, dans notre nef qui n'a été ni engloutie dans le tourbillon des flots, ni brisée contre les rivages rocheux. Enfin, ayant échappé à la mort dans la mer, rendus à la clarté du jour et croyant à peine à notre salut, nous songions avec douleur au récent désastre de l'armée dispersée ou engloutie. Et maintenant, si quelques-uns d'entre eux sont encore vivants, ils pensent à nous comme à des morts. Pourquoi non ? nous pensons bien qu'ils ont subi eux-mêmes cette destinée. Mais que tout soit arrivé pour le mieux ! Alors, tu peux espérer que Ménélaos, certes, reparaîtra le premier. Donc, si quelque rayon de Hèlios l'éclaire encore, vivant et les yeux ouverts, par la volonté de Zeus qui n'a pas voulu anéantir cette race, il y a quelque espérance qu'il revienne dans sa demeure. Sache que ce que tu as entendu de moi est la vérité.

LE CHŒUR DES VIEILLARDS.

Strophe I.

Qui l'a ainsi nommée avec tant de vérité, sinon quelqu'un que nous ne voyons pas, et qui, prévoyant la destinée, mène notre langue jusque dans les choses fortuites? Qui l'a nommée, cette Hèléna, l'épouse cause de la guerre et qu'on recherche avec la lance? Certes, perdition des nefs, des guerriers et des villes, elle s'est enfuie, au souffle du grand Zéphyros, loin des molles et riches tentures de la chambre nuptiale; et d'innombrables guerriers porteurs de boucliers, comme des chasseurs sur sa piste, ont poursuivi la nef qui s'effaçait devant eux jusqu'aux rives ombragées du Simoïs, là où ils devaient engager la querelle sanglante.

Antistrophe I.

Cette union a été lamentable pour Ilios. La vengeance a été accomplie, infligeant aux coupables le châtiment de la table hospitalière souillée et de Zeus hospitalier outragé, et punissant les Priamides d'avoir chanté l'hymne hyménaien pour honorer les nouveaux époux. Certes, l'antique ville de Priamos a chanté depuis un hymne plus lamentable, gémissant sur Pâris, le funeste époux, car, dès lors, elle a sans cesse gémi à cause du carnage misérable de ses citoyens.

Strophe II.

Un homme a élevé un lion funeste, arraché à la mamelle qu'il aimait. Dans les premiers temps de sa vie, il est doux, très-cher aux enfants et agréable aux vieillards. Souvent il est tenu dans les bras à la façon d'un nouveau-né, il joue avec la main qui le caresse, et il flatte, ayant faim.

Antistrophe II.

Avec le temps, devenu grand, il manifeste le naturel de sa race. En retour de la nourriture qu'on lui a donnée, il se prépare un repas non commandé, en égorgeant les brebis. Toute la demeure est souillée de sang. La douleur des serviteurs est impuissante contre ce fléau terrible et meurtrier. C'est quelque sacrificateur d'Atè qui a été nourri dans la maison.

Strophe III.

Telle, Hèléna est venue dans Ilios, calme comme la mer tranquille, ornement de la richesse, trait charmant des yeux, fleur du désir troublant le cœur. Mais elle changea, ayant accompli les noces fatales, hôte terrible et funeste envoyé aux Priamides par Zeus hospitalier, Érinnys exécrable aux épouses.

Antistrophe III.

C'est une parole antique depuis longtemps connue parmi les hommes, qu'une félicité parfaite ne meurt pas stérile, et qu'une irréparable misère naît d'une heureuse fortune. J'ai cette pensée bien différente, qu'une action impie engendre toute une génération semblable, tandis que la justice n'engendre, dans les demeures, qu'une race aussi belle qu'elle-même.

Strophe IV.

Certes, tôt ou tard, une iniquité ancienne engendre, quand le moment est venu, une iniquité nouvelle, chez les hommes pervers : haine de la lumière, daimôn invincible, indomptable, impiété, audace, noires discordes dans les demeures, race toute semblable à ses parents!

Antistrophe IV.

La Justice resplendit dans les demeures enfumées et glorifie une vie honnête. Elle détourne les yeux de l'or et des richesses qui souillent les mains, et cherche une demeure sainte. Elle méprise la puissance marquée d'infamie, et mène toute chose à sa fin.

LE CHŒUR DES VIEILLARDS.

Viens, Roi, destructeur de Troia, fils d'Atreus! Comment te nommer? Comment te vénérer, ni trop, ni incomplétement, dans la juste mesure? Beaucoup d'hommes n'aiment que l'apparence et dédaignent la justice. Chacun est prêt à pleurer avec les malheureux, mais la douleur ne mord point le cœur. Avec les heureux chacun se réjouit, se faisant un visage semblable au leur, et se condamnant au rire. Mais, celui qui connaît bien les hommes, ses yeux ne le trompent point, et il ne se laisse point flatter par une fausse bienveillance et par les larmes d'une amitié feinte. Pour moi, je ne te le cacherai point, quand tu entraînais l'armée pour la cause de Hèléna, je t'ai cru insensé, pensant qu'il n'était point sage de conduire malgré eux les hommes à la mort. Maintenant, victorieux, c'est du fond de leur cœur et avec une joie sincère qu'ils songent à leurs maux. Tu sauras, plus tard, qui a bien ou mal agi, parmi les citoyens qui sont dans la Ville.

AGAMEMNÔN.

Avant tout, il faut saluer Argos et les Dieux de la patrie qui, me venant en aide, ont amené mon retour et la juste vengeance que j'ai tirée de la ville de Priamos. Les Dieux n'ont point débattu la cause. Tous, unanimement, ont décrété, en déposant leurs suffrages dans l'urne sanglante, la ruine d'Ilios et le carnage de ses guerriers. L'espérance est restée dans l'autre urne où nul n'a mis la main. Maintenant, c'est par la fumée qu'on reconnaît la ville détruite. Les tempêtes de la ruine y grondent victorieuses, et la cendre mouvante y exhale les vapeurs d'une antique richesse. C'est pour cela qu'il faut élever des actions de grâces vers les Dieux. Nous avons tendu des rets inévitables, et, pour la cause d'une femme, le monstre Argien, fils du cheval, a détruit la Ville. Tout un peuple porte-bouclier, au coucher des Pléiades, s'est rué d'un bond. Le lion affamé a franchi les murailles, et il a bu à satiété le sang royal. Je devais avant tout parler ainsi des Dieux, mais je me souviens de tes paroles et je dis comme toi : Il est accordé à peu d'hommes de ne point envier un ami heureux. Un poison envahit le cœur de l'envieux. Sa souffrance en est doublée, et il gémit accablé de ses propres maux, quand il voit la félicité d'autrui. Je dis cela, le sachant, car j'ai bien connu le miroir de l'amitié, cette ombre d'une ombre chez tous ceux qui semblaient être mes amis. Le seul Odysseus, qui n'avait point pris la mer volontiers, une fois lié au joug avec moi, m'a été un solide compagnon. Je le dis de lui, qu'il soit mort ou vivant. Pour le reste, ce qui concerne la Ville et les Dieux, nous en délibérerons en commun dans l'Agora. Nous ferons que les bonnes choses restent ce qu'elles sont et durent; mais s'il en est qui demandent des remèdes, nous tenterons de guérir le mal avec sagesse, en coupant et en brûlant. Maintenant, entré dans mes demeures, près de mon foyer, j'élèverai mes mains vers les Dieux qui m'ont ramené de si loin dans ma maison. Que la Victoire, qui m'a suivi jusqu'à ce jour, reste à jamais avec moi!

KLYTAIMNESTRA.

Hommes de la cité, vieillards Argiens, qui êtes ici, je n'ai plus honte de révéler devant vous mon amour pour mon mari. La honte disparaît avec le temps du cœur des hommes. Je ne répéterai point ce que d'autres ont ressenti, en racontant ma vie malheureuse pendant les longues années qu'il a passées à Ilios. Et d'abord, c'est un grand malheur pour une femme de rester seule dans sa demeure, loin de son mari. Elle entend d'innombrables rumeurs funestes qui lui apportent une nouvelle sinistre, et, après celle-ci, une autre pire encore. Si le Roi avait reçu autant de blessures que la renommée le racontait dans cette demeure, il serait plus percé qu'un filet. S'il était mort autant de fois qu'on en a répandu le bruit, il pourrait, autre Gèryôn aux trois corps, se glorifier d'avoir revêtu trois tuniques sur la terre, car je ne veux rien dire de celle qu'on revêt sous la terre, et il serait mort une fois sous chacune. On a bien souvent rompu de force les lacets dont j'avais serré mon cou, à cause de ces rumeurs sinistres. C'est aussi pour cela qu'il n'est point ici, comme il conviendrait, Orestès, ton fils, ce gage de ma foi et de la tienne. Mais ne t'en étonne pas. Il est élevé par un hôte bienveillant, Strophios le Phokéen, qui m'avait prédit deux dangers futurs, celui que tu courais devant Ilios, puis l'anarchie du peuple troublant l'assemblée publique et la foulant d'autant plus aux pieds qu'elle serait tombée plus bas, comme il est naturel aux hommes. Telle est la raison sincère de ce que j'ai fait. Pour moi, les sources pleines de mes larmes se sont taries, et il n'en reste pas une goutte, mes yeux ayant souffert tant de nuits sans sommeil, tandis que je te pleurais et que j'attendais les signaux des feux qui ne m'apparaissaient jamais. J'étais éveillée par le léger murmure des moucherons agitant leurs ailes, et je voyais plus de maux t'assaillir que je n'en rêvais endormie. Mais, après avoir subi toutes ces peines, je puis dire, le cœur plein de joie : Voici l'homme, le chien de l'étable, le câble sauveur de la nef, la solide colonne de la haute demeure, qui est tel qu'un fils unique pour son père, semblable à la terre qui, contre toute espérance, apparaît aux marins, sous une lumière éclatante, après la tempête, pareil au jaillissement d'une source pour le voyageur altéré ! Il m'est doux que tu aies échappé à tous les dangers. Certes, tu es digne d'être salué ainsi sans réserve, puisque j'ai subi tant de maux déjà. Maintenant, chère tête, descends de ce char, mais ne pose point sur la terre, ô Roi, ce pied qui a renversé Ilios !

Esclaves, que tardez-vous? Ne vous ai-je point ordonné de couvrir son chemin de tapis? Promptement! Que son chemin soit couvert de pourpre, tandis qu'il ira vers la demeure qui n'espérait plus le revoir, afin qu'il y soit conduit avec honneur, comme il convient. Pour le reste, ma vigilance ne sera point endormie, et, avec l'aide des Dieux, j'accomplirai ce que veut la destinée.

AGAMEMNÔN.

Fille de Lèda, gardienne de mes demeures, tu as parlé dans la mesure de mon absence, longuement; mais, pour être loué avec justice, il faut que cet honneur me soit rendu par d'autres. Cependant, ne me traite point mollement, à la façon des femmes, ou comme un roi barbare. Qu'on ne se prosterne point devant moi en poussant de hautes clameurs, et qu'on n'éveille point l'envie en étendant des tapis sur mon chemin. Il n'est permis d'honorer ainsi que les Dieux. Je ne saurais sans crainte, moi qui ne suis qu'un homme, marcher sur la pourpre. Je veux être honoré comme un homme, non comme un Dieu. Le cri public montera sans avoir besoin de ces tapis et de cette pourpre. Le plus beau don des Dieux est la sagesse. On peut le dire heureux celui-là seul qui a terminé sa vie dans la prospérité. J'aurais bon espoir si mon heureuse fortune présente m'était accordée en toutes choses.

KLYTAIMNESTRA.

Ne te refuse pas à mon désir.

AGAMEMNÔN.

Sache que mon esprit ne changera point.

KLYTAIMNESTRA.

As-tu promis aux Dieux, par crainte, d'agir ainsi?

AGAMEMNÔN.

Je sais pourquoi j'agis ainsi, si quelque autre l'ignore.

KLYTAIMNESTRA.

Selon toi, qu'eût fait Priamos victorieux?

AGAMEMNÔN.

Je pense qu'il eût marché sur la pourpre.

KLYTAIMNESTRA.

Ne crains donc pas le blâme des hommes.

AGAMEMNÔN.

La voix du peuple, certes, est toute-puissante.

KLYTAIMNESTRA.

Celui qui n'est pas envié n'est point enviable.

AGAMEMNÔN.

Il ne convient pas qu'une femme soit opiniâtre.

KLYTAIMNESTRA.

Il est glorieux aux vainqueurs de se laisser vaincre.

AGAMEMNÔN.

Ainsi, tu tiens beaucoup à cette victoire?

KLYTAIMNESTRA.

Consens! Cède-moi volontiers cette victoire.

AGAMEMNÔN.

Alors, si cela te plaît, qu'on détache promptement ces sandales, esclaves accoutumées du pied, afin qu'aucun Dieu ne me regarde de loin, avec un œil d'envie, marchant sur cette pourpre. J'aurais grandement honte, en vérité, de souiller, en les foulant aux pieds, ces richesses et ces tissus qui ont coûté tant d'argent. Mais, c'est assez. Reçois avec bienveillance cette Étrangère dans les demeures. Un Dieu regarde favorablement d'en haut qui commande avec douceur, car personne ne se soumet volontiers au joug de la servitude. Celle-ci, qui m'a suivi, est la fleur choisie parmi d'innombrables richesses, un don de l'armée. Enfin, puisque j'ai changé de dessein, et pour te complaire en ceci, j'entre dans la demeure en marchant sur la pourpre.

KLYTAIMNESTRA.

Il y a la mer, et qui la tarirait? qui nourrit abondamment la pourpre, aussi précieuse que l'argent, très-riche teinture des vêtements. Grâces aux Dieux, ô Roi, notre demeure renferme suffisamment de ces richesses et elle ne connaît point l'indigence. Que de tissus j'eusse voués pour être foulés à tes pieds, si les oracles eussent voulu que j'achetasse ainsi le retour de ton âme! Tant que la racine est sauve, les feuillages jettent leur ombre sur la maison, la défendant contre le chien Seirios. Ton retour au foyer domestique est comme la chaleur de l'été en plein hiver. Quand Zeus cuit le vin dans la grappe verte, alors un air frais pénètre dans la demeure, si le chef est de retour. Zeus! Zeus qui accomplis toute chose, exauce mes vœux, songe à ce que tu dois accomplir!

LE CHŒUR DES VIEILLARDS.

Strophe I

Pourquoi ce présage qui vole constamment autour de mon cœur comme un pressentiment, cette divination non invoquée et dont la voix n'est point payée? Pourquoi, le repoussant comme un songe obscur, la sûre confiance ne peut-elle s'asseoir dans mon esprit? Il est loin le temps où les nefs étaient amarrées par les câbles à ce rivage d'où la flotte est partie pour Ilios.

Antistrophe I.

De mes yeux je vois son retour, j'en suis le témoin, et je n'ai ni espérance, ni confiance, et mon esprit chante, mais non sur la lyre, la lamentation d'Érinnys! Le cœur ne trompe pas, agité du pressentiment de l'expiation certaine. Je prie les Dieux qu'une part de mes terreurs soit démentie et ne s'accomplisse pas!

Strophe II.

La meilleure santé aboutit à d'inévitables douleurs, car la maladie habite à côté et n'est séparée d'elle que par un même mur. La destinée de l'homme, courant tout droit, se heurte toujours à un écueil caché; mais, si la prudence fait jeter à la mer un peu du riche chargement, toute une maison ne périt pas, lourde de malheurs, et la nef n'est point submergée. Certes, l'abondance qui vient de Zeus, les moissons qui naissent annuellement des sillons guérissent de la famine.

Antistrophe II.

Mais quelle incantation rappellera jamais le sang répandu sur la terre, le sang noir d'un homme égorgé? Zeus ne foudroya-t-il point autrefois le Très-savant qui tentait de faire revenir les morts du Hadès? Si la Moire divine ne me défendait d'en dire plus, mon cœur, devançant ma langue, eût tout révélé. Mais il frémit dans l'ombre, impatient de colère, et n'espérant point, consumé d'inquiétudes, parler jamais à temps.

KLYTAIMNESTRA.

Entre aussi, toi, Kasandra! Puisque Zeus bienveillant

veut que, dans cette demeure, tu prennes ta part des soins communs, avec de nombreux serviteurs, devant l'autel domestique, descends de ce char et renonce à l'orgueil. On dit que le fils d'Alkmèna aussi fut vendu et contraint de subir le joug. Quand la nécessité réduit à cette fortune, c'est encore un grand bonheur de tomber aux mains de maîtres depuis longtemps opulents. Ceux qui, n'en ayant jamais eu l'espérance, viennent de faire une riche moisson, sont durs en toutes choses pour leurs serviteurs et sans équité. Tu auras auprès de nous tout ce qu'il faut.

LE CHŒUR DES VIEILLARDS.

Elle t'a parlé clairement. Si tu étais prise dans les rets fatals, certes, tu obéirais. Obéis donc. Ne le veux-tu pas?

KLYTAIMNESTRA.

A moins que, semblable à l'hirondelle, elle ait un langage inconnu et barbare, mes paroles entreront dans son esprit, et je la persuaderai.

LE CHŒUR DES VIEILLARDS.

Consens. Elle te conseille ce qu'il y a de mieux dans l'état des choses. Obéis. Ne reste pas assise dans ce char.

KLYTAIMNESTRA.

Je n'ai pas le loisir de l'attendre devant les portes, car les brebis qui vont être égorgées et brûlées sont rangées devant le foyer, au milieu de la demeure, puisque nous avons une joie que nous n'espérions plus jamais. Pour toi, si tu veux faire ce que j'ai dit, ne tarde pas; mais, si tu n'as point compris mes paroles, réponds-moi par gestes, comme les Barbares.

LE CHŒUR DES VIEILLARDS.

Certes, l'Étrangère a besoin d'un interprète. Elle a les façons d'une bête fauve récemment prise.

KLYTAIMNESTRA.

Certes, elle est en démence, elle obéit à un esprit insensé, cette femme qui, ayant quitté sa ville conquise d'hier, esclave, est venue ici. Elle ne s'accoutumera point au frein qu'elle ne l'ait souillé d'une écume sanglante. Mais je ne veux pas subir l'affront de lui parler encore.

LE CHŒUR DES VIEILLARDS.

Moi, la pitié me saisit, je ne m'irrite point. Va, ô malheureuse, quitte ce char, cède à la nécessité, fais l'apprentissage de la servitude.

KASANDRA.

Strophe I.

O Dieux! Dieux! ô terre! ô Apollôn! ô Apollôn!

LE CHŒUR DES VIEILLARDS.

Pourquoi cries-tu vers Loxias? Ce n'est point un Dieu qu'on invoque par des lamentations.

KASANDRA.

Antistrophe I.

O Dieux! Dieux! ô terre, ô Apollôn! ô Apollôn!

LE CHŒUR DES VIEILLARDS.

Elle invoque de nouveau par des cris désespérés le Dieu qui n'écoute point les lamentations.

KASANDRA.

Strophe II.

Apollôn! Apollôn! toi qui m'entraînes! vrai Apollôn pour moi! tu m'as perdue de nouveau!

LE CHŒUR DES VIEILLARDS.

Elle semble prédire ses propres maux. L'esprit des Dieux est resté en elle, bien qu'elle soit esclave.

KASANDRA.

Antistrophe II.

Apollôn, Apollôn! toi qui m'entraînes! vrai Apollôn pour moi! où m'as-tu menée? vers quelle demeure?

LE CHŒUR DES VIEILLARDS.

Vers la demeure des Atréides. Si tu ne le sais pas, je te le dis, et c'est la vérité.

KASÀNDRA.

Strophe III.

Demeure détestée des Dieux! Complice d'innombrables meurtres et pendaisons! Égorgement d'un mari! Sol ruisselant de sang!

LE CHŒUR DES VIEILLARDS.

L'Etrangère semble sagace comme un chien chasseur. Elle flaire les meurtres qu'elle doit découvrir.

KASÀNDRA.

Antistrophe III.

Certes, j'en crois ces témoins, ces enfants en pleurs, égorgés, et ces chairs rôties mangées par un père.

LE CHŒUR DES VIEILLARDS.

Certes, nous savions que tu étais divinatrice; mais nous n'avons nul besoin de divinateurs.

KASANDRA.

Strophe IV.

Hélas! Dieux! Que se prépare-t-il? Quel grand et nouveau malheur médite-t-on dans ces demeures, affreux pour des proches, et sans remède? Le secours est trop loin!

LE CHŒUR DES VIEILLARDS.

Je ne comprends point ceci. Quant aux autres prophéties, je les connais; toute la ville les répète.

KASANDRA.

Antistrophe IV.

Ah! misérable! Feras-tu cela? Tu vas laver dans le bain celui qui a partagé ton lit! Comment dirai-je le reste? La chose arrivera bientôt. Elle allonge le bras et saisit de la main!

LE CHŒUR DES VIEILLARDS.

Je n'ai pas encore compris. En vérité, ce sont autant d'énigmes sous d'obscurs oracles. Je ne sais qu'en penser.

KASANDRA.

Strophe V.

Ah! ah! Dieux! Dieux! qu'est-ce que ceci? serait-ce quelque filet de Aidès? C'est le voile qui enveloppe les époux, l'instrument du meurtre! Érinnyes insatiables de cette race, criez lugubrement, à cause de ce meurtre horrible!

LE CHŒUR DES VIEILLARDS.

A quelle Érinnys ordonnes-tu de pousser des cris sur cette demeure? Tes paroles ne me rendent pas joyeux. Mon sang couleur de safran a reflué vers mon cœur.

C'est comme si j'avais reçu un coup de lance; c'est comme l'ombre sur les rayons d'une vie mourante. Certes, Atè est rapide.

KASANDRA.

Antistrophe V.

Hélas! hélas! voilà, voilà! Éloignez le taureau de la vache! Elle le frappe, ayant embarrassé ses cornes noires dans un voile. Il tombe dans l'eau de la baignoire, je vous le dis, dans la baignoire de la ruse et du meurtre.

LE CHŒUR DES VIEILLARDS.

Je ne me vante point d'être un habile interprète des oracles, mais je pense que ceci cache quelque malheur. Quelle prospérité les oracles ont-ils jamais prédite aux hommes? En effet, la science antique des Divinateurs n'annonce que les maux et n'apporte que la terreur.

KASANDRA.

Strophe VI.

Ah! ah! Malheureuse! ô mes misères lamentables! Certes, je pleure et je gémis aussi sur ma propre calamité. Pourquoi m'as-tu menée ici, moi, malheureuse! si ce n'est pour y mourir avec toi? Pourquoi, en effet?

LE CHŒUR DES VIEILLARDS.

Es-tu tellement saisie de la fureur du souffle divin,

que tu te lamentes sur toi-même en cris discordants? Ainsi le fauve rossignol, insatiable de gémissements, hélas! et passant sa vie dans les douleurs, le cœur déchiré, va, gémissant : Itys! Itys!

KASANDRA.

Antistrophe VI.

Dieux! Dieux! le destin du sonore rossignol! Les Dieux lui ont donné un corps ailé et une douce vie sans douleur; mais moi, ce qui m'est réservé, c'est d'être déchirée par l'épée à deux tranchants!

LE CHŒUR DES VIEILLARDS.

D'où te viennent cette angoisse vaine et prophétique qui t'envahit, ces cris terribles et funestes, ces chants aigus? Pourquoi hantes-tu les sombres chemins de la colère divinatrice?

KASANDRA.

Strophe VII.

O noces, noces de Pâris, funestes aux siens! ô Skamandros, fleuve de la patrie! Alors, auprès de tes eaux, malheureuse! ma jeunesse a grandi. Maintenant, sur les bords du Kôkytos et du Fleuve douloureux, je vais bientôt prophétiser!

LE CHŒUR DES VIEILLARDS.

Les paroles que tu as dites sont très-claires; un enfant

les comprendrait. Je suis déchiré au fond du cœur d'une morsure sanglante, quand je t'entends gémir et te lamenter sur ta malheureuse destinée.

KASANDRA.

Antistrophe VII.

O travaux ! Travaux d'une Ville renversée à jamais ! Fêtes sacrées de mon père au pied des tours ! Immolation des innombrables bœufs de nos pâturages ! Rien n'a pu sauver la Ville de sa ruine présente, et moi, toute chaude du souffle divin, je serai bientôt étendue contre terre !

LE CHŒUR DES VIEILLARDS.

Ces paroles ne démentent pas celles que tu as déjà dites ; mais quel Daimôn fatal s'agite en toi et te contraint de chanter la douleur, le deuil et la mort ? Je ne comprends pas ce qui doit arriver.

KASANDRA.

Certes, l'Oracle ne regardera plus à travers des voiles comme une jeune mariée, mais voici qu'il va éclater et resplendir au lever de Hèlios ! Soufflant et grondant à la façon de la mer soulevée, un malheur bien plus terrible que celui-ci va écumer à la lumière ! Et je ne parlerai plus par énigmes. Et vous, soyez témoins que ma course suit tout droit, à l'odorat, la piste des malheurs qui se sont accomplis ici autrefois. Il n'abandonne point ces demeures, le Chœur discordant et horrible à entendre ! Certes, pour irriter sa rage, il a bu le sang humain, sans quitter cette demeure, le troupeau des Érinnyes qu'on ne peut chasser! Toujours assises dans ces demeures, elles chantent le crime, le premier de tous. Puis elles maudissent celui qui viola le lit de son frère. Maintenant, ai-je manqué le but ou l'ai-je atteint comme un habile archer? Suis-je une fausse divinatrice qui va bavardant et frappant aux portes? Sois témoin! Atteste et jure que je connais les crimes antiques de ces demeures.

LE CHŒUR DES VIEILLARDS.

Pourquoi attester et jurer? Cela nous sauvera-t-il? Certes, j'admire qu'élevée par delà la mer, dans une ville étrangère, tu puisses parler comme si tu avais toujours été ici.

KASANDRA.

Le prophète Apollôn m'a fait ce don.

LE CHŒUR DES VIEILLARDS.

Le Dieu n'était-il point saisi d'amour?

KASANDRA.

Autrefois, la pudeur m'eût empêchée de l'avouer.

LE CHŒUR DES VIEILLARDS.

Certes, qui possède la puissance en abuse.

KASANDRA.

Ce fut un lutteur violent, car son cœur était plein d'amour pour moi.

LE CHŒUR DES VIEILLARDS.

Lui as-tu accordé de s'unir à toi, comme font ceux qui s'aiment?

KASANDRA.

Je promis, mais je trompai Loxias.

LE CHŒUR DES VIEILLARDS.

Étais-tu déjà douée de l'art de la divination?

KASANDRA.

Déjà je prophétisais tous leurs malheurs à nos concitoyens.

LE CHŒUR DES VIEILLARDS.

Mais la colère de Loxias t'a-t-elle épargnée?

KASANDRA

Personne ne me croit plus depuis que j'ai ainsi menti.

LE CHŒUR DES VIEILLARDS.

Tu nous sembles, cependant, une divinatrice véridique.

KASANDRA.

Hélas, hélas! ô malheur! De nouveau le travail prophétique gonfle ma poitrine, prélude du chant terrible!

Voyez-vous ces enfants assis dans les demeures, semblables aux apparitions des songes? Ce sont des enfants égorgés par leurs parents. Ils apparaissent, tenant à pleines mains leur chair dévorée, leurs intestins, leurs entrailles, misérable nourriture dont un père a pris sa part! C'est pourquoi je vous dis qu'un lion lâche médite, en se roulant sur le lit de l'époux, la vengeance de ce crime. Malheur à celui qui est revenu, à mon maître, puisqu'il me faut subir le joug de la servitude! Le chef des nefs, le destructeur d'Ilios, ne sait pas ce qu'il y a sous le visage souriant et les paroles sans nombre de l'odieuse Chienne, et quelle horrible destinée elle lui prépare, telle qu'une fatalité embusquée! Elle médite cela, la femelle tueuse du mâle! Comment la nommer, cette bête monstrueuse? Serpent à deux têtes, Skylla habitante des rochers et perdition des marins, pourvoyeuse du Hadès qui souffle sur les siens les implacables malédictions! Quel cri elle a jeté, la très-audacieuse, comme un cri de victoire dans le combat, comme si elle se réjouissait du retour de son mari! Maintenant, si je ne t'ai point persuadé, et pourquoi le serais-tu? ce qui doit arriver arrivera. Certes, tu seras témoin et tu diras, plein de pitié, que je n'étais qu'un prophète trop véridique.

LE CHŒUR DES VIEILLARDS.

J'ai reconnu, et j'en ai eu horreur, le repas de Thyestès qui dévora la chair de ses enfants, et la terreur me saisit en entendant ces choses si vraies et non inventées; mais, pour celles que tu as dites d'abord, je dévie du droit chemin.

KASANDRA.

Je te le dis, tu verras le meurtre d'Agamemnôn.

LE CHŒUR DES VIEILLARDS.

O malheureuse! contrains ta bouche de mieux parler.

KASANDRA.

Il n'y a aucun remède à ce que j'ai dit.

LE CHŒUR DES VIEILLARDS.

Non, certes, si cela doit arriver; mais que cela n'arrive pas!

KASANDRA.

Toi, tu pries! Eux ne songent qu'à l'égorgement!

LE CHŒUR DES VIEILLARDS.

Par quel homme ce crime serait-il accompli?

KASANDRA.

Certes, tu n'as point compris mes oracles.

LE CHŒUR DES VIEILLARDS.

En effet, je ne comprends point l'embûche qui se prépare.

KASANDRA.

Pourtant, je ne sais que trop la langue des Hellènes.

LE CHŒUR DES VIEILLARDS.

Les Oracles de Pythô la savent aussi ; cependant on les comprend peu aisément.

KASANDRA.

Dieux! quelle ardeur se rue en moi! Ah! hélas! Apollôn Lykien! hélas! à moi, à moi! Cette lionne à deux pieds, qui a couché avec le loup en l'absence du noble lion, elle m'égorgera, moi, malheureuse! En préparant le crime, elle se vante, me mettant de moitié dans sa colère, d'aiguiser l'épée contre son mari et de vouloir sa mort, parce qu'il m'a conduite ici. Mais pourquoi garder ces vanités, ce sceptre et ces bandelettes fatidiques autour de ma tête? Certes, je les briserai avant ma dernière heure. Allez, je vous foule aux pieds! Je vous suivrai bientôt. Portez à quelque autre vos dons funestes. Qu'Apollôn lui-même me dépouille de la robe fatidique! O Apollôn, tu m'as vue déjà, sous ces ornements, tournée en dérision par mes amis qui, sans cause, certes, étaient mes ennemis! Ils m'ont nommée vagabonde, mendiante, moi, misérable et affamée! Et maintenant, le Prophète qui m'a faite prophétesse m'a entraînée à cette fin lamentable. Au lieu de l'autel paternel, c'est un billot de cuisine qui m'attend, et c'est là que je serai égorgée toute chaude! Mais je ne mourrai pas non vengée par les Dieux. Certes, un autre viendra qui prendra notre vengeance en mains et qui tuera sa mère, en expiation du meurtre de son père. Certes, il est exilé et vagabond loin de cette terre, mais il reviendra afin d'ajouter un dernier crime à tous ceux de sa race. Les Dieux ont juré un grand serment, qu'il serait ramené par la chute de son père qui gît égorgé. Mais pourquoi gémir ainsi devant ces demeures, puisque j'ai vu Ilios subir sa destinée et que les Dieux réservaient celle-ci aux vainqueurs de ma Ville ? J'irai, je subirai aussi ma destinée. Voici la porte du Hadès. Que je sois tuée d'un seul coup ! Que mon sang coule tout entier sans convulsion et que je ferme tranquillement les yeux !

LE CHŒUR DES VIEILLARDS.

O très-malheureuse ! O femme qui sais tant de choses, combien tu as parlé ! Mais si tu sais aussi ta propre destinée, pourquoi, comme le bœuf voué aux Dieux, courir si audacieusement à l'autel ?

KASANDRA.

Je ne puis fuir. O Étrangers, je suis étreinte par le temps.

LE CHŒUR DES VIEILLARDS.

Qui meurt le plus tard possible est plus fort que le temps.

KASANDRA.

Voici mon jour. Je ne gagnerais rien à fuir.

LE CHŒUR DES VIEILLARDS.

Sache que tu es malheureuse par trop de courage.

KASANDRA

Mourir bravement est un grand honneur pour les mortels.

LE CHŒUR DES VIEILLARDS.

Nul, parmi les heureux, ne croit cela.

KASANDRA.

Hélas, ô père! Toi et tes nobles enfants!

LE CHŒUR DES VIEILLARDS.

Qu'est-ce? quelle terreur te fait reculer?

KASANDRA.

Hélas! hélas!

LE CHŒUR DES VIEILLARDS.

Pourquoi hélas? pourquoi crier hélas? Est-ce quelque nouvelle terreur?

KASANDRA.

Ces demeures sentent le meurtre et le sang répandu!

LE CHŒUR DES VIEILLARDS.

Comment n'auraient-elles point cette odeur, puisqu'on fait des sacrifices au foyer?

KASANDRA.

Non, c'est la vapeur qui monte de la tombe!

LE CHŒUR DES VIEILLARDS.

Certes, ce n'est point là un parfum syrien.

KASANDRA.

Allons! J'entrerai dans les demeures pour y gémir encore sur ma destinée et sur celle d'Agamemnôn. J'ai assez vécu. Salut, ô Étrangers! Je ne suis pas épouvantée comme l'oiseau par le piége tendu. Soyez-en témoins puisque je vais mourir. Une femme sera tuée pour me venger, moi, femme; un homme sera égorgé pour venger un homme funestement marié. Étrangère, je n'ai trouvé que cette hospitalité, la mort!

LE CHŒUR DES VIEILLARDS.

O malheureuse! que j'ai pitié de ta destinée fatale!

KASANDRA.

Je veux encore parler de ma destinée et me lamenter sur elle. J'appelle et supplie Hèlios que je regarde pour la dernière fois! Que mes meurtriers payent à mes vengeurs le sang de la captive aisément égorgée! O les choses humaines! si elles prospèrent, une ombre les anéantit, et, dans l'adversité, une éponge imprégnée d'eau en efface la trace! Et c'est sur cela que je gémis plus que sur le reste.

LE CHŒUR DES VIEILLARDS.

Il n'y a point de satiété du bonheur pour les mortels, et nul ne nous repousse des demeures déjà montrées au doigt pour leurs richesses, en disant : Tu n'entreras pas! Les Dieux heureux ont accordé à celui-ci de prendre la ville de Priamos, et il revient dans sa demeure, honoré par les Dieux. Mais, si, maintenant, il lui faut expier les discordes et les meurtres de ceux qui ont tué avant lui, s'il doit mourir pour d'autres morts, quel mortel, sachant cela, pourrait se vanter d'être né pour une destinée heureuse?

AGAMEMNÔN.

A moi! Je suis frappé d'une blessure mortelle, en plein cœur!

PREMIER DEMI-CHŒUR.

Silence! Qui a crié, blessé d'un coup mortel?

AGAMEMNÔN.

Encore! Je suis frappé d'une autre blessure!

SECOND DEMI-CHŒUR.

C'est un cri du Roi! Il semble qu'un crime ait été commis. Délibérons sur ce qu'il nous faut faire.

PREMIER DEMI-CHŒUR.

Pour moi, je vous dirai ma pensée : appelons les citoyens vers la demeure, afin d'y porter secours.

SECOND DEMI-CHŒUR.

Il me semble qu'il faudrait plutôt nous ruer dans la maison et punir le crime l'épée encore en main.

PREMIER DEMI-CHŒUR.

J'y consens. Il faut agir et ne point tarder.

SECOND DEMI-CHŒUR.

Il faut voir. En effet, c'est ainsi qu'ils commencent, ceux qui aspirent à la tyrannie.

PREMIER DEMI-CHŒUR.

Nous perdons le temps ; mais eux, ils foulent aux pieds le mérite de la prudence, et leur main ne dort pas !

SECOND DEMI-CHŒUR.

Je ne sais quel conseil vous donner. Je pense, cependant, qu'il vaut mieux délibérer qu'agir.

PREMIER DEMI-CHŒUR.

Je le pense aussi, car il n'est pas en ma puissance de faire par des paroles que les morts se tiennent debout.

SECOND DEMI-CHŒUR

Mais faut-il sacrifier toute notre vie aux violateurs de cette maison, et seront-ils nos maîtres?

PREMIER DEMI-CHŒUR.

Cela n'est pas supportable. Mieux vaut mourir. La mort vaut mieux que la soumission à la tyrannie.

SECOND DEMI-CHŒUR.

Mais quelle preuve avons-nous, autre que ce cri poussé, pour affirmer que le Roi a été tué?

PREMIER DEMI-CHŒUR.

Certes, il ne faut affirmer qu'en toute certitude. Il y a loin de la certitude à la conjecture.

SECOND DEMI-CHŒUR.

Je le pense aussi. Il faut attendre que nous sachions sûrement ce qui est arrivé à l'Atréide.

KLYTAIMNESTRA.

Je n'aurai point honte de démentir maintenant les nombreuses paroles que j'ai dites déjà, comme il convenait dans le moment. De quelle façon, en effet, préparer la perte de celui qu'on hait et qu'on semble aimer, afin de l'envelopper dans un filet dont il ne puisse se dégager? A la vérité, il y a bien longtemps que je songe à livrer ce combat. J'ai tardé, mais le temps est venu. Me voici debout, je l'ai frappé, la chose est faite. Certes, je n'ai point agi avant qu'il ne lui fût impossible de se défendre contre la mort et de l'éviter. Je l'ai enveloppé entièrement d'un filet sans issue, à prendre les poissons, d'un voile très-riche, mais mortel. Je l'ai frappé deux fois, et il a poussé deux cris, et ses forces ont été rompues, et, une fois tombé, je l'ai frappé d'un troisième coup, et le Hadès, gardien des morts, s'en est réjoui! C'est ainsi qu'en tombant il a rendu l'âme. En râlant, il m'a arrosée d'un jaillissement de sa blessure, noire et sanglante rosée, non moins douce pour moi que ne l'est la pluie de Zeus pour les moissons, quand l'épi ouvre l'enveloppe. Voici où en sont les choses, Vieillards Argiens qui êtes ici. Réjouissez-vous, si cela vous plaît; moi, je m'applaudis. S'il était convenable de faire des libations sur un mort, certes, on pourrait en faire à bon droit sur celui-ci. Il avait empli le kratèr de cette maison de crimes exécrables, et lui-même y a bu à son retour.

LE CHŒUR DES VIEILLARDS.

J'admire l'insolence de ta langue. Tu te glorifies de parler ainsi de ton mari!

KLYTAIMNESTRA.

Tu me prends pour une femme irrésolue, et moi, je vous le dis, d'un cœur inébranlable, afin que vous le sachiez : louez ou blâmez-moi, peu importe. Celui-ci est Agamemnôn, mon mari. Il est mort, et c'est ma main qui l'a justement frappé. C'est un travail bien fait. La chose est dite.

LE CHŒUR DES VIEILLARDS.

Strophe I.

O femme! quel fruit maudit de la terre as-tu mangé? Quel poison sorti de la mer as-tu bu, pour amasser ainsi sur toi, avec ce crime horrible, les exécrations du peuple? Tu as renversé, tu as égorgé. En horreur aux citoyens, tu seras chassée d'ici!

KLYTAIMNESTRA.

Maintenant, tu veux que je sois chassée de la Ville, bannie, chargée de la haine des citoyens et des exécrations du peuple, et tu ne reproches rien à cet homme, lui qui a sacrifié sa fille sans plus de souci d'elle que d'une des brebis qui abondaient dans les pâturages, elle, la très-chère enfant que j'avais mise au monde, et afin d'apaiser les vents Thrèkiens! N'est-ce pas lui qu'il eût fallu chasser d'ici en expiation de cette impiété? Mais, sachant ce que j'ai fait, tu m'es un juge inexorable. Certes, je te le dis, tu peux menacer, je suis prête. Celui qui aura la victoire commandera. Si un Dieu a résolu ta défaite, du moins la sagesse t'aura été enseignée.

LE CHŒUR DES VIEILLARDS.

Antistrophe I.

Tu parles, pleine d'audace et d'orgueil, et ton esprit

furieux est ivre du sang du meurtre! Cette tache de sang sur ta face est non vengée; et il te faut, abandonnée des tiens, expier la mort par la mort.

KLYTAIMNESTRA.

Écoute ce serment sacré : Par la juste vengeance de ma fille, par Atè, par Érinnys, à qui j'ai offert le sang de cet homme, je ne crains pas d'entrer jamais dans la maison de la terreur, aussi longtemps qu'Aigisthos, qui m'aime, allumera le feu de mon foyer, comme il l'a fait déjà avant ce jour. En effet, il est le large bouclier qui abrite mon audace. Le voilà gisant celui qui m'a outragée, les délices des Khrysèis qui ont vécu devant Ilios! Et la voici, la Captive, la divinatrice fatidique, qui partageait son lit, venue avec lui sur les nefs. Ils n'ont point été frappés injustement, et, quant à lui, tu sais comment. Pour elle, pareille au cygne, elle a chanté son chant de mort. Elle gît, la bien-aimée! Et les voluptés de mon li en sont accrues!

LE CHŒUR DES VIEILLARDS.

Strophe II.

Hélas! puisse la destinée, sans de trop grandes douleurs, sans que nous languissions sur un lit, nous donner promptement le sommeil éternel et sans fin, puisqu'il est mort celui qui nous protégeait et nous aimait, lui qui, après avoir tant souffert pour la cause d'une femme, a perdu la vie par le crime d'une femme!

Strophe III.

Ah ! insensée Hélèna ! Seule, que d'innombrables âmes tu as perdues sous Troia ! Et voici que tu avais aussi marqué d'une ineffaçable tache de sang la vie glorieuse de celui qui vient de mourir ! Dès lors, Éris, enfermée dans les demeures, a médité le meurtre de l'homme.

KLYTAIMNESTRA.

N'invoquez pas la Moire de la mort en vous lamentant sur ce que j'ai fait ; ne vous irritez pas contre Hélèna, parce qu'elle a détruit les guerriers. Elle n'a point perdu seule tant d'âmes Danaennes, ni causé seule ces intolérables douleurs.

LE CHŒUR DES VIEILLARDS.

Antistrophe II.

O Daimôn qui as hanté cette demeure et les deux Tantalides, tu as doué les femmes de leur audace sauvage, et tu déchires mon cœur ! Et, debout sur ce cadavre, comme un corbeau funèbre, la voilà qui chante son chant de triomphe !

KLYTAIMNESTRA.

Antistrophe III.

Voici que tu parles plus véridiquement en accusant le Daimôn trois fois terrible de cette race. C'est lui, en effet, qui excite cette soif du sang dans nos entrailles.

Avant qu'une première plaie soit fermée, un nouveau sang jaillit!

LE CHŒUR DES VIEILLARDS.

Strophe IV.

Certes, tu te hâtes de rappeler le Daimôn furieux de ces demeures. Hélas! hélas! Maux terribles et fortune lamentable! O Dieux! hélas! c'est Zeus qui a tout voulu et tout fait. Rien, en effet, n'arrive parmi les hommes sans Zeus. Rien ne nous est envoyé que par les Dieux. Hélas! hélas! ô Roi, ô Roi! comment te pleurerai-je? comment dirai-je combien je t'aimais? Tu gis dans cette toile d'araignée, ayant rendu l'âme par un meurtre impie! Malheur à moi! Te voilà couché sur ce lit d'esclave par un crime plein de ruse, frappé de la hache à deux tranchants!

KLYTAIMNESTRA.

Strophe V.

Tu dis que ce crime est le mien, mais ne dis pas que je suis la femme d'Agamemnôn. Celui qui a pris ma forme? c'est l'antique et inexorable vengeur d'Atreus et de son repas horrible. C'est lui qui a vengé sur cet homme les enfants égorgés.

LE CHŒUR DES VIEILLARDS.

Antistrophe IV.

Qui témoignera que tu es innocente de ce meurtre?

Comment? comment? Que le vengeur caché du père vienne à son tour! Le noir Arès s'acharne à verser le sang de votre famille; mais, d'où qu'il vienne, il ne fera qu'ajouter au sang des enfants dévorés! Hélas! hélas! ô Roi! ô Roi! comment te pleurerai-je? comment dirai-je combien je t'aimais? Tu gis dans cette toile d'araignée, ayant rendu l'âme par un meurtre impie! Malheur à moi! Te voilà couché sur ce lit d'esclave, par un crime plein de ruse, frappé de la hache à deux tranchants!

KLYTAIMNESTRA.

Antistrophe V.

Je ne pense pas qu'il ait reçu une mort indigne de lui. N'a-t-il pas apporté le désespoir dans ces demeures, et ouvertement? Il a odieusement sacrifié la fille que j'avais eue de lui, Iphigénéia tant pleurée. Certes, il est mort justement. Qu'il ne se plaigne pas dans le Hadès! Il a subi la mort sanglante qu'il avait donnée.

LE CHŒUR DES VIEILLARDS.

Strophe VI.

J'hésite, je ne sais plus que penser. Que faire, dans mon angoisse, devant la chute de cette maison? Je tremble au fracas du torrent de sang qui engloutit cette demeure, car ce n'est plus une pluie. Après chaque crime, la Moire aiguise un autre crime pour l'expiation!

PREMIER DEMI-CHŒUR.

Antistrophe VI.

O terre, terre ! Que ne m'as-tu enfermé, avant que j'aie vu celui-ci couché au fond de la baignoire d'argent ! Qui l'ensevelira ? qui le pleurera ? Oseras-tu le faire, toi qui as égorgé ton mari ? Oseras-tu le pleurer ? Oseras-tu rendre, malgré elle, ces honneurs à son âme, après un aussi grand crime ?

SECOND DEMI-CHŒUR.

Qui chantera les louanges funèbres de cet homme divin ? Qui répandra sur lui des larmes sincères ?

KLYTAIMNESTRA.

Strophe VII.

Il ne convient pas que tu prennes ce souci. Il est tombé, il est mort par moi. Je l'ensevelirai, non pleuré par les siens. Mais Iphigénéia, sa fille, avec un tendre baiser, viendra, comme il convient, au-devant de son père, sur les bords du rapide Fleuve des douleurs, et le serrera dans ses bras.

LE CHŒUR DES VIEILLARDS.

Antistrophe VII.

Outrage pour outrage ! Comment sortir de cet enchaînement de crimes ? Celui qui tue expie, et le sang paye le sang. Tant que Zeus restera dans la durée, qui aura commis le crime l'expiera. Cela est à jamais ainsi. Qui peut chasser de sa demeure une race légitime ? Elle en est inséparable, elle y est indissolublement attachée.

KLYTAIMNESTRA.

En vérité, il en est ainsi. Certes, je jure au Daimôn des Pleisthénides que je supporterai cette destinée, bien qu'elle soit lourde. Que ce Daimôn sorte donc d'ici, et qu'il aille épouvanter d'autres races par des égorgements mutuels ! Il me suffit de la plus petite part de nos richesses, pourvu que je détourne de nos demeures la fureur des égorgements mutuels !

AIGISTHOS.

O bienheureuse lumière de ce jour qui m'a apporté la vengeance ! Maintenant, je croirai qu'il est des Dieux vengeurs qui regardent d'en haut les misères des hommes ! Je vois, en effet, cet homme étendu mort dans la robe des Érinnyes, et cela m'est doux, car il a expié les fureurs de son père. Atreus, le roi de cette terre, le père de cet homme, a disputé la puissance à Thyestès, pour le nommer clairement, à mon père qui était son propre frère, et l'a chassé des demeures paternelles. Et le malheureux Thyestès, ayant été rassuré sur sa vie, revint en suppliant à ce foyer, où, mort, il ne devait pas souiller de son sang le sol de la patrie. Et le père de cet homme, l'impie Atreus, cachant la haine sous l'amitié et préparant des viandes comme pour un jour de fête, lui donna à manger la chair de ses enfants ! Assis au haut bout, Atreus, joyeux, coupait et partageait les doigts des pieds et des mains. Et voici que Thyestès, prenant ces morceaux qui ne pouvaient être reconnus, mangea un repas fatal, comme tu vois, à la race d'Atreus. Mais, s'étant aperçu du crime abominable, il poussa un gémissement et tomba, vomissant ce meurtre. Et il appela l'inexorable exécration sur les Pélopides, renversant la table et vouant par sa malédiction toute la race des Pleisthénides à la mort. Et c'est pourquoi tu peux voir cet homme égorgé, et c'est moi qui l'ai tué justement. J'étais le troisième enfant de mon malheureux père, et je fus chassé avec lui, tout petit dans mes langes. Devenu homme, la Justice m'a ramené ; et j'ai tendu des embûches à celui-ci, et, bien qu'absent, j'ai tout mené à fin. Aussi, maintenant, je trouverai la mort belle, puisque je vois cet homme enveloppé dans le filet de la Justice !

LE CHŒUR DES VIEILLARDS.

Aigisthos, je ne respecte pas l'insolence dans le crime. Tu dis que tu as tué cet homme, et que, seul, tu as médité ce meurtre lamentable ! Certes, j'affirme que ta tête n'échappera point au jugement. Sache-le, tu seras condamné par le peuple à être lapidé.

AIGISTHOS.

Parles-tu donc si haut, toi qui es assis au dernier aviron, quand d'autres commandent et tiennent la barre de la nef? Tu sauras bientôt ce qu'il faut savoir, bien que vieux, et qu'il soit difficile d'apprendre à ton âge. Mais les chaînes et les angoisses de la faim sont, pour la vieillesse aussi, de bons maîtres et d'excellents médecins. Vois-tu maintenant? Ouvres-tu les yeux? Ne te révolte pas contre l'aiguillon, de peur d'en gémir.

LE CHŒUR DES VIEILLARDS.

Femme! c'est donc toi, gardienne des demeures, qui, ayant souillé le lit de ton mari, as médité le meurtre du chef de l'armée, à son retour de la guerre!

AIGISTHOS.

Certes, ces paroles feront que tu pleureras! Ton langage est tout différent de celui d'Orpheus. En effet, il attirait toutes choses par le charme qui venait de sa voix, et toi, tu repousses par tes doux hurlements. Une fois sous le joug, tu seras plus traitable.

LE CHŒUR DES VIEILLARDS.

Comment serais-tu maître des Argiens, toi qui, ayant médité le meurtre de cet homme, n'as pas osé le tuer de ta propre main?

AIGISTHOS

Il est clair que c'était à une femme de l'envelopper de ruses. Moi, son ennemi depuis longtemps, j'étais suspect. Maintenant, à l'aide de ses richesses, je tenterai de commander aux Argiens. Celui qui n'obéira pas, je le dompterai rudement comme un jeune étalon furieux et rebelle au frein. La faim unie aux ténèbres horribles le verra bientôt apaisé.

LE CHŒUR DES VIEILLARDS.

Pourquoi, dans ton lâche cœur, n'as-tu pas tué seul cet homme ? C'est sa femme, souillure de cette terre et de nos Dieux, qui l'a tué. Orestès ne voit-il point la lumière quelque part, et, par une fortune favorable, ne reviendra-t-il point dans sa patrie pour vous châtier tous deux ?

AIGISTHOS.

Puisque tu agis et parles ainsi, tu vas savoir...

LE CHŒUR DES VIEILLARDS.

Allons, chers compagnons ! le combat est proche.

AIGISTHOS.

. . . .

LE CHŒUR DES VIEILLARDS.

Allons ! que chacun tienne en main l'épée hors la gaîne.

AIGISTHOS.

Voici mon épée nue ! Moi aussi, je ne fuirai pas la mort.

LE CHŒUR DES VIEILLARDS.

Tu dis que tu acceptes la mort? Prenons donc la fortune pour juge!

KLYTAIMNESTRA.

O le plus cher des hommes, ne causons pas de nouveaux malheurs! Cette lamentable moisson n'a été que trop abondante. Assez de calamités, ne nous baignons plus dans le sang. Allez, vieillards, mettez-vous à l'abri dans vos demeures avant d'être frappés. Nous avons fait ce qu'il fallait faire, selon la nécessité des choses. Certes, s'il faut expier notre action, c'est assez que nous subissions la colère terrible des Dieux. Telle est la pensée d'une femme, si quelqu'un a souci de la connaître.

AIGISTHOS.

Ainsi, ils m'outrageraient de leur langue insensée, ils invoqueraient contre moi la colère des Daimônes, et, sans nulle prudence, ils braveraient leur maître!

LE CHŒUR DES VIEILLARDS.

Ce ne serait point agir en Argiens que de flatter un pervers.

AIGISTHOS.

Mais moi, je te châtierai quelque jour.

LE CHŒUR DES VIEILLARDS.

Non! si un Dieu excite Orestès afin qu'il revienne.

AIGISTHOS.

Je sais que les exilés se repaissent d'espérances.

LE CHŒUR DES VIEILLARDS.

Engraisse-toi ! Viole la justice, puisque cela t'est permis.

AIGISTHOS.

Sache que tu seras châtié de cette insolence.

LE CHŒUR DES VIEILLARDS.

Glorifie-toi, comme le coq auprès de la poule !

KLYTAIMNESTRA.

Laisse-les aboyer en vain. Toi et moi nous commanderons dans ces demeures, et nous mettrons l'ordre partout.

Fin d'Agamemnôn.

V

LES KHOÈPHORES

V

LES KHOÈPHORES

Orestès.
Èlektra.
Klytaimnestra.
Aigisthos.
Pyladès.
La nourrice Gilissa.
Le Portier.
Le Chœur des Khoèphores.

ORESTÈS.

Hermès souterrain, qui tiens de ton père cette puissance, sois mon sauveur, aide-moi, je t'en supplie! Voici que je reviens dans ce pays, après un long exil, et je parle à mon père sur le tertre de sa tombe, afin qu'il m'entende et qu'il m'exauce. Cette tresse de cheveux est pour Inakhos qui m'a nourri, et cette autre est une offrande douloureuse.

Que vois-je ? Quel est ce rassemblement de femmes vêtues de robes noires ? Qu'est-il arrivé ? Quelle calamité nouvelle est tombée sur cette demeure ? Viennent-elles apporter à mon père les libations qui apaisent les morts ? C'est cela, et non autre chose. Il me semble voir, en effet, Èlektra, ma sœur, qui s'avance, chargée d'un grand deuil. O Zeus ! donne-moi de venger le meurtre de mon père ! Aide-moi, sois-moi propice ! — Pyladès, sortons du chemin, afin que je sache sûrement quelle est cette supplication de femmes.

LE CHŒUR DES KHOÈPHORES.

Strophe I.

Envoyée de la demeure, je porte des libations en me frappant cruellement de mes mains. Ma joue est ensanglantée des déchirures récentes que mes ongles y ont faites. Mon cœur se repaît sans cesse de lamentations ; et, dans les transports de mes douleurs, je mets en lambeaux mes vêtements, ce péplos noir qui couvre la poitrine de celles qu'afflige une destinée mauvaise.

Antistrophe I.

Voici que la terreur, qui hérisse les cheveux, qui se révèle par les songes, soufflant la colère dans le sommeil, brusquement, pendant la nuit, terrible, a éveillé des cris au fond des demeures, en pénétrant dans la chambre des femmes. Les divinateurs des Songes, sous l'étreinte des Dieux, ont dit que ceux qui habitent sous la terre étaient indignés et enflammés de fureur contre les meurtriers.

Strophe II.

O terre, terre ! Cette femme impie m'a envoyée, cherchant par une expiation vaine à détourner le malheur ; mais je crains de parler. En effet, peut-on racheter le sang répandu ? O lamentable foyer ! O écroulement de ces demeures ! Plus de lumière ! Les ténèbres odieuses aux mortels ont enveloppé cette maison à la mort de ses maîtres !

Antistrophe II.

L'auguste respect, autrefois invincible, tout-puissant, inébranlable, qui entrait dans les oreilles et dans l'esprit, a maintenant disparu. Qui n'est point épouvanté ? La félicité est déesse parmi les mortels, et plus que déesse ; mais la justice rapide frappe les uns en plein jour, ou, plus tardive, atteint les autres au seuil des ténèbres. D'autres, enfin, sont engloutis dans la nuit éternelle.

Épôde.

Quand la terre nourricière a bu le sang, la souillure vengeresse devient ineffaçable. Le remords terrible travaille le coupable. La virginité une fois violée, il n'y a plus de remède. Les fleuves réuniraient leurs eaux qu'ils ne laveraient point la main qu'a souillée le meurtre.

Pour moi, les Dieux m'ont enveloppée dans la calamité de ma ville : ils m'ont jetée dans la servitude, loin des toits paternels. Il appartient à ceux qui sont, par la violence, les maîtres de ma vie d'être, comme il leur convient, justes ou injustes. Il me faut réprimer l'amère indignation de mon cœur. Voici que, dans ma douleur cachée, je baigne mes vêtements de larmes sur la triste destinée de mes maîtres.

ÈLEKTRA

Femmes esclaves, servantes des demeures, qui m'accompagnez dans cette supplication, conseillez-moi sur ceci. En versant les libations funèbres sur ce tombeau, quelles paroles propices prononcerai-je ? Comment prier mon père ? Dirai-je que je viens à l'époux bien-aimé de la part de la chère épouse, de ma mère ? Jamais je ne l'oserai, et je ne sais que dire en versant cette libation sur le tombeau de mon père. Lui dirai-je qu'il doit rendre le mal pour le mal, comme c'est la coutume parmi les hommes qui offrent des présents à ceux qui leur en font ? Ou bien, muette et sans nul honneur, puisque mon père a été égorgé, me retirerai-je, après avoir versé les libations comme pour l'expiation d'un crime, et jeté le vase derrière moi, en détournant les yeux ? O amies ! conseillez-moi, car nous avons toutes la même haine dans ces demeures. Ne cachez donc rien, par crainte, au fond de votre cœur, car ce que la destinée a décidé arrive pour l'homme libre comme pour celui qui subit le joug d'une puissance étrangère. Parle donc, si tu as quelque chose de mieux à conseiller.

LE CHŒUR DES KHOÈPHORES.

Respectant le tombeau de ton père autant qu'un autel, je te dirai ma pensée, puisque tu l'ordonnes.

ÈLEKTRA.

Parle donc, si tu respectes le tombeau de mon père.

LE CHŒUR DES KHOÈPHORES.

En versant les libations, fais des prières pour ceux qui lui étaient bienveillants.

ÈLEKTRA.

Quels amis nommerais-je ?

LE CHŒUR DES KHOÈPHORES.

Toi-même d'abord, et quiconque hait Aigisthos.

ÈLEKTRA.

Je ferai donc des vœux pour moi et pour toi ?

LE CHŒUR DES KHOÈPHORES.

Tu as bien dit, certes, et tu m'as comprise.

ÈLEKTRA.

Et quel nom ajouter aux nôtres ?

LE CHŒUR DES KHOÈPHORES.

Souviens-toi d'Orestès, tout absent qu'il est.

ÈLEKTRA.

Tu me donnes un conseil juste et sage.

LE CHŒUR DES KHOÈPHORES.

Maintenant, souviens-toi des coupables, de l'égorgement de ton père.

ÈLEKTRA.

Que dirai-je ? Je ne sais. Enseigne-le-moi.

LE CHŒUR DES KHOÈPHORES.

Souhaite qu'il leur arrive un Dieu ou un homme.

ÈLEKTRA.

Parles-tu d'un juge ou d'un vengeur ?

LE CHŒUR DES KHOÈPHORES.

Souhaite clairement que ce soit quelqu'un qui les égorge à leur tour.

ÈLEKTRA.

Puis-je adresser justement une telle prière aux Dieux ?

LE CHŒUR DES KHOÈPHORES.

Comment ne serait-il point permis de rendre à des ennemis le mal pour le mal ?

ÈLEKTRA.

Grand messager des Dieux supérieurs et inférieurs, entends-moi, Hermès souterrain ! Apprends-moi que les Daimones ont écouté mes prières, eux qui veillent sur les demeures paternelles, et que la terre aussi m'a écoutée, elle qui enfante et nourrit toutes choses, et qui les reprend de nouveau ! Et moi, en versant ces libations expiatrices aux morts, je dis, invoquant mon père : Aie pitié de moi et de mon cher Orestès, et fais que notre foyer nous soit rendu ! Car, maintenant, nous errons, trahis par notre mère, depuis qu'à ta place elle a mis un autre homme, Aigisthos, qui a pris part à ton égorgement. Moi, je suis esclave ; et, privé de tes biens, Orestès est en exil, tandis que, dans leur insolence, ils jouissent impudemment des fruits de tes travaux. Je te supplie pour qu'Orestès revienne heureusement. Et toi, exauce-moi, mon père ! Donne-moi de valoir beaucoup mieux que ma mère, et de mieux agir. Voilà nos vœux. Je souhaite à nos ennemis que ton vengeur apparaisse ! Que les meurtriers soient tués à leur tour, comme cela est juste. Je mêle à mes prières ces imprécations funestes que je crie contre eux. Du fond du Hadès envoie-nous toutes les prospérités, avec l'aide des Dieux, de la terre, de la justice victorieuse ! Après ces vœux, je verse ces libations. Vous, poussez des lamentations et chantez le Paian funèbre !

LE CHŒUR DES KHOÈPHORES.

Pleurez avec des sanglots sur le maître lamentable, tandis que les libations sont répandues en l'honneur de celui qui défend les bons des mauvais et détourne de nous l'odieuse souillure. Entends, entends, ô vénérable, ô roi, entends mes prières, des ténèbres où gît ton âme! Ah! hélas! ô Dieux! Quel héros, puissant par la lance, rachètera tes demeures? Un Skythe, un Arès, tendant de ses mains, dans le combat, l'arc recourbé, ou, la tête en arrière, saisissant par la poignée l'épée qu'il agite?

ÈLEKTRA.

Mon père possède désormais ces libations que la terre a bues. Mais écoutez-moi avec attention.

LE CHŒUR DES KHOÈPHORES.

Parle donc. Mon cœur tressaille de crainte.

ÈLEKTRA.

Je vois, là, une tresse de cheveux coupée, sur ce tombeau.

LE CHŒUR DES KHOÈPHORES.

Est-ce d'un homme ou d'une jeune fille à large ceinture?

ÈLEKTRA.

Il est facile de le deviner.

LE CHŒUR DES KHOÈPHORES.

Comment l'apprendrais-je de toi, étant la plus âgée?

ÈLEKTRA.

Nul, si ce n'est moi, n'aurait coupé cette tresse.

LE CHŒUR DES KHOÈPHORES.

Ceux à qui il conviendrait de couper leur chevelure en marque de deuil sont, en effet, des ennemis.

ÈLEKTRA.

Cependant cette tresse est toute semblable...

LE CHŒUR DES KHOÈPHORES.

Aux cheveux de qui? Je veux le savoir.

ÈLEKTRA.

Elle est semblable à mes propres cheveux.

LE CHŒUR DES KHOÈPHORES.

Serait-ce une offrande secrète d'Orestès?

ÈLEKTRA.

Certes, ces cheveux sont tout semblables à ceux d'Orestès!

LE CHŒUR DES KHOÈPHORES.

Comment aurait-il osé venir ici ?

ÈLEKTRA.

Il a envoyé cette tresse, l'ayant coupée en honneur de son père.

LE CHŒUR DES KHOÈPHORES.

Ce que tu me dis ne me cause pas moins de larmes, s'il ne doit jamais toucher du pied cette terre.

ÈLEKTRA.

Moi aussi, un grand trouble a envahi mon cœur, et je suis heurtée d'un flot d'amertume comme d'un trait lancé ! De mes yeux coulent d'intarissables larmes brûlantes, telles qu'un torrent, quand je regarde cette tresse! En effet, je ne puis croire qu'elle appartienne à quelque autre citoyen. Certes, elle ne l'a point coupée sur sa tête, la meurtrière, ma mère, bien qu'elle ne mérite point ce nom, par sa haine impie contre ses enfants. Mais comment saurai-je sûrement si cet ornement vient d'Orestès qui m'est le plus cher des hommes? Je me flatte de cette espérance. Hélas ! plût aux Dieux que ces cheveux eussent une voix favorable, ainsi qu'un messager ! Je ne serais pas agitée de pensées contraires, et je saurais clairement quelle est cette tresse, la repoussant si elle a été coupée sur une tête ennemie, ou, si elle vient de mon frère, la vouant, dans notre douleur commune, au tombeau paternel, comme un ornement et un honneur. Mais invoquons les Dieux qui savent tout, tandis que nous sommes secoués par les flots comme les marins; et, si nous devons être sauvés, qu'un arbre très-enraciné sorte de ce faible germe ! Voici un autre indice : des traces semblables à celles de mes pieds. Ces empreintes sont doubles, les siennes et celles d'un compagnon. Les talons et les doigts ont l'exacte mesure des miens. Certes, je suis pleine d'angoisse et de trouble.

ORESTÈS.

Prie les Dieux qu'ils exaucent aussi heureusement tes autres vœux que ceux-ci.

ÈLEKTRA.

Qu'ai-je donc obtenu par la volonté des Dieux ?

ORESTÈS.

Tu vois ceux que tu as longtemps désirés.

ÈLEKTRA.

Sais-tu donc quel mortel je désire ?

ORESTÈS.

Je sais que tu attends Orestès avec ardeur.

ÈLEKTRA.

En quoi mes vœux sont-ils accomplis?

ORESTÈS.

Je suis Orestès; ne cherche pas un meilleur ami.

ÈLEKTRA.

O Étranger, médites-tu quelque ruse contre moi?

ORESTÈS.

J'en méditerais donc contre moi-même.

ÈLEKTRA.

Peut-être veux-tu te jouer de mes maux.

ORESTÈS.

Je me jouerais donc aussi des miens.

ÈLEKTRA.

Ainsi, tu es Orestès! C'est à Orestès que je parle!

ORESTÈS.

C'est lui-même que tu vois; mais tu me reconnais avec peine. Et, cependant, quand tu as aperçu, déposée sur ce tombeau, cette tresse des cheveux de ton frère, si semblables aux tiens, quand tu as mesuré les traces de tes pas sur celles des miens, tu as été transportée de joie et tu t'imaginais me voir moi-même. Rapproche cette tresse de l'endroit où je l'ai coupée; vois cette toile tissée par tes mains, et les coups de la spathè, et les images d'animaux qui y sont brodées. Contiens-toi, ne cède point aux transports de ta joie, car je sais que nos proches sont nos cruels ennemis.

ÈLEKTRA.

O le plus cher souci des demeures de ton père! Espérance pleurée d'un germe sauveur! Tu recouvreras par ton courage la maison paternelle. O doux à mes yeux, toi qui as quatre parts dans mon cœur! Car, il me faut te nommer mon père, et c'est à toi que va l'amour que j'avais pour ma mère qui m'est justement odieuse, et pour ma sœur cruellement sacrifiée. Tu me seras un frère fidèle, toi qui, seul, viens à mon aide. Que la force et la justice, et Zeus, le plus grand de tous les Dieux, soient avec nous!

ORESTÈS.

Zeus! Zeus! contemple ceci. Vois la race de l'aigle, privée de son père étouffé dans les nœuds de la vipère horrible. La faim ronge ses petits orphelins qui ne peuvent chasser comme leur père, ni suffire aux besoins du nid. Regarde-nous, Èlektra et moi, enfants sans père et chassés tous deux de leur demeure. Si tu abandonnais les enfants de celui qui t'offrait de si riches sacrifices, de quelles mains semblables recevrais-tu désormais les honneurs sacrés? Une fois la race de l'aigle éteinte, par qui enverrais-tu aux mortels tes augures véridiques? Si tout l'arbre royal est brûlé jusque dans ses racines, on ne pourra orner de rameaux tes autels aux jours des sacrifices. Aide-nous! Relève de sa chute cette maison qui, certes, semble maintenant à jamais écroulée.

LE CHŒUR DES KHOÈPHORES.

O enfants, ô sauveurs du foyer paternel, taisez-vous! O enfants, que nul ne vous entende et ne puisse, en parlant sans réserve, tout dénoncer à ceux qui commandent. Plaise aux Dieux que je les voie un jour morts, à travers la fumée odorante du bûcher!

ORESTÈS.

Non, certes, le tout-puissant oracle de Loxias ne me trahira pas, lui qui m'a ordonné d'affronter ce danger, m'excitant à haute voix et me menaçant, de façon à glacer mon cœur brûlant, de malheurs terribles, si je ne vengeais le meurtre de mon père sur ses meurtriers, les tuant comme ils l'ont tué, et si je ne les châtiais de m'avoir enlevé mes biens. Certes, il m'a dit que je souffrirais alors et que je serais accablé de maux horribles. Il m'a annoncé que les mortels seraient accablés de toutes les calamités qu'il faut payer aux Érinnyes irritées, et que, pour moi, je serais en proie à la maladie qui rongerait mes chairs, dévorerait de ses dents féroces ma première nature, me rendrait décrépit et blanchirait mes poils. Et il prophétisait encore d'autres assauts des Érinnyes, à cause du sang de mon père, et qu'il darderait son œil flamboyant du fond des ténèbres; car le trait sombre que lancent les morts, quand des parents ont été la proie d'un crime, et la rage, et les épouvantes nocturnes, agitent, troublent et chassent le misérable hors de la ville avec un fouet d'airain. Il n'est plus permis à l'homme souillé de prendre sa part du kratèr et des libations versées. Il est repoussé des autels par la colère cachée de son père; il n'est accueilli par personne; tous le méprisent, et il meurt, longtemps après, sans amis, et consumé par une destinée lamentable et horrible. Certes, il faut en croire de tels oracles. Même sans y croire, j'accomplirais encore mon dessein. En effet, d'innombrables raisons m'y poussent : l'ordre d'un Dieu, le regret profond de mon père, et, par-dessus tout, mon indigence. Enfin, je ne souffrirai pas que les plus illustres des citoyens qui ont courageusement renversé Troia soient soumis à deux femmes, car Aigisthos a une âme de femme. S'il n'en est rien, cela se saura bientôt, et clairement.

LE CHŒUR DES KHOÈPHORES.

O grandes Moires! Que tout s'accomplisse, avec l'aide de Zeus, selon la justice! Que la langue ennemie soit châtiée par une langue ennemie! La justice réclame à haute voix ce qui lui est dû. Coup mortel pour coup mortel! Qu'il subisse le crime, celui qui a commis le crime! C'est la maxime antique.

ORESTÈS.

Strophe I.

O Père, qui as souffert des maux terribles, que te dirai-je et que ferai-je, pour que la lumière luise dans les ténèbres et parvienne d'ici, sous la terre, jusqu'à ton lit funèbre? Les salutations et les larmes sont les seuls honneurs rendus aux Atréides, aux antiques maîtres de ces demeures.

LE CHŒUR DES KHOÈPHORES.

Strophe II.

Enfant, la mâchoire vorace du feu ne détruit pas l'esprit d'un mort, et sa colère éclate après la vie. Le mort gémit, et le meurtrier est révélé. Le juste deuil de leurs ancêtres, de leurs pères, pousse de toutes parts les enfants à la vengeance.

ÈLEKTRA.

Antistrophe I.

Entends aussi, ô Père, mes lamentations amères! Le gémissement funèbre de tes deux enfants te pleure. Les voici sur ta tombe, suppliants et exilés tous deux. Plus de joie pour eux sans douleur. Leur misère est sans remède.

LE CHŒUR DES KHOÈPHORES.

Certes, de ces lamentations, un Dieu peut faire naître des cris de joie, s'il le veut. Au lieu de chants funèbres, l'hymne victorieux peut ramener dans les demeures royales l'ami qui vient de nous rejoindre.

ÈLEKTRA.

Strophe III.

Plût aux Dieux que, sous Ilios, ô Père, tu fusses

tombé frappé par la lance de quelque Lykien! tu aurais laissé la gloire à ta maison, tu aurais légué à tes enfants une vie digne de louanges, et tu aurais une haute tombe, honneur de ta race, sur le continent, au delà des mers!

LE CHŒUR DES KHOÈPHORES.

Antistrophe II.

Cher à tes amis morts glorieusement avec toi, illustre sous la terre, roi vénérable, tu serais le ministre des grands tyrans souterrains : car tu étais roi pendant que tu vivais, parmi ceux qui commandent aux hommes à l'aide du sceptre donné par la destinée.

ÈLEKTRA.

Antistrophe III.

Mais, ô Père, tu n'as pas été tué sous les murailles de Troia, parmi tant d'autres domptés par la lance, et tu ne devais pas être enseveli sur les bords du Skamandros. Que ne sont-ils morts auparavant ceux qui l'ont tué, afin qu'il pût apprendre au loin leur mort, exempt lui-même de malheur!

LE CHŒUR DES KHOÈPHORES.

Ce que tu souhaites dans ta douleur, ô enfant, est une chose plus précieuse que l'or, plus grande que le bonheur des Hyperboréens. Mais voici que le double fouet siffle horriblement. Nos protecteurs sont sous la terre, et les mains de nos maîtres ne sont pas pures de ces crimes odieux. Il n'en est, pour des enfants, qu'une plus grande tâche à remplir.

ÈLEKTRA.

Strophe IV.

Tes paroles ont pénétré dans mon oreille comme une flèche. Zeus, Zeus! tu envoies brusquement du Hadès la tardive vengeance qui s'attache au crime des pervers et qui frappe les parents eux-mêmes.

LE CHŒUR DES KHOÈPHORES.

Strophe V.

Plaise aux Dieux que je pousse bientôt le hurlement lugubre sur l'homme égorgé et sur la femme morte! Pourquoi, en effet, cacher ce qui souffle dans mon cœur? Ma profonde colère et ma haine amassée siégent sur ma face.

ORESTÈS.

Antistrophe IV.

Ah! ah! quand donc le tout-puissant Zeus abaissera-t-il la main pour frapper ces têtes! Que cette terre reconnaisse ta puissance! Je demande justice contre l'iniquité. Entendez-moi, Dieux souterrains!

LE CHŒUR DES KHOÈPHORES.

C'est la loi, que le sang répandu par le meurtre de

mande un autre sang. Érinnys pousse des cris de mort! Elle rend la mort à qui a donné la mort.

ÈLEKTRA.

Strophe VI.

Où sont, où sont les Puissances qui commandent aux morts? Voyez, ô toutes-puissantes Exécrations des morts égorgés, voyez les tristes restes des Atréides chassés de leur demeure! De quel côté se tourner, ô Zeus?

LE CHŒUR DES KHOÈPHORES.

Antistrophe V.

Tout mon cœur est ébranlé par ces lamentations. A peine si je garde quelque espérance, et mon âme devient noire en entendant tes paroles. Mais ma douleur se dissipe de nouveau quand je vois ton courage, et tout me semble beau dans l'avenir.

ORESTÈS.

Antistrophe VI.

Que dirons-nous de plus? Faut-il rappeler les maux dont nous avons été accablés par notre mère? Il est des haines qui s'apaisent, mais non celles-ci. Ma colère contre ma mère est implacable comme un loup affamé.

ÈLEKTRA.

Strophe VII.

Elle a frappé comme Arès, ou comme une femme Kissienne toujours avide de combats. On a pu voir les coups multipliés de sa main s'abattant de tous côtés, de près et de loin, et redoublant! Ma tête retentit misérablement à chaque coup. O Dieux! O mère funeste et impie! Tu as osé ensevelir ton époux en ennemi, non pleuré, sans deuil et sans la foule des citoyens!

ORESTÈS.

Strophe VIII.

Tu as dit toute l'infamie du crime. Malheur à moi! C'est par mes mains et avec l'aide des Dieux qu'elle expiera la mort honteuse de mon père. Que je la tue et que je meure après!

ÈLEKTRA.

Antistrophe VII.

Afin que tu le saches, elle l'a coupé en morceaux; et l'ayant ainsi traité, elle l'a enseveli, voulant emplir ta vie d'une douleur intolérable. Tu sais maintenant quel a été le meurtre lamentable de ton père.

ORESTÈS.

Tu m'as dit la destinée de mon père!

ÈLEKTRA.

Antistrophe VIII.

Et moi, j'étais tenue au loin, méprisée, abjecte, chassée de la demeure comme un vil chien, aimant mieux les larmes que le rire, et, pour toute joie, cachant mon deuil et mes plaintes. Garde dans ton esprit ce que tu viens d'entendre, et que ceci pénètre par tes oreilles jusqu'au lieu tranquille de la pensée. Puisqu'ils ont agi ainsi, demande à ta colère ce qu'il te reste à faire. Pour mener tout à fin, il faut avoir une haine invincible.

ORESTÈS.

Strophe IX.

Je t'invoque, ô Père! Aide tes enfants!

ÈLEKTRA.

Et moi, je t'invoque avec mes larmes!

LE CHŒUR DES KHOÈPHORES.

Et toute notre foule aussi crie vers toi! Entends-nous, reviens à la lumière, aide-nous contre nos ennemis!

ORESTÈS.

Antistrophe IX.

Qu'Arès lutte contre Arès, la vengeance contre la vengeance!

ÈLEKTRA.

O Dieux! donnez la victoire à ce qui est juste!

16

LE CHŒUR DES KHOÈPHORES.

La terreur me saisit en écoutant ces imprécations. Ce qui est fatal est résolu depuis longtemps. Que tout arrive selon leurs vœux!

Strophe X.

O misères de cette race! ô plaie sanglante d'Atè! ô deuils terribles et lamentables! ô douleurs sans terme!

Antistrophe X.

O maux incurables de ces demeures, non causés par d'autres, mais par ceux qui les habitent et qui prolongent eux-mêmes la sanglante discorde! C'est l'hymne des Déesses souterraines. O Dieux heureux du Hadès, entendez les prières de ces enfants et donnez-leur la victoire!

ORESTÈS.

O Père, toi qui n'es point mort comme un roi, je te supplie! donne-moi de commander dans ta demeure.

ÈLEKTRA.

Et moi, Père, je te supplie de me sauver de la mort terrible que doit subir Aigisthos.

ORESTÈS.

Ainsi, les hommes pourront t'offrir les repas funèbres accoutumés; sinon, parmi les convives, tu resteras, vil et méprisé, dans les flammes des bûchers qui engraissent la terre.

ÈLEKTRA.

Et moi, des demeures paternelles je t'apporterai, en libations nuptiales, toutes mes richesses; et, avant toutes choses, j'honorerai ta tombe.

ORESTÈS.

O terre, rends-moi mon père, afin qu'il assiste au combat!

ÈLEKTRA.

O Perséphassa! donne-nous un courage invincible.

ORESTÈS.

Souviens-toi, Père, du bain dans lequel tu as été égorgé!

ÈLEKTRA.

Souviens-toi du filet dans lequel ils t'ont tué!

ORESTÈS.

Père! tu n'avais pas été enveloppé de chaînes d'airain.

ÈLEKTRA.

Mais, très-honteusement, dans un traître voile!

ORESTÈS.

N'es-tu pas irrité de ces outrages, ô Père?

ÈLEKTRA.

Ne lèveras-tu pas ta tête très-chère?

ORESTÈS.

Envoie la Justice, qu'elle combatte avec les tiens! ou bien, rends les coups que tu as reçus, si, ayant été vaincu, tu veux être victorieux à ton tour.

ÈLEKTRA.

Entends mes dernières prières, ô Père, et regarde tes jeunes enfants auprès de ta tombe. Aie pitié de ta fille et du mâle de ta race! Ne laisse point s'éteindre la postérité des Pélopides. Ainsi, en effet, tu ne disparaîtras pas, bien que tu sois mort; car les enfants sauvent la renommée des morts, semblables aux liéges qui font surnager les mailles du filet. Entends-moi! Ces larmes coulent pour ta cause, et tu te sauveras toi-même si tu exauces mes prières

LE CHŒUR DES KHOÈPHORES.

Il ne faut point blâmer ces lamentations prolongées en l'honneur de cette tombe et de cette destinée non pleurée. A toi le reste! Puisque tu as résolu d'agir, tente le Daimôn de la fortune!

ORESTÈS.

Cela sera fait; mais il n'est pas hors de ceci de rechercher pour quelle cause elle a envoyé ces libations, et pourquoi elle a voulu réparer par de tardifs honneurs l'irréparable crime. C'est un don misérable à un mort insensible. Je ne puis comprendre ce que signifient ces présents si au-dessous du crime. Donner tout ce qu'on possède pour le sang versé d'un seul homme, c'est un travail inutile. Telle est ma pensée. Mais, si tu le sais, apprends-moi ce que je désire savoir.

LE CHŒUR DES KHOÈPHORES.

Je le sais, ô enfant, car j'étais là. C'est agitée par la terreur de songes nocturnes que cette femme impie a envoyé ces libations.

ORESTÈS.

Connais-tu ce songe? Peux-tu me le raconter clairement?

LE CHŒUR DES KHOÈPHORES.

Il lui a semblé, a-t-elle dit, enfanter un dragon.

ORESTÈS.

Comment ce récit s'est-il terminé?

LE CHŒUR DES KHOÈPHORES.

Le dragon était couché dans les langes, comme un enfant.

ORESTÈS.

Et de quoi se nourrissait ce monstre nouveau-ne?

LE CHŒUR DES KHOÈPHORES.

Dans son rêve, elle lui offrait la mamelle.

ORESTÈS.

Et comment la mamelle ne fut-elle pas blessée par ce monstre horrible?

LE CHŒUR DES KHOÈPHORES

Il suça le sang mêlé au lait.

ORESTÈS.

Ce songe n'est point vain ; il lui a été envoyé par son mari.

LE CHŒUR DES KHOÈPHORES.

Elle a poussé des cris, épouvantée par ce songe. Les torches, éteintes pendant la nuit, se sont rallumées et ont couru en foule dans les demeures à la voix de la Reine. Et aussitôt elle a envoyé ces libations funèbres, espérant qu'elles apporteraient un remède sûr à son mal.

ORESTÈS.

Je supplie cette terre et le tombeau de mon père, afin

que ce songe s'accomplisse pour moi! Ainsi que je l'interprète, il concorde avec la vérité. En effet, le serpent est sorti du même sein que moi, et il a été enveloppé dans les mêmes langes. Il a sucé les mamelles qui m'ont nourri, il a mêlé le sang à leur lait; et, dans sa terreur, ma mère a gémi de ce mal terrible. De même qu'elle a allaité un monstre immonde, de même elle doit mourir par la violence. C'est moi qui la tuerai, changé en dragon, comme ce songe le révèle. Je te prends pour juge de l'interprétation de ce prodige.

LE CHŒUR DES KHOÈPHORES.

Que cela soit ainsi! Mais dis à tes amis s'il faut que d'autres que toi agissent, ou s'il faut qu'ils se tiennent en repos.

ORESTÈS.

Ma réponse est simple. Je veux qu'Èlektra rentre dans la demeure, et je lui recommande de cacher mes desseins. Ils ont tué par ruse l'homme vénérable; ils mourront aussi par ruse et seront pris dans le même piége, ainsi que l'a prédit le Roi Apollôn Loxias, l'infaillible Divinateur. Moi, semblable à un étranger, et chargé de divers bagages, j'arriverai aux portes de la cour intérieure, comme un hôte et un compagnon de guerre, avec le seul Pyladès. Tous deux, nous parlerons la langue Parnèside, avec l'accent Phokéen. Certes, nul des gardiens des portes ne nous recevra avec bienveillance, car toute cette maison est troublée par la colère des Dieux. Mais nous resterons, afin que quelque passant dise, nous voyant devant la demeure : — Pourquoi repousser du seuil un suppliant? Aigisthos, s'il est ici, ne l'a-t-il point appris? — Mais, si, ayant passé le seuil des portes intérieures, je trouve Aigisthos assis sur le thrône de mon père, ou si, pour me parler, il vient à moi et me regarde, certes, sache-le, avant qu'il ait dit : — Étranger, d'où es-tu? — je le tuerai brusquement, en le clouant de l'airain. L'Érinnys du meurtre, déjà gorgée de sang, en boira une troisième fois. Maintenant, toi, Èlektra, observe bien ce qui se passe dans la demeure, afin que tout concoure avec notre dessein. Vous, retenez votre langue; taisez-vous ou parlez quand il le faudra. Pour le reste, je supplie Loxias de m'être favorable, puisqu'il m'a imposé cette lutte par l'épée.

LE CHŒUR DES KHOÈPHORES.

Strophe I.

La terre nourrit d'innombrables terreurs et de grands maux; les gouffres de la mer abondent de monstres terribles à l'homme; des feux flamboyants tombent des hautes nuées, et nous pouvons nous rappeler tout ce qui vole et rampe, aussi bien que la fureur qui jaillit de la tempête.

Antistrophe I.

Mais qui dira l'aveugle audace de l'homme et de la femme, ce qu'ils osent tenter, et les amours sans frein qui amènent la ruine inévitable des mortels? Quand il possède le cœur de la femme, cet amour qui n'est pas l'amour, il dompte les hommes comme il fait des bêtes féroces.

Strophe II.

Qu'il se rappelle, celui qui n'oublie pas, dans son esprit léger, comment la misérable Thestiade, funeste à son fils, conçut le dessein de brûler le tison qui devait durer autant que son enfant, depuis qu'ayant été mis au monde par sa mère, il poussa son premier vagissement, jusqu'à son jour fatal.

Antistrophe II.

Qu'on se souvienne aussi de la cruelle et abominable Skylla qui, pour des ennemis, perdit l'homme qui devait lui être cher. Séduite par les bracelets d'or Krètois, dons de Minôs, elle coupa sur la tête de Nisos, profitant de son sommeil, le cheveu immortel, la chienne! et Hermès se saisit d'elle.

Strophe III.

Ayant parlé de ces aventures lamentables, ne dois-je point rappeler le détestable mariage, funeste à ces demeures, et les embûches perfides de la femme ourdies contre l'homme belliqueux que ses ennemis eux-mêmes admiraient pour son courage? Il faut mépriser le foyer sans feu et la honteuse domination d'une femme.

Antistrophe III.

De tous ces crimes horribles le plus célèbre est le crime Lemnien. Il est, certes, en abomination. Qui pourrait rien comparer aux meurtres Lemniens? Toute une race a péri, détestée des Dieux et en exécration aux hommes. Personne ne peut honorer ce qui est détesté des Dieux. Lequel de ces crimes ai-je rappelé sans raison ?

Strophe IV.

L'épée aiguë que la Justice enfonce dans la poitrine blesse terriblement. Il est défendu de fouler le chemin par lequel on s'éloigne, contre tout droit, du respect dû à Zeus.

Antistrophe IV.

Mais la tige de la Justice est toujours droite, et Aisa qui forge les épées aiguise l'airain. Érinnys aux profondes pensées ramène l'enfant dans les demeures, pour y laver la souillure des anciens crimes.

ORESTÈS.

Esclave, esclave ! entends les coups dont je heurte la porte. Encore une fois, esclave, esclave ! y a-t-il quelqu'un ici ? J'appelle pour la troisième fois, afin qu'on me réponde, si, toutefois, Aigisthos connaît l'hospitalité.

LE PORTIER.

C'est bien, j'entends. Étranger, d'où es-tu ? D'où viens-tu ?

ORESTÈS.

Dis aux maîtres de ces demeures que je viens leur apporter une nouvelle. Hâte-toi. Voici que le sombre char de la Nuit s'avance. Il est temps pour des voyageurs de jeter l'ancre dans une demeure qui les repose des fatigues du chemin. Que quelqu'un vienne, la maîtresse de cette maison elle-même, ou le maître, ainsi qu'il est plus convenable. Le respect, alors, ne rendrait point mes paroles obscures. L'homme parle plus franchement à l'homme et dit toute sa pensée.

KLYTAIMNESTRA.

Étrangers, parlez donc, que vous faut-il ? Toutes choses se trouvent dans ces demeures, des bains chauds qui reposent de la fatigue, un lit et des visages bienveillants. Si vous avez un plus grave souci, c'est l'affaire du maître, et je le lui dirai.

ORESTÈS.

Je suis étranger, de Daulis, chez les Phokéens. J'allais, chargé de mon bagage, vers Argos où je viens de mettre le pied, lorsqu'un homme qui m'était inconnu et que je ne connaissais pas, m'a rencontré et m'a enseigné mon chemin. C'était Strophios le Phokéen. J'ai appris son nom en causant, et il m'a dit : — Étranger, puisque tu te rends à Argos pour quelque affaire, souviens-toi bien d'annoncer aux parents d'Orestès qu'il est mort. N'oublie pas. Tu me rapporteras leurs ordres, soit qu'ils redemandent sa cendre, soit qu'on l'ensevelisse dans la terre dont il a été l'hôte. Maintenant, en effet, les cendres du jeune homme convenablement pleuré sont enfermées dans une urne d'airain. — Ce que j'ai entendu, je l'ai dit. Je ne sais si je parle à ceux que cela concerne, à ses parents ; mais il convient que le père le sache.

ÈLEKTRA.

Malheur à moi ! Notre ruine est achevée par ce malheur. O invincible Exécration de ces demeures, que de choses tu as vues qui se croyaient à l'abri et que, de loin, tu as atteintes de tes traits ! Tu me prives, moi, très-malheureuse, de ceux qui m'aimaient ! Et, maintenant, Orestès, qui s'était bien gardé de mettre le pied dans ce bourbier funeste, qui était l'unique espérance de salut et de joie pour ces demeures, Orestès me laisse désespérée !

ORESTÈS.

Pour moi, j'aurais voulu apporter à des hôtes heureux une abondance de bonnes nouvelles, en retour de l'hospitalité et de l'accueil bienveillant. Quoi de meilleur, en effet, que d'être agréable à ses hôtes ? Mais j'ai pensé, dans mon esprit, qu'il serait mal de ne point vous annoncer une chose d'un si grand intérêt, puisque je l'avais promis et que vous me donnez l'hospitalité.

KLYTAIMNESTRA.

Tu n'en seras ni moins bien reçu, ni moins traité en ami dans cette demeure. Un autre serait venu comme toi porter cette nouvelle. Mais il est temps que nos hôtes se reposent, après avoir marché pendant tout un jour et fait une longue route. Conduisez celui-ci dans la chambre des hommes, réservée aux hôtes en cette maison, puis vous songerez à son compagnon. Que tout ce que contient la demeure leur soit offert. Faites ce que j'ordonne. Moi, je vais tout apprendre à celui qui commande ici, et comme nous ne manquons pas d'amis, nous délibérerons avec eux sur ce qui arrive.

LE CHŒUR DES KHOÈPHORES.

Allons, servantes de cette demeure, quand ferons-nous des vœux, à haute voix et ardemment, pour le salut d'Orestès? O terre vénérable, et toi, tertre sacré du tombeau qui couvres le corps royal du chef de tant de nefs, maintenant exauce-nous, aide-nous! Le temps est venu de tendre l'embûche rusée. Qu'Hermès souterrain marche devant ceux-ci, dans leur sombre voie, pour ce combat où frappera l'épée.

LE PORTIER.

Cet étranger semble préparer quelque malheur. Je vois la nourrice d'Orestès tout en larmes. Pourquoi, Gilissa, sors-tu de la maison? Le chagrin est un serviteur qui t'accompagne sans que tu le payes.

LA NOURRICE GILISSA.

La Reine veut qu'Aigisthos parle à ces étrangers, le

plus promptement possible, afin d'apprendre sûrement, par lui-même, la nouvelle qui vient d'arriver. En face des serviteurs, elle a caché la joie de son âme sous un visage attristé, à cause de l'heureux message de ces étrangers; mais la destinée de cette maison est rendue très-misérable par cette nouvelle certaine qu'ont apportée nos hôtes. Certes, Aigisthos aura le cœur plein de joie quand il l'apprendra. O malheureuse! combien ces malheurs qui se sont rués autrefois sur la demeure d'Atreus ont déchiré mon cœur dans ma poitrine, mais jamais d'une aussi grande douleur qu'aujourd'hui! J'ai, autant que je l'ai pu, supporté les autres maux avec patience; mais mon cher Orestès, le souci de mon âme, que j'ai nourri, l'ayant reçu de sa mère, qui de ses cris aigus me faisait lever pendant la nuit, et pour qui j'ai enduré tant de fatigues et de peines inutiles! Il faut bien, en effet, deviner celui qui n'a pas plus de raison qu'une bête. Comment faire autrement? Un enfant dans les langes ne parle pas, soit que la faim ou la soif, ou le besoin d'uriner le prenne, car le ventre d'un enfant n'attend rien. Je prévoyais cela, et souvent, je l'avoue, je me suis trompée. Puis, il fallait laver les langes de l'enfant, car la nourrice est aussi blanchisseuse. J'eus ce double devoir du jour où Orestès me fut donné à élever par son père. Et maintenant, malheureuse, j'apprends qu'il est mort! Mais je vais trouver cet homme qui est le malheur de cette maison. Sans doute il entendra cette nouvelle avec joie!

LE CHŒUR DES KHOÈPHORES.

De quelle façon Klytaimnestra lui fait-elle dire de venir?

LA NOURRICE GILISSA.

Comment? Répète tes paroles, afin que je comprenne mieux.

LE CHŒUR DES KHOÈPHORES.

Doit-il venir seul ou avec ses gardes?

LA NOURRICE GILISSA.

Elle lui dit de venir avec ses gardes armés.

LE CHŒUR DES KHOÈPHORES.

Garde-toi de dire cela à ce maître que tu hais, mais qu'il vienne seul. Et, pour qu'il t'écoute sans crainte, parle-lui d'un air joyeux, afin qu'il se hâte. Tout un événement caché dépend de ton message.

LA NOURRICE GILISSA.

Te réjouirais-tu donc des nouvelles que je porte?

LE CHŒUR DES KHOÈPHORES.

Zeus peut changer le mal en bien.

LA NOURRICE GILISSA.

Comment? Puisque l'espoir de cette maison, Orestès est mort.

LE CHŒUR DES KHOÈPHORES.

Pas encore ! Un mauvais divinateur même le devinerait.

LA NOURRICE GILISSA.

Que dis-tu ? Sais-tu le contraire de ce qu'ont annoncé ces étrangers ?

LE CHŒUR DES KHOÈPHORES.

Va porter ton message et faire ce qu'on t'a ordonné. Laisse aux Dieux le soin d'accomplir leurs desseins.

LA NOURRICE GILISSA.

J'irai et je t'obéirai. Que tout arrive pour le mieux, par la grâce des Dieux !

LE CHŒUR DES KHOÈPHORES.

Strophe I.

Maintenant, Zeus, père des Dieux Olympiens, accorde à mes prières que je voie ces enfants accomplir heureusement leurs justes desseins ! Je prononce des paroles équitables, ô Zeus ! Ah ! ah ! veille sur lui !

Strophe II.

Au lieu des ennemis qui sont ici, ramène-le dans sa demeure, ô Zeus ! car, une fois devenu grand, il te rendra doublement et triplement ce que tu auras fait pour lui. Sache que l'enfant orphelin d'un homme qui t'était cher est attelé au char des calamités. Modère sa course, et que cette terre le voie s'avancer d'un pas sûr jusqu'à ce qu'il soit sauvé !

Strophe III.

Et vous qui protégez les richesses anciennement amassées dans ces demeures, entendez-nous, Dieux bienveillants! Lavez par une nouvelle expiation le sang des meurtres antiques; mais que désormais un crime passé n'amène plus un autre crime dans cette maison !

Antistrophe I.

Mais celui-ci sera juste ! O toi qui habites la grande Caverne, fais que la demeure du jeune homme lui soit heureusement rendue, et soulève de ses yeux le sombre voile qui les couvre, afin qu'il voie librement et clairement.

Antistrophe II.

Que le fils de Maia lui soit très-favorable et lui vienne en aide dans son entreprise équitable ! car il peut le seconder, s'il le veut. Mais tes paroles obscures sont parfois enveloppées du brouillard de la nuit, et, pendant le jour, elles ne sont pas plus claires.

Strophe IV.

Et, alors, les richesses reconquises de ces demeures te seront offertes et nous chanterons en l'honneur de la Ville un chant tumultueux de femmes. Que tout finisse bien! Pour moi, ma joie, toute ma joie est que le malheur s'éloigne de ceux que j'aime.

Antistrophe III.

Mais toi, sois plein de fermeté quand l'instant d'agir arrivera, et, pour venger ton père, quand elle te criera : Mon fils! réponds par le nom paternel et fais ce que tu dois faire!

Antistrophe IV.

Aie dans ta poitrine le courage de Perseus, et à tes amis qui sont sous la terre et à ceux qui vivent offre ta joie en sacrifice. Porte la sanglante Atè dans ton cœur, et tue qui a commis le crime!

AIGISTHOS.

Me voici, non parce qu'on m'a appelé, mais pressé de répondre au message. J'apprends que des étrangers ont apporté la triste nouvelle de la mort d'Orestès. Ce sera un grand trouble de plus pour cette demeure encore emplie d'épouvante à cause du dernier meurtre et qui en est restée ulcérée et saignante. Comment saurai-je sûrement si la chose est vraie, ou s'il n'y a que de vaines rumeurs de femmes saisies de terreur, telles que ces bruits qui volent dans l'air et s'éteignent? Que sais-tu de tout ceci que tu puisses m'expliquer ?

LE CHŒUR DES KHOÈPHORES.

Nous en avons entendu parler, mais demande aux Étrangers, entre dans la maison. Pour être certain des choses, il faut interroger soi-même.

AIGISTHOS.

Certes, je veux voir et interroger moi-même le messager. Je veux savoir s'il a vu Orestès mort, ou s'il n'a apporté qu'une vaine rumeur. Il ne trompera pas ma clairvoyance.

LE CHŒUR DES KHOÈPHORES.

Zeus, Zeus ! Par où commencerai-je mes supplications et mes prières? Comment dirai-je les vœux bienveillants que je forme? En effet, voici l'instant des épées, sanglantes tueuses d'hommes ! Ou bien la race entière d'Agamemnôn va périr, ou bien Orestès, allumant le feu et la flamme pour reconquérir la liberté, ainsi que sa puissance sur les citoyens, rentrera dans la grande richesse de son père. Dans une telle lutte, seul contre deux, le divin Orestès va combattre. Qu'il soit victorieux !

AIGISTHOS.

Ah ! hélas ! Dieux !

LE CHŒUR DES KHOÈPHORES.

Bien ! bien ! va ! — Comment la chose va-t-elle ? Comment ceci s'est-il passé dans la maison ? Si l'action est accomplie, retirons-nous, afin de sembler innocentes. Certes, le combat est terminé.

LE PORTIER.

Malheur à moi ! malheur à moi ! Le maître est mort ! Trois fois malheur à moi ! Aigisthos est mort ! Ouvrez, ouvrez promptement les portes de la chambre de la Reine, retirez les verrous de la chambre des femmes ! Nous avons besoin d'un homme vigoureux, non cependant pour venir en aide à un mort, à quoi bon ? — Malheur ! malheur ! Je crie à des sourds et parle à des endormis. Où est Klytaimnestra ? que fait-elle ? Je pense qu'elle aussi va tomber, près d'Aigisthos, frappée par la vengeance.

KLYTAIMNESTRA.

Qu'y a-t-il? Pourquoi pousses-tu ces clameurs dans la maison?

LE PORTIER.

Je dis que les vivants sont tués par les morts.

KLYTAIMNESTRA.

Malheur à moi! Je comprends l'énigme. Nous périrons par la ruse, comme nous avons tué par ruse. Qu'on me donne promptement une hache tueuse d'hommes, à deux tranchants! Sachons si nous vaincrons, ou si nous serons vaincus. Nous en sommes à cette extrémité.

ORESTÈS.

Je te cherche aussi, toi! Celui-ci est payé.

KLYTAIMNESTRA.

Malheur à moi! Tu es mort, très-cher Aigisthos!

ORESTÈS.

Tu aimes cet homme? Tu coucheras avec lui, dans la même tombe, et tu ne le trahiras pas, bien qu'il soit mort.

KLYTAIMNESTRA.

Retiens ta main, ô mon enfant! Respecte le sein où

tu as tant de fois dormi et où de tes lèvres tu as sucé le lait nourrissant !

ORESTÈS.

Pyladès ! que ferai-je ? Je crains de tuer ma mère.

PYLADÈS.

Et que fais-tu des oracles de Loxias, rendus à Pythô, et de tes promesses sacrées ? Mieux vaut avoir tous les hommes pour ennemis plutôt que les Dieux.

ORESTÈS.

Tes paroles sont les plus fortes et ton conseil est bon. — Toi, suis-moi ! Je veux te tuer auprès de cet homme. Pendant sa vie, par toi il l'a emporté sur mon père ; morte, couche-toi avec cet homme que tu aimes, tandis que tu détestais celui que tu devais aimer.

KLYTAIMNESTRA.

Je t'ai nourri, et maintenant je voudrais vieillir !

ORESTÈS.

Ainsi, toi, meurtrière de mon père, tu habiterais avec moi !

KLYTAIMNESTRA.

C'est la Moire, ô mon enfant, qui est seule coupable.

ORESTÈS.

Et c'est aussi la Moire qui va t'égorger

KLYTAIMNESTRA.

Ne redoutes-tu pas les malédictions de la mère qui t'a conçu, ô mon enfant?

ORESTÈS.

M'ayant conçu, tu m'as jeté dans la misère!

KLYTAIMNESTRA.

T'ai-je rejeté en t'envoyant dans une demeure hospitalière?

ORESTÈS.

J'ai été deux fois vendu, moi, fils d'un père libre!

KLYTAIMNESTRA.

Où donc est le prix que j'ai reçu?

ORESTÈS.

J'aurais honte de te le nommer.

KLYTAIMNESTRA.

N'aie point honte; mais dis aussi les fautes de ton père.

ORESTÈS.

N'accuse point celui qui travaillait au loin tandis que tu restais assise dans la demeure.

KLYTAIMNESTRA.

C'est un grand malheur pour une femme d'être loin de son mari, ô mon enfant !

ORESTÈS.

Le travail du mari nourrit la femme assise dans la demeure.

KLYTAIMNESTRA.

Ainsi, mon enfant, il te plaît de tuer ta mère ?

ORESTÈS.

Ce n'est pas moi qui te tue, c'est toi-même !

KLYTAIMNESTRA.

Vois ! crains les Chiennes furieuses d'une mère.

ORESTÈS.

Et comment échapperai-je à celles d'un père, si je ne le venge point ?

KLYTAIMNESTRA.

Ainsi, vivante, je me lamente en vain au bord de ma tombe?

ORESTÈS.

Le meurtre de mon père te fait cette destinée.

KLYTAIMNESTRA.

Malheur à moi! J'ai conçu et nourri ce serpent. Le songe qui m'a épouvantée disait vrai!

ORESTÈS.

Tu as tué le père, tu mourras par le fils.

LE CHŒUR DES KHOÈPHORES.

Pleurons encore ce double meurtre. Orestès, qui a tant souffert, vient de mettre le comble à tant de crimes! Cependant, rendons grâces par nos prières que l'œil de ces demeures ne soit pas éteint.

Strophe I.

La Justice, après un long temps, est venue pour les Priamides, le châtiment vengeur est venu! Le double

Lion, le double Arès, est venu aussi dans la demeure d'Agamemnôn. Il a assouvi sa pleine vengeance, l'Exilé poussé par les oracles Pythiens. Il est heureusement victorieux par l'ordre des Dieux; les malheurs de cette royale maison ont pris fin; il est maître de ses biens, et les deux coupables ont subi leur triste destinée!

Antistrophe I.

Le châtiment par la ruse est venu après le crime accompli par la ruse. La vraie fille de Zeus a conduit la main d'Orestès. Les hommes la nomment Justice, et c'est son vrai nom. Elle souffle contre nos ennemis sa colère terrible, et c'est elle qu'avait annoncée Loxias le Parnasien qui habite une grande caverne dans le sein de la terre.

Strophe II.

Elle est venue enfin, après un long temps, pousser à sa perte la femme perfide. Car la puissance des Dieux est soumise à cette loi qu'ils ne peuvent venir en aide à l'iniquité. Il faut révérer la puissance Ouranienne. Voici qu'il nous a été donné de revoir la lumière!

Antistrophe II.

Je suis délivrée du frein pesant qui opprimait cette maison. Relevez-vous, ô demeures! Assez longtemps vous êtes restées gisant contre terre. Bientôt le temps, par qui tout change, renouvellera votre seuil, quand les purifications auront lavé toutes les souillures du foyer. Alors ils jouiront d'une heureuse fortune, les habitants de ces demeures, qui ont vu et entendu tant de choses lamentables. Voici qu'il nous a été donné de revoir la lumière!

ORESTÈS.

Voyez les deux tyrans de cette terre, les meurtriers de mon père, les dévastateurs de cette maison! Ils étaient naguère vénérables, et ils s'asseyaient sur le thrône royal. Et, maintenant, ils s'aiment encore, comme on en peut juger par ce qu'ils ont subi, et leur foi mutuelle est toujours la même. Ils avaient juré de donner la mort à mon malheureux père et de mourir ensemble, et ils ont pieusement tenu leur serment! Voyez aussi, vous qui n'ignorez pas ce crime, voyez cet instrument du meurtre, lien et filet où furent pris les pieds et les mains de mon malheureux père. Étendez ce voile, et, debout tout autour, voyez le filet où se prennent les hommes. Que le Père le voie! non le mien, mais celui qui voit tout, Hèlios! Qu'il voie les actions impies de ma mère, et, si je suis accusé, qu'il me soit témoin que j'ai légitimement commis ce meurtre. Je ne m'inquiète point de celui d'Aigisthos, car il n'a reçu, comme la loi l'ordonne, que le châtiment de l'adultère. Mais celle qui a médité ce crime odieux contre l'homme dont elle a porté les enfants sous sa ceinture, fardeau si doux alors et maintenant funeste, que t'en semble-t-il? Certes, c'était une murène ou une vipère qui empoisonnait tout ce qu'elle touchait, même sans morsure, par son audace violente, son iniquité et sa méchanceté! Et ceci, de quel nom le nommerai-je? Rêt à prendre les bêtes féroces, ou voile d'une baignoire de mort? Tout nom est le vrai, que je dise filet ou voile à embarrasser les pieds. L'homme qui se met à l'affût des voyageurs et vit de ce qu'il vole s'en servirait volontiers. A l'aide de cet instrument de ruse, il commettrait d'innombrables meurtres et il en méditerait autant dans son esprit. Une telle femme n'habitera jamais auprès de moi dans mes demeures. Que je meure plutôt, grâce aux Dieux, sans enfants!

LE CHŒUR DES KHOÈPHORES.

Hélas, hélas! choses lamentables! — Toi, tu es morte d'une mort terrible! hélas! hélas! mais la souffrance fleurit pour celui qui survit.

ORESTÈS.

L'a-t-elle fait, ou ne l'a-t-elle pas fait? Ce voile rougi par l'épée d'Aigisthos m'est un témoin sûr. Les taches de sang ont résisté au temps et altèrent encore les couleurs variées de ce voile. En le voyant, je m'applaudis et je pleure, à la fois, sur moi-même, et j'atteste ce tissu qui a perdu mon père. Je pleure le meurtre et la vengeance, et ma race tout entière, et je gémis sur cette victoire qu'il faudra expier.

LE CHŒUR DES KHOÈPHORES.

Nul parmi les hommes ne passe des jours tranquilles pendant tout le temps de sa vie. Chacun souffre à son tour, tantôt l'un, tantôt l'autre!

ORESTÈS.

Quoi qu'il en soit, je sais comment tout ceci doit finir. Ainsi que des chevaux sans frein, emportés hors du chemin des chars, mes sens effarés me domptent et m'emportent, et mon cœur est prêt à hurler de terreur et la rage se rue en lui! Pendant que je me possède encore, je crie à mes amis que j'ai tué ma mère avec justice, car elle était souillée du meurtre de mon père et les Dieux la haïssaient. Celui qui m'a donné ce courage, c'est Loxias, le Divinateur Pythien! C'est lui qui m'a révélé par ses oracles que si je commettais ce meurtre, je ne serais point tenu pour coupable. Si je lui avais désobéi, je ne dirai pas le châtiment promis; nul n'en pourrait imaginer l'horreur! Et, maintenant, voyez! avec ce rameau entouré de laine, j'irai vers le sanctuaire de Loxias, au nombril de la terre, où brûle la flamme sacrée qu'on dit éternelle, afin d'y expier le sang répandu de ma mère. Loxias ne m'a point permis de chercher un autre foyer hospitalier. Quand le temps sera venu, j'adjure tous les Argiens d'attester les maux qu'on leur avait préparés. Pour moi, chassé de cette terre et vagabond, vivant ou mort, je laisserai une renommée fatale.

LE CHŒUR DES KHOÈPHORES.

Puisque tu as commis une action juste, ne te laisse pas fermer la bouche par les cris funestes de la renommée, et ne parle pas contre toi-même après avoir affranchi toute la race Argienne et coupé bravement les têtes de deux serpents!

ORESTÈS

Ah! ah! Femmes esclaves, voyez celles-ci, telles que des Gorgones, vêtues de robes noires, les cheveux entrelacés de serpents innombrables! Je ne resterai pas ici davantage!

LE CHŒUR DES KHOÈPHORES.

Quels spectres t'épouvantent ainsi, ô fils très-cher à ton père? Ne sois pas effrayé, triomphe courageusement de ta terreur.

ORESTÈS.

Ces spectres terribles qui me regardent ne sont pas de vaines ombres. Certes, ce sont les Chiennes furieuses de ma mère!

LE CHŒUR DES KHOÈPHORES.

Son sang tiède est encore sur tes mains. C'est ce qui trouble ton esprit.

ORESTÈS.

Roi Apollôn! Elles augmentent en nombre! Un sang effroyable coule de leurs yeux!

LE CHŒUR DES KHOÈPHORES.

Purifie-toi dans la demeure. Si tu te prosternes devant Loxias, tu seras délivré de tes maux.

ORESTÈS.

Vous ne les voyez pas, mais, moi, je les vois! Elles me chassent! Je ne puis rester davantage.

LE CHŒUR DES KHOÈPHORES.

Sois donc heureux! Qu'un Dieu bienveillant te regarde et te préserve du malheur! Trois fois la tempête s'est ruée sur ces demeures royales, excitée par des hommes de la même race. D'abord, des enfants furent égorgés, lamentables douleurs de Thyestès; puis vint le meurtre de l'homme royal, et le chef de guerre des Akhaiens fut égorgé dans un bain. Et, maintenant, pour la troisième fois, est-ce un sauveur qui nous est venu, ou notre perte? Quand donc la violence d'Atè s'endormira-t-elle enfin?

Fin des Khoèphores.

VI

LES EUMÉNIDES

18

VI

LES EUMÉNIDES

Athèna.
Apollôn.
La Pythia.
Orestès.
Le Spectre de Klytaimnestra.
Le Chœur des Euménides.

LA PYTHIA.

J'invoque, avant tous les Dieux, Gaia, la première Divinatrice, et, après elle, Thémis, qui tint de sa mère le don prophétique, comme on le rapporte. La troisième qui occupa ce sanctuaire, par la volonté de Thémis, et de son plein gré, fut une autre Titanis, fille de Gaia, Phoibè. Celle-ci en fit don à Phoibos, quand il naquit, et il fut ainsi nommé du nom de Phoibè. Ayant abandonné le marais et les rochers Dèliens, il poussa jusqu'aux rivages de Pallas, fréquentés des marins, et il arriva dans cette terre du Parnèsos. Pleins d'une grande vénération pour le Dieu, les fils de Hèphaistos l'accompagnèrent, lui frayant la route et aplanissant la contrée sauvage. Dès qu'il fut arrivé ici, le peuple, et Delphos qui régnait sur cette terre, le reçurent avec de grands honneurs. Zeus lui donna la science divine et le plaça, lui quatrième, sur le Thrône prophétique. Loxias est l'interprète de son père Zeus. Avant tout j'invoque ces Dieux. Pallas aussi, qui est debout devant les portes, est invoquée par mes prières. Et je salue les Nymphes, dans la roche Kôrykienne, creuse, fréquentée des oiseaux et que hantent les Dieux. Bromios habite ce lieu, et je ne l'oublie pas, où, livrant Pentheus à la horde des Bakkhantes, il le fit tuer comme un lièvre. Et j'invoque aussi les sources du Pleistos, et la puissance de Poseidôn, et le très-grand et très-haut Zeus, et je m'assieds pour prophétiser sur le Thrône fatidique. Maintenant, que les Dieux accordent à mes prières plus qu'ils ne m'ont encore accordé! S'il est ici des Hellènes, qu'ils s'avancent, selon l'usage, dans l'ordre marqué par le sort, car je ne prophétise que d'après la volonté du Dieu.

Elles sont terribles à dire et terribles à voir, les choses qui viennent de me chasser de la demeure de Loxias! Les forces me manquent, je ne puis ni marcher, ni me tenir debout! Je me traîne sur les mains, n'ayant plus de jambes. Une vieille femme épouvantée n'est plus rien, moins qu'un enfant. — J'entre dans le sanctuaire orné de couronnes, et je vois un homme sacrilége assis sur le nombril du monde, un suppliant, les mains tachées de sang, tenant une épée hors de la gaîne et portant un rameau d'olivier poussé sur les montagnes et enveloppé de bandelettes de laine blanche. Je m'explique tout clairement. Devant cet homme dort une effrayante troupe de femmes assises sur des thrônes. Je ne dirai pas qu'elles sont des femmes, mais plutôt des Gorgones. Je ne les comparerai même pas à des Gorgones. J'ai vu, une fois, celles-ci, peintes, enlevant le repas de Phineus. Quant à ces femmes, elles sont sans ailes, noires et horribles. Elles ronflent avec un souffle farouche, et leurs yeux versent d'affreuses larmes, et leur vêtement est tel qu'on n'en devrait point porter de semblable devant les images des Dieux, ou sous le toit des hommes. Jamais je n'ai vu une telle race! Jamais aucune terre n'a pu se vanter de nourrir de tels enfants, sans avoir encouru de lamentables calamités. Mais c'est au maître de ce sanctuaire, au tout-puissant Loxias, de s'inquiéter de ce qui en arrivera. Il est divinateur et guérisseur, interprète des augures et purificateur des demeures des autres.

APOLLÔN.

Je ne te trahirai pas. Je veillerai toujours debout près de toi, et, de loin, je tiendrai tête à tes ennemis. Maintenant, tu vois ces Furieuses saisies par le sommeil. Elles sont domptées par le sommeil, les abominables vieilles Filles, les antiques Vierges dont ne voudrait ni aucun Dieu, ni aucun homme, ni aucune bête! Elles ne sont nées que pour le mal. Elles habitent les mauvaises ténèbres et le Tartaros souterrain en horreur aux hommes et aux Dieux Olympiens. Mais fuis sans tarder davantage et sans perdre courage, car elles vont te poursuivre à travers le large continent, partout où tu iras dans tes courses vagabondes, par delà la mer et les Iles. Ne succombe pas à tant d'épreuves. Parviens à la ville de Pallas et embrasse l'image antique de la Déesse. Là, nous trouverons des juges que nos paroles persuaderont, et tu seras délivré de tes misères; car c'est moi qui t'ai poussé à tuer ta mère.

ORESTÈS.

Roi Apollôn, certes, tu sais ne pas être injuste. Certes, tu le sais; n'oublie donc point ton suppliant. Ta puissance doit suffire à me sauver.

APOLLÔN.

Souviens-toi, et ne laisse pas la crainte dompter ton cœur. Et toi, frère, né du même sang, Hermès, veille sur lui. Sois le bien nommé, sois son conducteur et protége mon suppliant. Zeus même respecte ce droit sacré que les lois garantissent aux suppliants.

LE SPECTRE DE KLYTAIMNESTRA.

Vous dormez! holà! à quoi bon dormir? Oubliée par vous, seule entre tous les morts, moi qui ai tué, je vais, errant au milieu des Ombres, détestée et couverte d'opprobre. Je vous le dis, je suis tourmentée à cause de mon crime, et moi, qui ai subi tant de maux affreux de la part de ceux qui m'étaient très-chers, je n'ai aucun Dieu qui s'irrite et me défende, bien que des mains impies et parricides m'aient égorgée! Vois ces plaies! vois-les en esprit. L'esprit, quand on dort, a des yeux perçants. A la lumière du jour, les choses sont moins visibles aux hommes. Mais vous vous êtes repues des nombreux sacrifices offerts; vous avez bu les libations sans vin, de miel et d'eau, et mangé les repas sacrés préparés pendant la nuit, au feu du foyer, à l'heure que vous ne partagiez avec aucun des autres Dieux. Et toutes ces choses, je vous vois les fouler aux pieds! Et lui, il s'est échappé, fuyant comme un faon; et, se jouant de vous, il a bondi aisément hors le filet. Entendez ce que vous dit mon âme. Réveillez-vous, Déesses souterraines! C'est moi, c'est le spectre de Klytaimnestra qui vous appelle.

(*Le Chœur des Euménides ronfle.*)

Vous ronflez, et l'homme s'échappe et fuit au loin! Seule, je ne suis point écoutée des Dieux que je supplie!

(*Le Chœur des Euménides ronfle.*)

Vous dormez trop et n'avez nulle pitié de mes maux. Orestès, le meurtrier de sa mère, s'est échappé!

LE CHŒUR DES EUMÉNIDES.

Oh! oh! oh!

LE SPECTRE DE KLYTAIMNESTRA.

Tu cries? Dors-tu? Que ne te lèves-tu promptement? ta destinée n'est-elle pas de faire souffrir?

LE CHŒUR DES EUMÉNIDES.

Oh! oh! oh!

LE SPECTRE DE KLYTAIMNESTRA.

Le sommeil et la fatigue ont dompté la fureur de ces horribles bêtes!

LE CHŒUR DES EUMÉNIDES.

Oh! oh! Là! là! Arrête! arrête! Prends garde!

LE SPECTRE DE KLYTAIMNESTRA.

Tu poursuis la bête en songe, et tu hurles comme un chien qui se croit encore sur la piste. A quoi bon? Debout! Que la fatigue ne te dompte point; vois le mal qu'a causé ton sommeil! Que mes justes reproches vous pénètrent de douleur, car les reproches sont des aiguillons pour les sages. Soufflez sur lui votre haleine sanglante, consumez-le du souffle enflammé de vos entrailles! Courez! Épuisez-le en le poursuivant encore!

LE CHŒUR DES EUMÉNIDES.

Éveille, éveille celle-ci! — Éveille-toi! — Tu dors? — Debout! — Éveillons-nous, et, le sommeil secoué, voyons si nous viendrons à bout de ceci.

Strophe I.

Hélas! hélas! ô Dieux! Voici un grand malheur, mes amies! Certes, nous avons inutilement beaucoup travaillé. Hélas! ceci est un grand malheur, un malheur insupportable! La bête s'est échappée des rets! Domptées par le sommeil, nous avons perdu notre proie!

Antistrophe I.

Ah! fils de Zeus, tu es le voleur! Jeune Dieu, tu as outragé de vieilles Déesses en protégeant ton suppliant, cet homme funeste à celle qui l'a conçu. Toi qui es un Dieu, tu nous as arraché celui qui a tué sa mère! Qui dira que cela est juste?

Strophe II

J'ai entendu un reproche dans mes songes. Il a pénétré dans mon flanc, dans le cœur, dans le foie! Je ressens le coup du flagellateur, du terrible bourreau. C'est une profonde horreur!

Antistrophe II.

C'est ainsi que ces Dieux plus jeunes que nous usent de la puissance suprême et agissent contre la justice en faveur de ce caillot de sang qui dégoutte de la tête aux pieds! On permet que le nombril de la terre abrite cet impie souillé de sang par un meurtre effroyable!

Strophe III.

Divinateur! tu as souillé ton propre sanctuaire de la présence de ce suppliant que tu as excité et appelé toi-même, protégeant ainsi les hommes contre la loi des Dieux et outrageant les Moires antiques!

Antistrophe III.

Le Dieu m'a outragée, mais il ne sauvera point cet homme, même quand il s'enfoncerait sous terre, et il ne serait point délivré! Là encore, ce suppliant souillé par le meurtre trouverait un autre vengeur qui s'appesantirait sur sa tête!

APOLLÔN.

Hors d'ici! je le veux. Sortez promptement de ce temple! Disparaissez du Sanctuaire fatidique, de peur que je t'envoie le serpent à l'aile d'argent jailli de l'arc d'or! Alors tu rejetterais de douleur ta noire écume prise aux hommes, tu vomirais ces caillots de sang que tu as léchés dans les égorgements! Il ne vous convient pas d'approcher de cette demeure, mais il vous faut aller là où l'on coupe les têtes, où l'on crève les yeux, où sont les tortures, les supplices, où l'on retranche les organes de la génération, où les lapidés et les empalés gémissent! Vous écoutez ces cris comme s'ils étaient des chants joyeux et vous en faites vos délices, ô Déesses en horreur aux Dieux! C'est là que votre face effroyable sera la bienvenue. C'est l'antre du lion altéré de sang qu'il vous faut habiter; mais vous ne devez pas souiller le Sanctuaire des oracles. Allez vagabonder sans pasteur dans vos pâturages, car aucun des Dieux ne se soucie d'un tel troupeau!

LE CHŒUR DES EUMÉNIDES.

Roi Apollôn! écoute-moi à ton tour. Tu n'es pas seulement le complice de ces crimes accomplis, mais c'est toi seul qui as tout fait, et tu es le plus grand coupable!

APOLLÔN.

Et comment? Dis clairement toute ta pensée.

LE CHŒUR DES EUMÉNIDES.

Tu as ordonné à ton hôte, par ton oracle, de tuer sa mère!

APOLLÔN.

J'ai décidé qu'il vengerait son père. Pourquoi non?

LE CHŒUR DES EUMÉNIDES.

Et que tu le défendrais après le sang versé.

APOLLÔN.

Et j'ai voulu qu'il se réfugiât, en suppliant, dans ce temple.

LE CHŒUR DES EUMÉNIDES.

Et tu nous outrages, nous qui l'y poursuivons!

APOLLÔN.

Il ne vous convient pas d'approcher de cette demeure.

LE CHŒUR DES EUMÉNIDES.

Mais c'est notre tâche.

APOLLÔN.

Quelle tâche? Voyons! quelle est donc cette tâche illustre?

LE CHŒUR DES EUMÉNIDES.

Nous chassons des demeures ceux qui tuent leurs mères.

APOLLÔN.

Quoi donc! Le meurtrier d'une femme qui a égorgé son mari?

LE CHŒUR DES EUMÉNIDES.

Le sang qu'elle a versé de sa main n'était pas celui de sa propre race.

APOLLÔN.

Certes, tu dédaignes et réduis à rien ces promesses des époux consacrées par la nuptiale Hèra et par Zeus! Kypris, qui donne aux hommes leurs plus grandes joies, est ainsi dépouillée de ses honneurs. Le lit que partagent le mari et la femme, gardé par la Justice, est plus sacré qu'un serment. Si tu es clémente quand les époux s'égorgent l'un l'autre, si tu ne leur demandes aucune expiation, et si tu ne les regardes point avec colère, je dis que tu poursuis Orestès sans droit. En effet, pour le premier crime tu es pleine d'indulgence; et, pour celui-ci, je te vois enflammée de colère! Mais la divine Pallas jugera l'une et l'autre cause.

LE CHŒUR DES EUMÉNIDES.

Jamais je ne lâcherai cet homme!

APOLLÔN.

Poursuis-le donc et accrois tes fatigues.

LE CHŒUR DES EUMÉNIDES.

Cesse d'outrager mes honneurs par tes paroles.

APOLLÔN.

Je n'en voudrais pas, si tu me les offrais.

LE CHŒUR DES EUMÉNIDES.

Certes, les tiens sont plus grands et tu t'assieds près du thrône de Zeus. Pour moi, — car le sang versé d'une mère demande vengeance, — je poursuivrai cet homme comme ferait une chasseresse!

APOLLÔN.

Et moi, je défendrai et protégerai mon suppliant, car

elle serait terrible pour moi, parmi les hommes et les Dieux, la colère du suppliant que j'aurais volontairement livré!

ORESTÈS.

Reine Athèna, je viens à toi, envoyé par Loxias. Reçois avec bienveillance un malheureux qui n'est plus souillé, dont le crime est expié, qui est entré déjà dans de nombreuses demeures et qui s'est purifié en d'autres temples. J'ai traversé les terres et les mers, obéissant aux ordres que Loxias m'a donnés par son oracle, et je viens vers ta demeure et ton image, ô Déesse, et j'y resterai, attendant que tu me juges.

LE CHŒUR DES EUMÉNIDES.

Bien! ceci est une trace manifeste de l'homme! suis l'indice de ce guide muet. Comme le chien sur la piste du faon blessé, nous suivons celui-ci aux gouttes de son sang. Que de fatigues pour cet homme! ma poitrine en est haletante. En effet, j'ai passé par tous les lieux de la terre, j'ai volé sans ailes à travers la mer, en le poursuivant, et non moins rapide que sa nef. Et, maintenant, il est là, blotti quelque part. L'odeur du sang humain me sourit! — Regardons! regardons encore! Regardons partout, de peur qu'il prenne la fuite, impuni, le meurtrier de sa mère! — Il a trouvé de nouveau un refuge; il entoure de ses bras l'image de la Déesse ambroisienne, voulant être jugé à cause de son crime. — Mais cela ne se peut pas. O Dieux! le sang d'une mère, une fois versé, est ineffaçable. Il coule et il est absorbé par le sol. Il te faut expier ton crime, il faut que je boive à ton corps vivant la rouge et horrible liqueur; et, après t'avoir ainsi épuisé, je t'entraînerai sous terre, afin que tu sois châtié du meurtre de ta mère. Et tu verras alors ceux qui ont outragé ou les hommes, ou les Dieux, ou leur hôte, ou qui ont méprisé leurs chers parents, frappés chacun d'un juste châtiment. Car Aidès est le grand juge des mortels, et il se souvient de tout, et il voit tout sous la terre.

ORESTÈS.

Certes, je suis instruit par mes maux, et je sais de nombreuses purifications, et quand il faut parler et quand il faut se taire. J'ai appris d'un savant maître ce que je dois dire ici. Le sang s'est assoupi et s'est effacé de ma main, et la souillure du meurtre de ma mère a disparu. Elle était récente encore quand, à l'autel du divin Phoibos, elle a été enlevée par les purifications, les porcs expiatoires une fois égorgés. Mon récit serait long si je disais tous les hommes vers qui je suis allé depuis et à qui ma présence n'a fait aucun mal. Le temps détruit tout en vieillissant. Et, maintenant, je supplie avec une bouche pure Athènaia, reine de cette terre, afin qu'elle me vienne en aide. Elle se rendra ainsi, sans combat, et moi-même et la terre et le peuple des Argiens, fidèles et dévoués. Soit qu'aux pays Libyens, vers les bords du Tritôn, son fleuve natal, visible ou invisible, elle vienne en aide à ceux qu'elle aime; soit qu'aux plaines de Phlégra, elle passe en revue son armée, comme un chef courageux, qu'elle vienne! car un Dieu entend de loin; et qu'elle m'affranchisse de mes maux!

LE CHŒUR DES EUMÉNIDES.

Ni Apollôn, ni la puissance d'Athènaia ne te protégeront Il faut que tu périsses, ignominieusement rejeté de tous, ne connaissant plus la joie de l'esprit, n'ayant plus de sang, vaine ombre, pâture des Daimones, ne pouvant ni répondre, ni parler, engraissé pour m'être voué! Je te mangerai vivant! Tu ne seras pas égorgé à l'autel. Écoute cet hymne qui t'enchaîne : — Allons! chantons en chœur! Il nous plaît de hurler le chant effroyable, et de dire les destinées que notre troupe dispense aux hommes. Mais nous nous glorifions d'être de justes dispensatrices. Celui qui étend des mains pures, jamais notre colère ne se jettera sur lui, et il passera une vie saine et sauve; mais quiconque a fait le mal, comme cet homme, et cache des mains sanglantes, nous lui apparaissons, incorruptibles témoins des morts, avec force et puissance, et nous lui faisons payer le sang répandu!

Strophe I.

O mère! ô Nuit, ma mère, qui m'as enfantée pour le châtiment de ceux qui ne voient plus et de ceux qui voient encore, entends-moi! Le fils de Latô me prive de mes honneurs en m'arrachant ma proie, cet homme qui doit expier le meurtre de sa mère. Ce chant lui est voué, folie, délire troublant l'esprit, hymne des Érinnyes enchaînant l'âme, hymne sans lyre, épouvante des mortels!

Antistrophe I.

La Moire toute-puissante m'a fait cette destinée immuable de poursuivre tous ceux d'entre les hommes qui commettraient des meurtres, jusqu'à ce que la terre les couvre. Même mort, aucun d'eux ne sera libre encore. Ce chant lui est voué, folie, délire troublant l'esprit, hymne des Érinnyes enchaînant l'âme, hymne sans lyre, épouvante des mortels !

Strophe II.

Quand nous sommes nées, cette destinée nous a été imposée : que nous ne toucherions point aux Immortels, que nulle de nous ne pourrait s'asseoir à leurs festins et que nous ne porterions jamais de vêtements blancs. Mais la désolation des demeures est notre part, quand un Arès domestique a frappé un proche. Nous nous ruons sur lui, quelque vigoureux qu'il soit, et nous l'anéantissons dès qu'il a versé le sang.

Antistrophe II.

Je me hâte, et j'épargne à tout autre ce souci, et mes imprécations permettent le repos aux Dieux. Qu'ils ne reviennent pas sur mes jugements ! Zeus, en effet, repousse loin de lui une horde odieuse et souillée de sang. Pour moi, je bondis violemment et poursuis de l'inévitable vengeance ceux qui meurtrissent leurs pieds et dont les jambes ploient en fuyant au loin.

Strophe III.

La gloire des hommes, magnifiquement élevée jusqu'à l'Ouranos, tombe souillée contre terre à l'aspect de nos robes noires, et foulée de nos trépignements furieux.

Antistrophe III.

Et quand il tombe, celui que je frappe, il l'ignore dans sa démence. Son crime l'enveloppe de telles ténèbres, que tous gémissent voyant cette sombre nuée répandue sur sa demeure.

Strophe IV.

Certes, cela est ainsi. Toutes-puissantes et inévitables, nous nous souvenons pieusement de tous les crimes; implacables pour les mortels, nous hantons des lieux mornes et sauvages, éloignés des Dieux, que n'éclaire point la lumière de Hèlios, inaccessibles aux vivants comme aux morts.

Antistrophe IV.

Aussi, quel mortel ne respecte et ne redoute cette puissance que je tiens des Moires et de la volonté des Dieux? Certes, je possède d'antiques honneurs, et on ne m'a jamais dédaignée, bien que j'habite sous la terre, dans les ténèbres sans soleil.

ATHÈNA.

De loin j'ai entendu le cri d'une voix, des bords du Skamandros, tandis que je prenais possession de cette terre, magnifique part des dépouilles conquises que les chefs et les princes Akhaiens m'ont consacrée à jamais, don sans égal fait aux fils de Thèseus. De là je suis venue, d'une course infatigable, enflant le milieu de l'Aigide et irrésistiblement emportée sur mon char. Je vois sur cette terre une foule qui m'est inconnue. Je n'en suis pas effrayée, mais la surprise est dans mes yeux. Qui êtes-vous? Je vous le demande à tous, à cet Étranger assis aux pieds de mon image et à vous qui n'êtes semblables à personne et à rien, qui n'avez jamais été vues par les Dieux entre les Déesses et qui n'avez point la figure humaine. Mais offenser autrui sans raison n'est ni juste, ni équitable.

LE CHŒUR DES EUMÉNIDES.

Tu sauras tout en peu de mots, fille de Zeus. Nous sommes les Filles de la noire Nuit. Dans nos demeures souterraines on nous nomme les Imprécations.

ATHÈNA.

Je connais votre race et votre nom.

LE CHŒUR DES EUMÉNIDES.

Tu vas savoir quels sont mes honneurs.

ATHÈNA.

Je le saurai quand tu me l'auras dit clairement.

LE CHŒUR DES EUMÉNIDES.

De toutes les demeures nous chassons les meurtriers

ATHÈNA.

Et où cesse la fuite du meurtrier?

LE CHŒUR DES EUMÉNIDES.

En un lieu où toute joie est morte.

ATHÈNA.

Et c'est là ce que tu infliges à celui-ci?

LE CHŒUR DES EUMÉNIDES.

Certes, car il a osé tuer sa mère.

ATHÈNA.

N'y a-t-il point été contraint par la violence de quelque autre nécessité?

LE CHŒUR DES EUMÉNIDES.

Quelle violence peut contraindre de tuer sa mère?

ATHÈNA.

Vous êtes deux ici; un seul a parlé.

LE CHŒUR DES EUMÉNIDES.

Il n'accepte point le serment et ne veut point le prêter.

ATHÈNA.

Tu aimes mieux la Justice qui parle que celle qui agit.

LE CHŒUR DES EUMÉNIDES.

Comment? Instruis-moi, car tu ne manques pas de sagesse.

ATHÈNA.

Je nie qu'un serment suffise à faire triompher une cause injuste.

LE CHŒUR DES EUMÉNIDES.

Examine donc ma cause et prononce une juste sentence.

ATHÈNA.

Ainsi vous me remettez le jugement de la cause?

LE CHŒUR DES EUMÉNIDES.

Pourquoi non? Nous te proclamons digne d'un tel honneur.

ATHÈNA.

Pour ta défense, Étranger, qu'as-tu à répondre? Avant tout, dis-moi ta patrie, ta race et les événements de ta vie; puis, tu repousseras l'accusation, si, toutefois, c'est confiant dans la justice de ta cause que tu as embrassé cette image sur mon autel, suppliant pieux, comme autrefois Ixiôn. Réponds à tout, afin que je comprenne clairement.

ORESTÈS.

Reine Athèna, avant tout je dissiperai le grand souci que révèlent tes dernières paroles. Je ne suis pas un suppliant qui n'a rien expié ; et ma main n'a point souillé ton image. Je t'en donnerai une grande preuve. C'est la loi que tout homme souillé d'un meurtre restera muet jusqu'à ce que le sang d'un jeune animal l'ait purifié. De cette façon, depuis longtemps je me suis purifié en d'autres lieux par le sang des victimes et les Eaux lustrales. Donc, tu ne dois plus avoir ce souci. Pour ma race, tu sauras promptement quelle elle est. Je suis Argien, et tu connais bien mon père, Agamemnôn, le chef de la flotte des hommes Akhaiens, et par lequel tu as renversé Troia, la ville d'Ilios. De retour dans sa demeure, il est mort, non avec gloire, car ma mère, ayant tendu des embûches, l'a tué après l'avoir enveloppé dans un filet. Elle l'a tué dans un bain, ainsi qu'elle l'a avoué. Moi, étant revenu d'exil, après un long temps, j'ai tué celle qui m'avait conçu, je ne le nie pas, la châtiant ainsi du meurtre de mon père très-cher. Mais Loxias est de moitié avec moi dans le crime, m'ayant annoncé que je serais accablé de maux si je ne vengeais la mort de mon père sur les coupables. Pour toi, que j'aie bien ou mal fait, juge ma cause. Je me soumettrai à tout ce que tu auras décidé.

ATHÈNA.

La cause est trop grande pour qu'aucun mortel puisse la juger. Moi-même, je ne puis prononcer sur un meurtre dû à la violence de la colère; surtout, parce que, ton crime accompli, tu n'es venu, en suppliant, dans ma demeure, que purifié de toute souillure. Puisque tu as ainsi expié le meurtre, je te recevrai dans la Ville. Cependant, il n'est pas facile de rejeter la demande de celles-ci. Si la victoire leur était enlevée dans cette cause, elles répandraient en partant tout le poison de leur cœur sur cette terre, et ce serait une éternelle et incurable contagion. Certes, je ne puis renvoyer ou retenir les deux parties sans iniquité. Enfin, puisque cette cause est venue ici, j'établirai des juges liés par serment et qui jugeront dans tous les temps à venir. Pour vous, préparez les témoignages, les preuves et les indices qui peuvent venir en aide à votre cause. Après avoir choisi les meilleurs parmi ceux de ma ville, je reviendrai avec eux, afin qu'ils décident équitablement de ceci, en restant ainsi fidèles à leur serment.

LE CHŒUR DES EUMÉNIDES.

Strophe I.

Maintenant, voici le renversement de l'antique Justice par des lois nouvelles, si la cause de ce meurtrier de sa mère est victorieuse. Tous les hommes se plairont à ce crime, afin d'agir avec des mains impunies. En vérité, d'innombrables calamités menaceront désormais les parents de la part des enfants!

Antistrophe I.

En effet, il n'y aura plus d'yeux dardés sur les hommes, plus de colère qui poursuive les crimes. Je laisserai tout faire. Chacun saura, en gémissant sur les maux qu'il souffrira de ses proches, qu'il n'y a plus ni relâche, ni remèdes à de telles misères, ni refuge contre elles, ni consolations même illusoires.

Strophe II.

Que personne, une fois accablé par le malheur, ne pousse ce cri : — O Justice! ô thrône des Érinnyes! — Bientôt, un père ou une mère, en proie à une calamité récente, gémira avec des lamentations, après que la demeure de la Justice se sera écroulée!

Antistrophe II.

Il en est que la terreur doit hanter inexorablement, comme un surveillant de l'esprit. Il est salutaire d'apprendre de ses angoisses à être sage. Qui, en effet, ou ville, ou homme, s'il n'a dans le cœur une vive lumière, honorera désormais la Justice?

Strophe III.

Ne désirez ni une vie sans frein, ni l'oppression. Les Dieux ont placé la force entre les deux, ni en deçà, ni au delà. Je le dis avec vérité : l'insolence est certainement fille de l'impiété; mais de la sagesse naît la félicité, chère à tous et désirée de tous.

Antistrophe III.

Je te recommande par-dessus tout d'honorer l'autel de la Justice. Ne le renverse pas du pied dans le désir du gain. Le châtiment ne tarde pas, et il est toujours en raison du crime. Que chacun ait le respect de ses parents et fasse un bienveillant accueil aux hôtes qui se dirigent vers sa demeure.

Strophe IV.

Celui qui est juste sans y être contraint ne sera point malheureux, et il ne périra jamais par les calamités; mais je sais que l'impie persévérant, qui confond toutes choses contre la Justice, sera contraint par la violence, quand viendra le temps, et que la tempête brisera ses antennes en déchirant ses voiles.

Antistrophe IV.

Au milieu de l'inévitable tourbillon, il invoquera les Dieux qui ne l'entendront point. Les Daimones rient de l'homme arrogant, quand ils le voient enveloppé par l'inextricable ruine, sans qu'il puisse jamais surmonter son malheur. Sa première prospérité s'est enfin brisée contre l'écueil de la Justice; il périt non pleuré et oublié!

ATHÈNA.

Allons, héraut! contiens la multitude. Que la trompette Tyrrhènienne, emplie d'un souffle viril, pénètre les oreilles d'une clameur sonore et parle au peuple! Puisque cette Assemblée est réunie, que tous se taisent! Ceux-ci appliqueront désormais mes lois dans toute la Ville, et vont juger équitablement cette cause.

LE CHŒUR DES EUMÉNIDES.

Roi Apollôn! commande en ce qui t'appartient. En quoi ces choses te regardent-elles? Que t'importe ceci? Dis-le-moi.

APOLLÔN.

Je viens porter témoignage. Cet homme est mon suppliant, il s'est assis dans ma demeure et je l'ai purifié de ce meurtre; mais je suis en cause aussi, l'ayant excité à tuer sa mère. Toi, Athèna, appelle la cause et ouvre la contestation!

ATHÈNA.

C'est à vous de parler les premières. J'appelle la cause. L'accusateur doit commencer et dire ce dont il s'agit.

LE CHŒUR DES EUMÉNIDES.

Nous sommes nombreuses à la vérité, mais nous parlerons brièvement. Toi, réponds-nous, parole pour parole. Avant tout, dis, as-tu tué ta mère?

ORESTÈS.

Je l'ai tuée, je ne le nie pas.

LE CHŒUR DES EUMÉNIDES.

Dans cette lutte te voilà tombé une fois sur trois!

ORESTÈS.

Tu te vantes avant de m'avoir terrassé.

LE CHŒUR DES EUMÉNIDES.

Réponds encore. Comment l'as-tu tuée?

ORESTÈS.

Je réponds : de ma main je lui ai enfoncé cette épée dans la gorge.

LE CHŒUR DES EUMÉNIDES.

Par qui as-tu été poussé et conseillé?

ORESTÈS.

Par les oracles de ce Dieu. Il m'en est témoin ici.

LE CHŒUR DES EUMÉNIDES.

Le Divinateur t'a poussé à tuer ta mère?

ORESTÈS.

Jusqu'ici je ne me repens pas de cela.

LE CHŒUR DES EUMÉNIDES.

Condamné, tu parleras autrement.

ORESTÈS.

J'ai bon espoir. Mon père m'aidera du fond de sa tombe.

LE CHŒUR DES EUMÉNIDES.

Tu te fies aux morts, après avoir tué ta mère!

ORESTÈS.

Elle était souillée de deux crimes.

LE CHŒUR DES EUMÉNIDES.

Comment? Dis-le à tes juges.

ORESTÈS.

Elle a tué son mari et elle a tué mon père.

LE CHŒUR DES EUMÉNIDES.

Tu vis, et par sa mort elle a expié ce crime.

ORESTÈS.

Mais, pendant qu'elle vivait, l'avez-vous poursuivie ?

LE CHŒUR DES EUMÉNIDES.

Elle n'était pas du sang de l'homme qu'elle a tué.

ORESTÈS.

Et moi, étais-je du sang de ma mère ?

LE CHŒUR DES EUMÉNIDES.

Quoi ! ne t'a-t-elle point porté sous sa ceinture, ô tueur de ta mère ! Renieras-tu le sang très-cher de ta mère ?

ORESTÈS.

Sois-moi témoin, Apollôn ! Ne l'ai-je point tuée légitimement ? Car je ne nie pas que je l'aie tuée. Penses-tu que son sang ait été légitimement versé ? Parle, afin que je le dise à ceux-ci.

APOLLÔN.

Je vous parlerai, Juges vénérables institués par Athènaia ! Je suis le Divinateur, et je ne dirai point de mensonges. Jamais, sur mon thrône fatidique, je n'ai rien dit d'un homme, ou d'une femme, ou d'une ville, que Zeus, père des Olympiens, ne m'ait ordonné de dire. Souvenez-vous de prendre mes paroles pour ce qu'elles valent et d'obéir à la volonté de mon père. Aucun serment n'est au-dessus de Zeus.

LE CHŒUR DES EUMÉNIDES.

Zeus, d'après ce que tu dis, t'avait dicté l'oracle par lequel tu as ordonné à cet Orestès de venger le meurtre de son père, sans respect pour sa mère ?

APOLLÔN.

Ce n'est point la même chose que de voir une femme égorger un vaillant homme honoré du sceptre, don de Zeus, et qui n'a point été percé de flèches guerrières lancées de loin, comme celles des Amazones. Écoute, Pallas! Écoutez aussi, vous qui siégez pour juger cette cause. A son retour de la guerre d'où il rapportait de nombreuses dépouilles, elle l'a reçu par de flatteuses paroles; et, au moment où, s'étant lavé, il allait sortir du bain, elle l'a enveloppé d'un grand voile, et elle l'a frappé tandis qu'il était inextricablement embarrassé. Telle a été la destinée fatale de cet homme très-vénérable, du Chef des nefs. Je dis que telle elle a été, afin que l'esprit de ceux qui jugent cette cause en soit mordu.

LE CHŒUR DES EUMÉNIDES.

Zeus, d'après tes paroles, est plus irrité du meurtre d'un père que de celui d'une mère. Mais, lui-même, il a chargé de chaînes son vieux père Kronos. Pourquoi n'as-tu point opposé ceci à ce que tu as dit? Pour vous, vous l'avez entendu; je vous prends à témoin.

APOLLÔN.

O les plus abominables des bêtes, détestées des Dieux!

On peut rompre des chaînes; il y a un remède à cela, et d'innombrables moyens de s'en délivrer; mais quand la poussière a bu le sang d'un homme mort, il ne peut plus se relever. Mon père n'a point enseigné d'incantations pour ceci, lui qui, au-dessus et au-dessous de la terre, ordonne et fait rouler toutes choses, et dont les forces sont toujours les mêmes.

LE CHŒUR DES EUMÉNIDES.

Comment donc défendras-tu l'innocence de cet homme? Vois! après avoir répandu le sang de sa mère, son propre sang, pourra-t-il habiter dans Argos la demeure de son père? A quels autels publics sacrifiera-t-il? quelle Phratrie lui donnera place à ses libations?

APOLLÔN.

Je dirai ceci; vois si je parle bien. Ce n'est pas la mère qui engendre celui qu'on nomme son fils; elle n'est que la nourrice du germe récent. C'est celui qui agit qui engendre. La mère reçoit ce germe, et elle le conserve, s'il plaît aux Dieux. Voici la preuve de mes paroles : on peut être père sans qu'il y ait de mère. La fille de Zeus Olympien m'en est ici témoin. Elle n'a point été nourrie dans les ténèbres de la matrice, car aucune Déesse n'aurait pu produire un tel enfant. — Pour moi, Pallas, et entre autres choses, je grandirai ta ville et ton peuple. J'ai envoyé ce suppliant dans ta demeure, afin qu'il te soit dévoué en tout temps. Accepte-le pour allié, ô Déesse, lui et ses descendants, et que ceux-ci te gardent éternellement leur foi!

ATHÈNA.

Maintenant c'est à vous de prononcer la sentence par un juste suffrage, car il en a été dit assez.

LE CHŒUR DES EUMÉNIDES.

J'ai lancé ma dernière flèche, et j'attends l'arrêt qui décidera.

ATHÈNA.

Comment faire pour que vous ne me reprochiez rien?

LE CHŒUR DES EUMÉNIDES.

Étrangers, vous avez tout entendu! Respectez votre serment, et prononcez.

ATHÈNA.

Écoutez encore la loi que je fonde, peuple de l'Attique, vous qui êtes les premiers juges du sang versé. Ce tribunal, désormais et pour toujours, jugera le peuple Aigéen. Sur cette colline d'Arès, les Amazones plantèrent autrefois leurs tentes, quand, irritées contre Thèseus, elles assiégèrent la Ville récemment fondée et opposèrent des tours à ses hautes tours. Ici, elles firent des sacrifices à Arès, d'où ce nom d'Arèopagos, le rocher, la colline d'Arès. Donc, ici, le respect et la crainte seront toujours présents, le jour et la nuit, à tous les citoyens, tant qu'ils se garderont eux-mêmes d'instituer de nouvelles lois. Si vous souillez une eau limpide par des courants boueux, comment pourrez-vous la boire? Je voudrais persuader aux citoyens chargés du soin de la République d'éviter l'anarchie et la tyrannie, mais non de renoncer à toute répression. Quel homme restera juste, s'il ne craint rien? Respectez donc la majesté de ce tribunal, rempart sauveur de ce pays et de cette ville, tel qu'on n'en possède point parmi les hommes, ni les Skythes, ni ceux de la terre de Pélops. J'institue ce tribunal incorruptible, vénérable et sévère, gardien vigilant de cette terre, même pendant le sommeil de tous, et je le dis aux citoyens pour que cela soit désormais dans l'avenir. Maintenant, levez-vous, et, fidèles à votre serment, prononcez l'arrêt. J'ai dit.

LE CHŒUR DES EUMÉNIDES.

Je vous conseille de ne point outrager notre troupe terrible à cette terre!

APOLLÔN.

Et moi, je vous ordonne de respecter mes oracles qui sont ceux de Zeus, et de ne point les rendre impuissants!

LE CHŒUR DES EUMÉNIDES.

Tu t'inquiètes d'une cause sanglante qui ne te concerne pas. Tu ne rendras plus d'oracles véridiques si tu persistes.

APOLLÔN.

Mon père a-t-il aussi manqué de sagesse quand Ixiôn le supplia, après avoir commis le premier meurtre?

LE CHŒUR DES EUMÉNIDES.

Tu peux parler ; mais moi, si on ne me rend pas justice, je serai terrible à cette terre.

APOLLÔN.

Tu es méprisée parmi les nouveaux et les anciens Dieux. Je triompherai.

LE CHŒUR DES EUMÉNIDES.

C'est ainsi que tu as fait dans les demeures de Phérès. Tu as persuadé aux Moires de rendre les hommes immortels.

APOLLÔN.

N'est-il pas juste de secourir celui qui nous honore, et surtout quand il demande notre aide ?

LE CHŒUR DES EUMÉNIDES.

Tu as offensé les Daimones antiques, tu as abusé par le vin les vieilles Déesses !

APOLLÔN.

Bientôt tu vas être vaincue, et tu ne vomiras plus contre tes ennemis qu'un poison sans danger.

LE CHŒUR DES EUMÉNIDES.

Jeune Dieu, tu outrages de vieilles Déesses ! Mais j'attends la fin de ceci, ne sachant encore si je dois m'irriter ou non contre cette ville.

ATHÈNA.

C'est à moi de prononcer la dernière. Je donnerai mon suffrage à Orestès. Je n'ai pas de mère qui m'ait enfantée. En tout et partout, je favorise entièrement les mâles, mais non jusqu'aux noces. Certes, je suis pour le père. Ainsi, peu m'importe la femme qui a tué son mari, le chef de la demeure. Orestès est vainqueur, même si les suffrages sont égaux des deux côtés. Donc, vous à qui ce soin est remis, retirez promptement les cailloux des urnes.

ORESTÈS.

O Phoibos Apollôn, comment cette cause sera-t-elle jugée?

LE CHŒUR DES EUMÉNIDES.

O Nuit noire, ma mère! vois-tu ces choses?

ORESTÈS.

Maintenant, je finirai par la corde, ou je verrai encore la lumière!

LE CHŒUR DES EUMÉNIDES.

Nous serons avilies, ou nous garderons nos honneurs.

APOLLÔN.

Comptez bien les cailloux, Étrangers! Respectez la

justice et ne vous trompez point. Si une seule voix est oubliée, ce sera un grand malheur. Un seul suffrage peut relever une maison !

ATHÈNA.

Cet homme est absous de l'accusation de meurtre ; les suffrages sont en nombre égal des deux côtés.

ORESTÈS.

O Pallas, tu as sauvé ma maison, tu m'as rendu la terre de la patrie d'où j'étais exilé ! Chacun dira parmi les Hellènes : Cet homme Argien est enfin rétabli dans les biens paternels par la faveur de Pallas et de Loxias, et aussi de Celui qui accomplit toutes choses et qui m'a sauvé, plein de pitié pour la destinée fatale de mon père, quand il a vu ces vengeresses de ma mère. Pour moi, en retournant dans ma demeure, je me lie à cette terre et à ton peuple par ce serment, que, jamais, dans la longue suite des temps, aucun roi d'Argos n'entrera la lance en main dans la terre Attique. Certes, moi-même, alors enfermé dans le tombeau, je frapperai d'un inévitable châtiment ceux qui violeront le serment que je fais. Je rendrai leur chemin morne et malheureux, et je les ferai se repentir de leur action. Mais si les Argiens gardent la foi que j'ai jurée à la ville de Pallas, s'ils combattent toujours pour elle, je leur serai toujours bienveillant. Salut, ô toi, Pallas ! et toi, peuple de la Ville ! Puissiez-vous toujours accabler inévitablement vos ennemis ! Puissent vos armes vous sauver toujours, et toujours être victorieuses !

LE CHŒUR DES EUMÉNIDES.

Ah! jeunes Dieux, vous avez foulé aux pieds les Lois antiques, et vous avez arraché cet homme de mes mains! Et moi, couverte d'opprobre, méprisée, misérable, enflammée de colère, ô douleur! je vais répandre goutte à goutte sur le sol le poison de mon cœur, terrible à cette terre. Ni feuilles, ni fécondité! O Justice, te ruant sur cette terre, tu mettras partout les souillures du mal! Gémirai-je? Que devenir? que faire? Je subis des peines qui seront funestes aux Athènaiens! Les malheureuses Filles de la Nuit sont grandement outragées; elles gémissent de la honte qui les couvre!

ATHÈNA.

Croyez-moi, ne gémissez pas aussi profondément. Vous n'êtes point vaincues. La cause a été jugée par suffrages égaux et sans offense pour vous; mais les témoignages de la volonté de Zeus ont été manifestes. Lui-même a dicté cet oracle : qu'Orestès, ayant commis ce meurtre, ne devait point en être châtié. N'envoyez donc point à cette terre votre colère terrible; ne vous irritez point, ne la frappez point de stérilité, en y versant goutte à goutte la bave des Daimones, implacable rongeuse des semences. Moi, je vous fais la promesse sacrée que vous aurez ici des demeures, des temples et des autels ornés de splendides offrandes, et que vous serez grandement honorées par les Athènaiens.

LE CHŒUR DES EUMÉNIDES.

Ah! jeunes Dieux, vous avez foulé aux pieds les Lois

antiques, et vous avez arraché cet homme de mes mains ! Et moi, couverte d'opprobre, méprisée, misérable, enflammée de colère, ô douleur ! je vais répandre goutte à goutte sur le sol le poison de mon cœur, terrible à cette terre. Ni feuilles, ni fécondité ! O Justice, te ruant sur cette terre, tu mettras partout les souillures du mal ? Gémirai-je ? Que devenir ? que faire ? Je subis des peines qui seront funestes aux Athènaiens ! Les malheureuses Filles de la Nuit sont grandement outragées ; elles gémissent de la honte qui les couvre !

ATHÈNA.

Vous n'êtes point dépouillées de vos honneurs, et, Déesses irritées, dans l'amertume de votre colère, vous ne rendrez pas stérile la terre des hommes. Et moi, ne suis-je pas certaine de Zeus ? Mais qu'ai-je besoin de paroles ? Seule, entre les Dieux, je connais les clefs des demeures où la foudre est enfermée Cependant, je n'ai que faire de la foudre. Tu m'obéiras et tu ne lanceras point sur la terre les imprécations funestes qui amènent la destruction de toutes choses. Calme la violente colère des flots noirs de ton cœur, et tu habiteras avec moi, et tu seras pieusement honorée comme moi. Les riches prémices de ce pays te seront offerts, dans les sacrifices, pour les enfantements et les noces ; et, désormais, tu me remercieras de mes paroles.

LE CHŒUR DES EUMÉNIDES.

Moi ! subir cela ! Moi, l'antique Sagesse, habiter, méprisée, sur la terre ! ô honte ! Je respire la colère et la violence ! hélas ! ô Dieux ! ô terre ! ô douleur ! Quelle angoisse envahit mon cœur! Entends ma colère, ô Nuit, ma mère! Les ruses des Dieux m'ont enlevé mes antiques honneurs et m'ont réduite à rien!

ATHÈNA.

Je te pardonne ta colère, car tu es plus âgée que moi et tu possèdes une plus grande sagesse; mais Zeus m'a donné aussi quelque intelligence. N'allez point sur une autre terre. Vous regretteriez celle-ci. Je vous le prédis. La suite des temps amènera des honneurs toujours plus grands pour les habitants de ma ville, et toi, tu auras une demeure glorieuse dans la cité d'Érékhtheus, et tu seras ici, dans les Jours consacrés, en vénération aux hommes et aux femmes, plus que tu ne le serais jamais partout ailleurs. Ne répands donc point sur mes demeures le poison rongeur de tes entrailles, funeste aux enfantements, et brûlant d'une rage que le vin n'a point excitée. N'inspire point la discorde aux habitants de ma ville, et qu'ils ne soient point comme des coqs se déchirant entre eux. Qu'ils n'entreprennent que des guerres étrangères, et non trop éloignées, par lesquelles est éveillé le grand amour de la gloire, car j'ai en horreur les combats d'oiseaux domestiques. Il convient que tu acceptes ce que je t'offre, afin qu'étant bienveillante, tu sois comblée de biens et d'honneurs et que tu possèdes ta part de cette terre très-aimée des Dieux!

LE CHŒUR DES EUMÉNIDES.

Moi! subir cela! Moi, l'antique Sagesse, habiter, méprisée, sur la terre! ô honte! Je respire la colère et la violence! hélas! ô Dieux! ô terre! ô douleur! Quelle angoisse envahit mon cœur ! Entends ma colère, ô Nuit, ma mère ! Les ruses des Dieux m'ont enlevé mes antiques honneurs et m'ont réduite à rien !

ATHÈNA.

Je ne me lasserai point de te conseiller ce qu'il y a de mieux, afin que tu ne dises jamais que toi, une antique Déesse, tu as été dépouillée de tes honneurs et honteusement chassée de cette terre par une Déesse plus jeune que toi et par le peuple qui habite cette ville. Si la Persuasion sacrée t'est vénérable, si la douceur de mes paroles t'apaise, tu resteras ici ; mais si tu ne veux pas rester, tu ne lanceras point ta fureur injuste contre cette ville et tu ne causeras point la ruine du peuple, car il t'est permis d'habiter cette heureuse terre et d'y jouir en tout temps d'honneurs légitimes.

LE CHŒUR DES EUMÉNIDES.

Reine Athèna, quelle demeure habiterais-je ?

ATHÈNA.

Une demeure à l'abri de l'offense. Mais accepte.

LE CHŒUR DES EUMÉNIDES.

J'accepte. Quels seront mes honneurs ?

ATHÈNA.

Sans toi, aucune maison n'aura une heureuse fortune.

LE CHŒUR DES EUMÉNIDES.

Et tu feras que je possède cette puissance?

ATHÈNA.

Certes, je ferai prospérer qui t'honorera.

LE CHŒUR DES EUMÉNIDES.

Et ta promesse sera-t-elle toujours tenue?

ATHÈNA.

Je pouvais ne pas promettre ce que je n'aurais pas voulu tenir.

LE CHŒUR DES EUMÉNIDES.

Je suis apaisée et je rejette ma colère.

ATHÈNA.

C'est pourquoi, sur cette terre, tu n'auras que des amis.

LE CHŒUR DES EUMÉNIDES.

Que m'ordonnes-tu de souhaiter à cette terre?

ATHÈNA.

Tout ce qui suit une victoire sans tache, tout ce qui est produit par la terre et par les flots de la mer, ce qui vient de l'Ouranos, ce qu'apportent les souffles des vents! Que les fruits de la terre et les troupeaux s'accroissent ici sous la chaleur propice de Hèlios! Que les citoyens soient à jamais heureux et prospères, et que l'enfance soit toujours saine et sauve! Anéantis les impies plus inexorablement encore. Comme un pasteur de plantes, j'aime la race des hommes justes. Tels seront tes soins. Pour moi, quant à la gloire des combats guerriers, je ferai cette Ville illustre parmi les mortels.

LE CHŒUR DES EUMÉNIDES.

Strophe I.

Certes, je veux habiter avec Pallas, et je ne dédaignerai pas cette Ville, asile des Dieux, qu'honorent le tout-puissant Zeus et Arès, rempart des Daimones, qui protége les autels des Hellanes. Je lui souhaite, par des prédictions bienveillantes, les fruits abondants, utiles à la vie, qui germent dans la terre sous la lumière éclatante de Hèlios.

ATHÈNA.

C'est avec joie que je fais ceci pour les Athènaiens. J'ai retenu dans cette Ville de grandes et implacables Déesses. Il leur a été accordé, en effet, de régler tout ce qui concerne les hommes. Celui contre lequel elles ne se sont point encore irritées ne sait rien des maux qui désolent la vie. Les crimes des aïeux le livrent à elles. La destruction silencieuse l'anéantit, malgré ses cris.

LE CHŒUR DES EUMÉNIDES.

Antistrophe I.

Qu'un souffle funeste ne flétrisse point les arbres!

c'est mon souhait. Que l'ardeur de Hèlios ne dessèche point le germe des plantes et ne fasse point avorter les bourgeons! Que la stérilité mauvaise soit écartée! Que les brebis, toujours fécondes, lourdes d'une double portée, mettent bas au temps voulu! Que le peuple, riche des biens abondants de la terre, honore les présents des Dieux!

ATHÈNA.

Entendez-vous, Gardiens de la Ville, ces souhaits heureux? Elle est très-puissante, en effet, la vénérable Érinnys, auprès des Immortels et des Dieux souterrains. Elles disposent manifestement et avec une suprême puissance de la destinée des hommes. Aux uns elles accordent les chants joyeux, aux autres elles infligent une vie attristée par les larmes.

LE CHŒUR DES EUMÉNIDES.

Strophe II.

Je repousse la fortune mauvaise qui frappe les hommes avant le temps. Accordez aux vierges qu'on aime les époux qu'elles désirent, ô Déesses, sœurs des Moires, vous qui avez cette puissance, justes Daimones qui hantez chaque demeure, présentes en tout temps, et qui, pour votre équité, êtes partout les plus honorées des Dieux!

ATHÈNA.

Je me réjouis d'entendre vos souhaits bienveillants pour la terre que j'aime. Je loue la Persuasion aux doux yeux qui dirigeait ma langue et ma parole, tandis qu'elles refusaient durement d'écouter. Zeus, qui préside à l'Agora, l'a emporté, et notre cause, la cause des justes, est victorieuse.

LE CHŒUR DES EUMÉNIDES.

Antistrophe II.

Que la discorde insatiable de maux ne frémisse jamais dans la Ville! C'est mon souhait. Que jamais la poussière ne boive le sang noir des citoyens! Que jamais, ici, un meurtre ne venge un meurtre! Que les citoyens n'aient qu'une même volonté, un même amour, une même haine. Ceci est le remède à tous les maux parmi les hommes.

ATHÈNA.

Avez-vous donc retrouvé le chemin des paroles bienveillantes? Je prévois que les habitants de ma Ville seront grandement secourus par ces Spectres terribles. Aimez toujours ces Déesses qui vous sont bienveillantes, offrez-leur de grands honneurs, et cette terre et cette Ville seront à jamais illustres par l'équité!

LE CHŒUR DES EUMÉNIDES.

Strophe III.

Salut! soyez heureux et riches! Salut, peuple Athènaien, assis auprès des autels de Zeus, amis de la Vierge qui vous aime, et toujours pleins de sagesse! Ceux qui habitent sous les ailes de Pallas sont respectés par son père.

ATHÈNA.

Je vous salue aussi. Il faut que je marche la première, afin de vous montrer vos demeures. Allez à la lumière sacrée des torches de ceux qui vous accompagnent, à travers les sacrifices offerts, descendez sous terre, afin de retenir le malheur loin de cette terre, et d'envoyer vers la Ville la prospérité et la victoire. Vous qui habitez cette Ville, fils de Kranaos, accompagnez-les, et que les citoyens se souviennent toujours de leur bienveillance!

LE CHŒUR DES EUMÉNIDES.

Antistrophe III.

Salut, salut! Je vous salue de nouveau, vous tous qui êtes ici, Daimones et mortels, habitants de la Ville de Pallas! Respectez ma demeure, et vous n'accuserez jamais les hasards de la vie.

ATHÈNA.

Je me réjouis de vos paroles et de vos prières, et j'enverrai la clarté des torches flamboyantes vers les lieux souterrains, avec les gardiennes de mon sanctuaire, selon le rite. Que la fleur de toute la terre de Thèseus s'avance, la brillante troupe des jeunes filles, et les femmes et les mères âgées! Revêtez des robes pourprées, afin d'honorer ces Déesses, et que la clarté des torches précède, afin que cette foule divine, toujours bienveillante pour cette terre, la rende à jamais illustre par la prospérité de son peuple!

LE CORTÉGE.

Entrez dans votre demeure, grandes et vénérables Filles de la Nuit, Déesses stériles, au milieu d'un cortége respectueux! — Toutes, invoquons-les! — Dans les retraites souterraines vous serez comblées d'honneurs et de sacrifices! — Toutes, invoquons-les! — Propices et bienveillantes à cette terre, venez, ô Vénérables, éclairées par les torches flamboyantes! Maintenant, chantons en marchant! — Les libations et les torches brillantes abonderont dans vos demeures. Zeus qui voit tout et les Moires seront toujours favorables au peuple de Pallas. Maintenant, chantons!

Fin des Euménides.

VII

LES PERSES

VII

LES PERSES

Le Chœur des Vieillards.
Atossa.
Le Spectre de Daréios.
Xerxès.
Le Messager.

LE CHŒUR DES VIEILLARDS.

Voici ce qu'on nomme les Fidèles, gardiens de ces riches demeures abondantes en or, les autres Perses étant partis pour la terre de Hellas. Le Roi Xerxès, né de Daréios, les a choisis lui-même, à cause de leur vieillesse, pour veiller sur le Royaume.

Mais déjà notre esprit est grandement troublé dans

notre poitrine par de mauvais pressentiments, en songeant au retour du Roi et de cette armée éclatante d'or.

Certes, toute la vigueur, née dans l'Asia, s'en est allée; et l'Asia, triste, regrette sa Jeunesse; et aucun messager, aucun cavalier ne revient dans la Ville royale des Perses.

Les Souziens, les Ekbataniens et les habitants de la vieille citadelle de Kissia sont partis, les uns sur des chevaux, les autres sur des nefs, et d'autres à pied, épaisse foule guerrière.

Tels sont partis Amistrès, et Artaphrénès, et Mégabazès, et Astaspès, chefs des Perses, rois soumis au grand Roi, qui commandent les troupes innombrables, habiles archers, illustres cavaliers, à l'aspect terrible, et redoutables par leur intrépidité dans le combat;

Puis, Artembarès qui combat sur son char, et Masistrès, et l'excellent archer Imaios, et Pharandakès, et Sôsthanès, le conducteur de chevaux.

Le Néilos grand et fécondant en a envoyé d'autres : Sousiskanès, Pègastagôn l'Aigyptien, et le grand Arsamès, chef de la sainte Memphis, et Ariomardos qui gouverne l'antique Thèba, et les habitants des marais, terribles et innombrables rameurs.

Puis est venue la multitude des Lydiens voluptueux, toute la race qui habite le continent, ceux que commandent Mètragathès et le brave Arcteus, chefs royaux, et que Sardès qui abonde en or envoie sur des chars sans nombre attelés de quatre ou de six chevaux, spectacle terrible.

Ceux qui habitent le Tmôlos sacré, Mardôn, Tharybis, et les Mysiens armés de piques, menacent de mettre au cou de Hellas le joug de la servitude.

Babylôn riche en or envoie ses peuples confusément

mêlés, qui se ruent impétueusement, marins et habiles archers; et ainsi toute l'Asia, armée de l'épée, marche sous le commandement terrible du Roi.

Telle, la fleur des hommes a quitté la terre Persique; et toute l'Asia qui les a nourris se lamente dans son regret amer; et les mères et les épouses, pleines d'angoisses, comptent longuement les jours.

Strophe I.

Déjà la royale armée, dévastatrice des Villes, a passé sur la terre opposée. A l'aide de nefs liées par des cordes, elle a passé le détroit de l'Athamantide Hellè, ayant mis sur le cou de la mer cette route fixée par mille clous.

Antistrophe I.

Le Chef belliqueux de la populeuse Asia pousse sur tout le pays de Hellas son immense armée, divisée en troupes de terre, en marins, appuyé par des chefs fermes et redoutables, tel qu'un Dieu, et issu de la Pluie d'or.

Strophe II.

Ayant l'œil sombre et sanglant du Dragon, il pousse devant lui une innombrable multitude de bras et de nefs, et, monté sur son char Syrien, il porte, aux guerriers illustres par la lance Arès, le puissant archer.

Antistrophe II.

Certes, aucun héros ne soutiendra le choc de cet immense torrent de guerriers et n'arrêtera, à l'aide de barrières assez solides, l'irrésistible assaut de cette mer. Certes, l'armée et le peuple belliqueux des Perses sont invincibles.

Épôde.

Mais quel mortel peut échapper aux embûches rusées d'un Dieu? Qui peut y échapper en bondissant d'un pied assez léger? Caressante d'abord, la Fortune attire l'homme dans ses rets, et il ne lui est plus permis d'en sortir.

Strophe III.

Depuis longtemps une nécessité inévitable s'est manifestée parmi nous par la volonté des Dieux, et c'est elle qui pousse les Perses à l'assaut des murailles, aux mêlées des cavaliers qui se réjouissent du combat et au renversement des villes.

Antistrophe III.

Ils ont appris à regarder la forêt de la mer large qui blanchit sous le souffle véhément de la tempête, confiants dans les câbles légers et les nefs qui transportent la foule des hommes.

Strophe IV.

C'est pourquoi mon esprit est plein d'épouvante. Hélas! cette armée des Perses! Puisse Sousis, la Ville royale des Perses, vide de guerriers, ne point entendre ceci!

Antistrophe IV.

La Ville de Kissia répondrait à ce cri, hélas! et la

foule des femmes le répéterait en déchirant leurs vêtements de lin!

Strophe V.

Toute l'armée, cavaliers et hommes de pied, comme un essaim d'abeilles, s'en est allée avec le Chef des troupes, traversant la mer, sur ce prolongement commun, de l'une et l'autre terre.

Antistrophe V.

Les lits sont trempés des larmes que fait verser le regret des hommes. Les femmes Perses sont en proie à une grande douleur. Chacune, regrettant son mari, reste solitaire, ayant perdu le brave guerrier compagnon de son lit.

Allons, ô Perses! nous qui sommes assis dans ces antiques et vénérables demeures, ayons le grave souci des pensées profondes, car la nécessité nous presse.

Quelle est la destinée du Roi Xerxès, né de Daréios, qui porte comme nous le nom de celui dont nous sommes tous issus? Est-ce au jet des flèches que la victoire est restée, ou à la force de la lance au fer aigu?

Mais voici la Lumière, resplendissante comme l'œil des Dieux, la mère du Roi, notre Reine! Prosternons-nous. Il faut que tous la saluent avec des paroles respectueuses. — O Reine, la plus haute de toutes les Perses à la large ceinture, mère vénérable de Xerxès, salut, épouse de Daréios, épouse du Dieu des Perses et mère d'un Dieu! Puisse l'antique fortune de ce peuple ne point changer maintenant!

ATOSSA.

C'est pour cela que je viens ici, quittant mes demeures enrichies d'or et le lit nuptial commun à Daréios et à moi. L'inquiétude trouble mon cœur. Je vous dirai tout, je ne suis point tranquille, et je tremble que cette grande prospérité, promptement enfuie, ne bouleverse du pied les richesses que Daréios a amassées, non sans l'aide de quelque Dieu. C'est pourquoi j'ai une double inquiétude inexprimable dans le cœur. Certes, d'immenses richesses, quand le maître est absent, sont inutiles; mais la puissance de ceux qui les ont perdues ne brille plus du même éclat. A la vérité, les nôtres sont encore intactes, mais je crains pour les yeux! car l'œil d'une demeure, je pense, c'est la présence du Maître. Les choses étant ainsi, je veux être conseillée par vous, Perses, fidèles vieillards. Certes, tous les sages conseils doivent me venir de vous.

LE CHŒUR DES VIEILLARDS.

Sache ceci, Reine de cette terre : tu n'auras pas à dire deux fois si tu veux que nous parlions ou que nous agissions, autant que nous en aurons le pouvoir. Certes, nous te sommes dévoués, nous que tu nommes tes conseillers.

ATOSSA.

J'ai coutume, à la vérité, d'être agitée par de nombreux songes nocturnes, depuis que mon enfant est parti conduisant son armée dans la terre des Iaônes, plein du désir de la dévaster; mais aucun ne s'est manifesté plus clairement que celui de cette dernière nuit. Je te le raconterai.

Deux femmes richement vêtues me sont apparues. L'une portait la robe des Perses, l'autre celle des Dôriens. Elles étaient plus irréprochables par la majesté de leurs corps et beaucoup plus belles que les femmes qui vivent maintenant. C'étaient deux sœurs d'une même race. Elles habitaient, l'une la terre de Hellas, qui était son partage, l'autre la terre des Barbares. Elles se querellaient, à ce qu'il me sembla. Mon fils, voyant cela, les retenait et les apaisait. Il les mit toutes deux sous le même joug et il lia leurs cous des mêmes courroies. L'une, à la vérité, se redressait orgueilleusement, toute fière de ce harnais, et sa bouche acceptait le mors; mais l'autre, s'agitant furieuse, rompait de ses mains les liens du char, et, débarrassée des rênes, ayant brisé le joug par le milieu, entraînait le tout avec une grande violence. Et mon fils tomba, et son père Daréios se tenait près de lui en le plaignant, et, dès que Xerxès le vit, il déchira ses vêtements.

Certes, voilà ce que j'ai vu cette nuit. Ayant quitté mon lit, je lavai mes mains dans une eau pure, et je m'approchai de l'autel pour y sacrifier, et j'offris le gâteau de fleur de farine aux Daimones qui garantissent des calamités, et je vis un aigle se réfugier au foyer de Phoibos, et je restai muette de terreur, amis! Puis, je vis un épervier, se ruant de ses ailes rapides, déchirer la tête de l'aigle avec ses ongles. Et l'aigle épouvanté s'abandonnait à l'épervier. Ces choses terribles que j'ai vues, vous les entendez. Certes, sachez-le, si mon fils a une heureuse fortune, il sera le plus glorieux des hommes. S'il lui arrive malheur, il n'aura nuls comptes à rendre, et, s'il survit, il commandera toujours sur cette terre.

LE CHŒUR DES VIEILLARDS.

Nous ne voulons, Mère, ni t'inquiéter par nos paroles, ni te rassurer. Prie les Dieux. Si tu as vu quelque chose de sinistre, supplie-les de le détourner de toi, et qu'ils accomplissent tout ce qu'il y a d'heureux pour toi, pour tes enfants, pour le royaume et pour tes amis! Puis, il te faut faire des libations à la Terre et aux Morts. Prie aussi pour que ton époux Daréios, que tu as vu, dis-tu, dans ton sommeil, envoie à la lumière, du fond de la terre, les prospérités à toi et à ton fils, et pour qu'il retienne et cache les calamités dans les ténèbres souterraines. Divinateur bienveillant, je te donne ces conseils; mais je crois que toutes ces choses sont d'un heureux présage.

ATOSSA.

Le premier tu as interprété mes songes avec bienveillance pour mon fils et pour ma maison. Que tout arrive pour le mieux! Certes, je le veux, et dès que je serai rentrée dans la demeure, je ferai, comme tu me le conseilles, des sacrifices aux Dieux et à ceux que j'aime et qui sont sous la terre. Mais, en attendant, ô amis, où dit-on qu'Athèna est située?

LE CHŒUR DES VIEILLARDS.

Loin d'ici, vers l'Occident, là où le Roi Hèlios se couche.

ATOSSA.

Et mon fils était plein du désir de prendre cette ville?

LE CHŒUR DES VIEILLARDS.

Certes, car toute la terre de Hellas serait soumise au Roi.

ATOSSA.

Sans doute ce peuple abonde en guerriers?

LE CHŒUR DES VIEILLARDS.

C'est une armée qui a déjà causé des maux sans nombre aux Mèdes.

ATOSSA.

Et que possèdent-ils encore? Ont-ils d'assez grandes richesses?

LE CHŒUR DES VIEILLARDS.

Ils ont une source d'argent, trésor de la terre.

ATOSSA.

Est-ce la pointe des flèches et l'arc qui brillent dans leurs mains?

LE CHŒUR DES VIEILLARDS.

Non. Ils tiennent la lance pour un combat de pied ferme, et ils s'abritent du bouclier.

ATOSSA.

Quel chef les mène et commande l'armée?

LE CHŒUR DES VIEILLARDS.

Ils ne sont esclaves d'aucun homme et n'obéissent à personne.

ATOSSA.

Comment donc soutiendraient-ils le choc de leurs ennemis?

LE CHŒUR DES VIEILLARDS.

C'est ainsi qu'ils ont détruit la grande et magnifique armée de Daréios.

ATOSSA.

Tu rappelles des souvenirs terribles dont les parents de ceux qui sont partis doivent être tourmentés.

LE CHŒUR DES VIEILLARDS.

Bientôt, il me semble, tu connaîtras toute la vérité. Un coureur Perse accourt ici afin de t'instruire. Il apporte une nouvelle certaine, bonne ou mauvaise.

LE MESSAGER

O Villes de toute la terre d'Asia! ô Perse, large port de richesses! D'un seul coup cette grande prospérité a péri, et la fleur des Perses a été tranchée! O malheureux! O douleur d'annoncer le premier de tels maux! Cependant, il me faut raconter tout ce désastre, ô Perses! L'armée entière des Barbares a péri!

LE CHŒUR DES VIEILLARDS.

Strophe I.

O calamités affreuses, inattendues, lamentables! Hélas, hélas! pleurez, Perses, en apprenant cette défaite!

LE MESSAGER.

Certes, tout, tout est détruit! Moi-même je vois le jour du retour contre tout espoir.

LE CHŒUR DES VIEILLARDS.

Antistrophe I.

Une longue vie ne nous a été accordée, à nous qui sommes vieux, que pour apprendre ce désastre inattendu!

LE MESSAGER.

Certes, j'étais là. Ce n'est point sur le récit des autres, ô Perses, que je vous dirai les maux qui nous ont accablés.

LE CHŒUR DES VIEILLARDS.

Strophe II.

Hélas! hélas! hélas! En vain les innombrables armes de tant de peuples se sont ruées de la terre d'Asia sur le pays de Hellas!

LE MESSAGER.

Les rivages de Salamis et de toutes les contrées voisines sont pleins de morts misérablement tués!

LE CHŒUR DES VIEILLARDS.

Antistrophe II.

Hélas! hélas! hélas! Les corps de nos amis roulent tout sanglants dans les flots, au milieu des nefs fracassées qui surnagent!

LE MESSAGER.

Nos arcs ne nous ont point aidés. Toute l'armée a péri, écrasée par le choc des nefs.

LE CHŒUR DES VIEILLARDS.

Strophe III.

Poussons la clameur lamentable et lugubre sur les malheureux Perses! Ils ont été vaincus, hélas! L'armée est détruite!

LE MESSAGER.

O nom de Salamis, très-amer à entendre! Hélas! Combien je gémis au souvenir d'Athèna!

LE CHŒUR DES VIEILLARDS.

Antistrophe III.

Les Athènaiens sont terribles à leurs ennemis. D'innombrables femmes Perses se souviendront qu'ils les ont faites veuves et sans enfants!

ATOSSA.

Malheureuse! je reste muette, accablée de ces maux; car cette calamité est telle que je ne puis ni parler, ni m'inquiéter du désastre. Cependant, il faut bien que les hommes subissent les maux que leur envoient les Dieux. Dis-nous donc tout, calme-toi, malgré tes gémissements sur nos misères. Dis ceux qui vivent encore et ceux que nous avons à pleurer, et qui, portant le sceptre, sont morts, laissant leur armée sans chefs.

LE MESSAGER.

Xerxès vit et voit la lumière.

ATOSSA.

Tu apportes une lumière dans ma demeure, un jour éclatant dans une nuit noire!

LE MESSAGER.

Artembarès, le chef des innombrables cavaliers, a été frappé sur les âpres côtes Silèniennes, et le khiliarque Dadacès, percé d'un coup de lance, a été précipité du haut de sa nef; et Ténagôn, le plus brave des Baktriens, est enseveli dans l'île d'Aias, battue des flots. Lilaios, et Arsamès, et Argestès, autour de l'île nourricière des colombes, se sont brisé la tête sur l'âpre côte. Arkteus, venu des sources du Néilos Aigyptien, et Adeuès, et Phéresseuès, et Pharnoukhos, sont tombés de la même nef. Matallos de Khrysa, le Myriontarque, le chef de trente mille cavaliers noirs, a été tué. Il a souillé sa barbe rousse, épaisse, hérissée, et il s'est teint de la pourpre de son sang. Et le Mage Arabos et le Baktrien Artamès ont péri sur cette rude terre et y sont ensevelis, ainsi que Amestris, Amphistreus qui brandissait une lance mortelle, et l'illustre Ariomardos qui sera pleuré des Sardiens, et le Mysien Sisamès. Et Tharybis, qui menait cinq fois cinquante nefs, le Lyrnaien, homme très-beau, gît misérablement tué. Et Syennésis, le premier par le courage, chef des Kilikiens, est tombé glorieusement, ayant, seul, donné beaucoup de mal aux ennemis. Voici les chefs dont je me souviens. Mais je ne t'ai dit que très-peu de nos pertes qui sont innombrables.

ATOSSA.

Hélas! j'apprends d'irréparables maux, opprobre des Perses et cause d'amères lamentations. Mais, reprenant ton récit, dis-moi quel nombre de nefs avaient les Hellènes, pour avoir osé s'attaquer à l'armée navale des Perses.

LE MESSAGER.

Certes, quant au nombre, sache que les Barbares étaient très-supérieurs en nefs. En tout les Hellènes en avaient dix fois trente, sauf dix en réserve. Je sais que Xerxès commandait à mille nefs, plus deux fois cent et sept qui l'emportaient en rapidité. Telle est la vérité. Tu vois que nous n'étions point inférieurs en forces; mais un Dieu a fait pencher les plateaux de la balance et a détruit notre armée.

ATOSSA.

Les Dieux ont protégé la Ville de la Déesse Pallas.

LE MESSAGER.

La Ville d'Athèna est inexpugnable. Ses guerriers lui sont un ferme rempart.

ATOSSA.

Mais dis-nous le premier choc des nefs. Les Hellènes ont-ils commencé le combat, ou est-ce mon fils, orgueilleux du nombre de ses nefs?

LE MESSAGER.

O Reine, un Daimôn mauvais et vengeur a causé le premier tout le mal. Un Hellène, de l'armée des Athènaiens, vint et dit à ton fils Xerxès que, dès les ombres de la nuit noire, les Hellènes ne resteraient pas, et que chacun d'eux, se rembarquant, chercherait son salut dans une fuite secrète. Aussitôt, Xerxès, ayant appris cela, et ne comprenant pas la ruse de cet Hellène et la jalousie des Dieux, commanda à tous les chefs des nefs, dès que les rayons de Hèlios cesseraient de chauffer la terre et que les ténèbres envahiraient les demeures aithéréennes, qu'ils eussent à ranger la multitude des nefs sur trois lignes, à garder les passages et les détroits et à envelopper l'île d'Aias; de sorte que si les Hellènes réussissaient à fuir par quelque moyen, chaque chef le payerait de sa tête. Il commanda ainsi, plein de confiance et d'ardeur, ne sachant point ce qui lui était réservé par les Dieux. Les Perses, sans désordre, et docilement, préparèrent le repas du soir, et chaque marin lia à son banc l'aviron par la courroie. La lumière du jour tomba et la nuit vint, et chaque rameur monta dans sa nef, et chaque hoplite aussi. La flotte se mit en ligne, les nefs naviguant dans l'ordre prescrit; et, pendant toute la nuit, ici et là, les chefs exercèrent les équipages des nefs. Et, la nuit s'écoulant, l'armée des Hellènes ne tentait nullement de quitter ce lieu par une fuite secrète. Dès que le Jour aux chevaux blancs eut illuminé la terre, une immense clameur, telle qu'un chant sacré, s'éleva du milieu des Hellènes, et le son éclatant en rebondit au loin de toutes les côtes rocheuses de l'île, et la crainte envahit tous les Barbares trompés dans leur espérance; car, alors, les Hellènes ne chantaient pas le Paian sacré pour prendre la fuite, mais ils s'avançaient audacieusement au combat, et le son de la trompette excitait toute cette fureur. Aussitôt, à la voix de chaque chef, ils frappèrent de leurs avirons retentissants les eaux frémissantes de la mer, et voici que toutes leurs nefs nous apparurent. L'aile droite précédait en bon ordre, puis venait toute la flotte, et on entendait ce chant immense : — O enfants des Hellènes, allez! Délivrez la patrie, vos enfants, vos femmes, les demeures des Dieux de vos pères et les tombeaux de vos aïeux! Maintenant, c'est le suprême combat! — Et le cri de la langue Persique répondit à ce cri, car il n'y avait plus à hésiter. Les proues d'airain se heurtèrent. Une nef Hellénique brisa, la première, l'éperon d'une nef Phoinikienne, et les deux flottes se jetèrent l'une sur l'autre. D'abord, le torrent de l'armée Persique résista, mais quand la multitude de nos nefs fut resserrée dans les passages étroits, elles ne purent s'entr'aider. Elles se heurtèrent de leurs proues d'airain et rompirent leurs rangs d'avirons; et les nefs Helléniques, nous enveloppant habilement, perçaient les nôtres qui se renversaient et couvraient la mer de débris de naufrage et de corps morts; et les rochers du rivage étaient pleins de cadavres, et toute l'armée Barbare prit la fuite en désordre. A coups d'avirons brisés et de bancs de rameurs les Perses étaient écrasés ou déchirés comme des thons ou d'autres poissons pris au filet, et toute la mer retentissait de sanglots et de lamentations; et, enfin, l'œil de la Nuit noire se ferma sur nous. Je ne pourrais, même en dix jours, te raconter la multitude de nos maux. Mais, sache-le, jamais en un seul jour tant d'hommes ne sont morts.

ATOSSA.

Hélas! une mer immense de maux s'est ruée sur les Perses et sur toute la race des Barbares!

LE MESSAGER.

Certes, sache-le maintenant, je n'ai pas encore dit la

moitié de nos maux. Une autre calamité deux fois plus lourde que celles que j'ai dites est tombée sur les Perses.

ATOSSA.

Quel malheur plus funeste est-il donc arrivé? Dis quelle est cette calamité dont tu parles et qui a frappé l'armée de maux encore plus terribles.

LE MESSAGER.

Tous ceux d'entre les Perses qui étaient les plus forts, les plus braves, les mieux nés, les plus fidèles au Roi, ont misérablement subi une mort sans gloire.

ATOSSA.

O malheureuse! ô triste destinée pour moi, amis! De quelle mort ont-ils péri?

LE MESSAGER.

Il y a une île auprès des côtes de Salamis, petite, inabordable aux nefs, que Pan, qui aime les danses, hante sur les bords de la mer. Xerxès les avait envoyés là afin que les ennemis, chassés de leurs nefs, s'étant réfugiés dans l'île, on égorgeât aisément ce qui survivrait de l'armée des Hellènes et qu'on pût sauver les nôtres des flots de la mer; mais il prévoyait mal ce qui devait arriver. En effet, quand un Dieu eut donné la victoire à la flotte Hellénique, dans ce même jour, s'étant revêtus de leurs armes d'airain, ils sautèrent de leurs nefs et enveloppèrent l'île, afin que les Perses n'eussent plus aucune issue pour fuir. Et ceux-ci étaient assiégés d'une multitude de pierres, et ils périssaient sous les flèches envoyées par les nerfs des arcs. Enfin, se ruant tous à la fois, les Hellènes les tuaient, les égorgeaient et déchiraient les membres des malheureux, jusqu'à ce qu'ils eurent tous perdu la vie. Et Xerxès, voyant ce gouffre de maux, gémit, car il s'était assis, sur les bords de la mer, sur un haut promontoire d'où il pouvait voir toute l'armée. Mais, ayant déchiré ses vêtements et poussant de grands cris, il ordonna aussitôt à son armée de terre de se retirer, et lui-même prit une fuite soudaine. Telle est cette calamité que tu peux pleurer comme la première.

ATOSSA.

O funeste Daimôn, combien tu as trompé l'espérance des Perses! Mon fils doit à l'illustre Athèna une amère défaite. Il n'a pas suffi des Barbares que Marathôn a autrefois égorgés! C'est dans l'espérance de les venger que mon fils a subi un si lourd fardeau de malheurs. Mais parle, où as-tu laissé les nefs qui ont échappé à la destruction? Peux-tu le dire sûrement?

LE MESSAGER.

Les chefs des nefs encore sauves prirent confusément la fuite à l'aide du vent. Ce qui survivait de l'armée a péri sur la terre des Boiôtiens, les uns cherchant en vain l'eau des sources et souffrant la soif, tandis que les autres traversaient péniblement la terre des Phoikéens, et Dôris, et, vers le golfe Mèliaque, les champs que le Sperkhios arrose de ses douces eaux. Puis, nous avons gagné la terre Akhaienne et les villes Thessaliennes; et, là, beaucoup sont morts de faim et de soif, car l'une et l'autre nous tourmentaient. Puis, nous arrivâmes, par la terre Magnètique, le pays des Makédoniens, le cours de l'Axios, le marais couvert de roseaux de Bolbè et le mont Pangaios, au pays des Édôniens. Cette nuit-là, un Dieu nous envoya un hiver précoce qui gela les eaux du Strymôn sacré. Alors, chacun de ceux qui auparavant niaient qu'il y eût des Dieux, pria et adora Gaia et Ouranos. Après avoir mille fois invoqué les Dieux, l'armée passa par cette route glacée, et ceux des nôtres qui purent passer avant que les rayons du Dieu se fussent répandus eurent la vie sauve. En effet, l'orbe ardent et resplendissant de Hèlios échauffa bientôt de ses flammes le milieu du fleuve et le rompit, et tous roulèrent les uns sur les autres, et les plus heureux furent ceux qui rendirent l'âme le plus promptement! Les survivants se sauvèrent avec de grandes fatigues à travers la Thrèkè, mais bien peu sont revenus dans les foyers de la patrie. Que le royaume des Perses gémisse, regrettant sa très-chère jeunesse! Ces choses sont vraies, mais je n'ai point dit la multitude des autres maux dont un Dieu a accablé les Perses.

LE CHŒUR DES VIEILLARDS.

O Daimôn très-funeste, combien tu as écrasé outrageusement sous tes pieds toute la race des Perses!

ATOSSA.

O malheureuse que je suis! l'armée est détruite! O apparition de mes songes nocturnes, tu m'as clairement annoncé ces maux! Mais vous, vous avez été de mauvais divinateurs! Cependant, comme vous me l'avez conseillé, je veux d'abord supplier les Dieux, et je rapporterai de mes demeures le gâteau sacré pour la terre et pour les morts. Je sais que ce qui est passé est irrévocable, mais je prierai pour que l'avenir soit favorable. Dans un tel désastre, c'est à vous de donner des conseils fidèles à ceux que vous aimez. Consolez mon fils, s'il vient ici avant moi, et accompagnez-le dans la demeure, afin qu'il n'ajoute pas un nouveau malheur à tant de maux.

LE CHŒUR DES VIEILLARDS.

O roi Zeus! par la destruction de l'innombrable et orgueilleuse armée des Perses, tu as couvert de deuil les villes des Sousiens et des Ekbataniens.

De nombreuses femmes, de leurs mains délicates, déchirent leurs voiles, et elles baignent leurs seins d'un flot de larmes.

Les femmes Perses gémissent, et, dans leurs regrets et leur douleur sans fin, elles pleurent ceux à qui les unissaient des noces récentes, et les lits couverts de molles draperies, et toutes les voluptés de la jeunesse qu'elles ont perdues. Moi aussi, je pleure et je me lamente, comme il convient, sur la destinée de ceux qui sont morts.

Strophe I.

Maintenant, toute l'Asia dépeuplée gémit Xerxès les a tous emmenés, hélas! Xerxès les a tous perdus, hélas!

Xerxès a tout livré malheureusement aux nefs maritimes !

Pourquoi Daréios, le cher prince de Sousis, n'a-t-il point commandé en paix à ses peuples!

Antistrophe I.

Les nefs noires aux ailes rapides ont également emporté les hommes de pied et les troupes de mer, hélas ! Et les nefs les ont perdus, hélas ! Certes, les nefs, en se heurtant ! Et le Roi lui-même s'est échappé avec peine, dit-on, des mains des Iaônes, à travers les champs de la Thrèkè et les routes terribles de l'hiver !

Strophe II.

Et ceux qui les premiers ont subi leur destinée, hélas! qui, abandonnés à la fatalité, hélas! ont été engloutis autour de Kykhréia!

Gémissons, lamentons-nous, poussons de violentes et hautes clameurs, de lamentables clameurs de deuil !

Antistrophe II.

Roulés par la mer terrible, hélas! mangés, déchirés, hélas! par les muets de l'Incorruptible, hélas!

La maison veuve pleure son maître, les pères n'ont plus d'enfants! Les vieillards gémissants apprennent ce malheur immense, ce désastre tout entier, hélas!

Strophe III.

Les nations de l'Asia ne vivront plus longtemps sous

les lois des Perses. Contraintes par la nécessité, elles ne payeront plus les tributs de la servitude, et elles n'obéiront plus en se prosternant. La puissance Royale est morte!

Antistrophe III.

La langue des hommes ne sera plus enchaînée. Le peuple est affranchi, et il peut parler librement, puisque le joug de la force est brisé!

L'île d'Aias, entourée des flots et souillée de sang, a englouti la puissance des Perses!

ATOSSA.

Amis, quiconque a souffert n'ignore pas ceci : Quand le flot de l'adversité s'est rué sur les hommes, ils ont coutume de s'épouvanter de tout; quand ils ont une heureuse fortune, ils sont certains que ce vent propice soufflera toujours. Voici que tout m'épouvante; mes yeux ne voient que la haine des Dieux, et le bruit qui emplit mes oreilles n'est pas un chant de victoire, tant le trouble que me causent ces maux agite mon esprit. C'est pourquoi je reviens de mes demeures sans mon char et sans éclat, apportant ces douces libations au père de mon fils : le lait blanc d'une vache sans tache, le miel brillant de l'abeille qui suce les fleurs, les eaux vives d'une source limpide, et cet enfant pur d'une mère agreste, délices de la vigne antique, et la jaune olive, doux fruit de l'arbre dont les feuilles ne tombent jamais, et ces tresses de fleurs, filles de la terre qui produit tout. Mais, ô amis, chantez les hymnes des libations aux morts, évoquez le divin Daréios ! Moi, je répandrai sur la terre qui les boira ces libations aux Dieux souterrains.

LE CHŒUR DES VIEILLARDS.

O Reine, femme vénérable aux Perses, envoie tes libations sous la terre. Nous, nous prierons en chantant des hymnes pour que les Maîtres souterrains des morts nous soient favorables.

O vous, sacrés Daimônes souterrains, Gaia, Hermès, et toi, Roi des morts, envoyez d'en bas l'âme de Daréios à la lumière ! Si, en effet, nous devons subir encore d'autres maux, seul, il peut nous dire quelle sera la fin de nos misères.

Strophe I.

Le Bienheureux, le Roi égal aux Dieux, m'entend-il pousser en langue barbare mille cris divers, amers, lamentables ? Je crie vers lui mes plaintes lugubres. M'entend-il d'en bas ?

Antistrophe I.

Et toi, Gaia ! et vous, Maîtres des morts, ô Daimônes ! Laissez l'âme illustre du Dieu des Perses, né dans Sousis, sortir de vos demeures. Envoyez en haut celui dont la terre Persique n'a jamais contenu le semblable !

Strophe II.

O cher homme ! ô cher tombeau ! car ce qu'il contient

nous est cher. Aidôneus! ramène-le, envoie-le en haut! Aidôneus! envoie-nous Daréios, un tel Roi! hélas!

Antistrophe II.

Certes, jamais il ne fit périr nos guerriers en des guerres désastreuses. Les Perses le disaient sage comme un Dieu, et il était en effet sage comme un Dieu, car il conduisait heureusement l'armée, hélas!

Strophe III.

O Roi, vieux Roi, viens, apparais sur le faîte de ce tombeau, soulevant la sandale pourprée de ton pied et montrant la splendeur de la tiare Royale. Viens, ô père, ô excellent Daréios! hélas!

Antistrophe III.

Apparais-nous, afin d'apprendre des calamités nouvelles, inattendues, ô Maître de notre Maître! Une nuée Stygienne nous a enveloppés, et voici que toute notre jeunesse a péri. Viens, ô Père, ô excellent Daréios, hélas!

Épôde.

Malheur! malheur! O toi qui es mort tant pleuré par ceux qui t'aimaient, ô Roi, ô Roi, pourquoi cela? Pourquoi ce double désastre sur ton royaume, sur ton royaume tout entier? Les nefs à trois rangs d'avirons ont péri! Nos nefs! Plus de nefs!

LE SPECTRE DE DARÉIOS.

O fidèles entre les fidèles, qui êtes du même âge que moi, ô vieillards Perses, de quel malheur la ville est-elle affligée? Le sol a été secoué, il a gémi, il s'est ouvert! Je suis saisi de crainte en voyant ma femme debout auprès de mon tombeau, et je reçois volontiers ses libations. Et vous aussi, auprès de mon tombeau, vous pleurez, poussant les lamentations qui évoquent les morts et m'appelant avec de lugubres gémissements. Le retour à la lumière n'est pas facile, pour bien des causes, et parce que les Dieux souterrains sont plus prompts à prendre qu'à rendre! Cependant, je l'ai emporté sur eux, et me voici; mais je me suis hâté, afin de n'être point coupable de retard. Mais quel est ce nouveau malheur dont les Perses sont accablés?

LE CHŒUR DES VIEILLARDS.

Je crains de te regarder, je crains de te parler, plein de l'antique vénération que j'avais pour toi.

LE SPECTRE DE DARÉIOS.

Puisque je suis venu du Hadès, appelé par tes lamentations, ne parle point longuement, mais brièvement. Dis, et oublie ton respect pour moi.

LE CHŒUR DES VIEILLARDS.

Je crains de t'obéir, je crains de te parler. Ce que je dois dire ne doit pas être dit à ceux qu'on aime.

LE SPECTRE DE DARÉIOS.

Puisque votre antique respect pour moi trouble votre esprit, toi, vénérable compagne de mon lit, noble femme, cesse tes pleurs et tes lamentations, et parle-moi clairement. La destinée des hommes est de souffrir, et d'innombrables maux sortent pour eux de la mer et de la terre quand ils ont longtemps vécu.

ATOSSA.

O toi qui as surpassé par ton heureuse fortune la félicité de tous les hommes! Tandis que tu voyais la lumière de Hèlios, envié des Perses, tu as vécu prospère et semblable à un Dieu! Et maintenant, tu es heureux d'être mort avant d'avoir vu ce gouffre de maux! Tu apprendras tout en peu de mots, ô Daréios! La puissance des Perses est détruite. J'ai dit.

LE SPECTRE DE DARÉIOS.

De quelle façon? Est-ce la peste ou la guerre intestine qui s'est abattue sur le Royaume?

ATOSSA.

Non. Toute l'armée a été détruite auprès d'Athèna.

LE SPECTRE DE DARÉIOS.

Lequel de mes fils conduisait l'armée? Parle.

ATOSSA.

Le violent Xerxès. Il a dépeuplé tout le vaste continent de l'Asia.

LE SPECTRE DE DARÉIOS.

Est-ce avec une armée de terre ou de mer que le malheureux a tenté cette expédition très-insensée?

ATOSSA.

Avec les deux. L'armée avait une double face.

LE SPECTRE DE DARÉIOS.

Et comment une nombreuse armée de terre a-t-elle passé la mer?

ATOSSA.

On a réuni par un pont les deux bords du détroit de Hellè, afin de passer.

LE SPECTRE DE DARÉIOS.

Il a fait cela? Il a fermé le grand Bosphoros?

ATOSSA.

Certes, mais un Dieu l'y a sans doute aidé.

LE SPECTRE DE DARÉIOS.

Hélas! quelque puissant Daimôn qui l'a rendu insensé!

ATOSSA.

On peut voir maintenant quelle ruine il lui préparait!

LE SPECTRE DE DARÉIOS.

De quelle calamité ont-ils été frappés, que vous gémissiez ainsi?

ATOSSA.

L'armée navale vaincue, l'armée de terre a péri.

LE SPECTRE DE DARÉIOS.

Ainsi, toute l'armée a été détruite en combattant?

ATOSSA.

Certes, toute la ville des Sousiens gémit d'être vide d'hommes.

LE SPECTRE DE DARÉIOS.

Hélas! une si grande armée! Vains secours!

ATOSSA.

Toute la race des Baktriens a péri, et pas un n'était vieux!

LE SPECTRE DE DARÉIOS.

O malheureux, qui as perdu une telle jeunesse!

ATOSSA.

On dit que le seul Xerxès, abandonné des siens et presque sans compagnons...

LE SPECTRE DE DARÉIOS.

Comment? Où a-t-il péri? Est-il sauvé?

ATOSSA.

A pu atteindre le pont jeté entre les deux continents.

LE SPECTRE DE DARÉIOS.

Est-il revenu sain et sauf sur cette terre? Cela est-il certain?

ATOSSA.

Oui, cela est certain; il n'y a aucun doute.

LE SPECTRE DE DARÉIOS.

Hélas! L'événement a promptement suivi les oracles, et Zeus, sur mon fils, vient d'accomplir les divinations! Certes, j'espérais que les Dieux en retarderaient encore longtemps l'accomplissement; mais un Dieu pousse celui qui aide aux oracles! Maintenant la source des maux jaillit pour ceux que j'aime. C'est mon fils qui a tout fait par sa jeunesse audacieuse, lui qui, chargeant de chaînes le sacré Hellespontos, comme un esclave, espérait arrêter le divin fleuve Bosphoros, changer la face du détroit, et, à l'aide de liens forgés par le marteau, ouvrir une voie immense à une immense armée! lui qui, étant mortel, espérait l'emporter sur tous les Dieux, et sur Poseidôn! — Comment mon fils a-t-il pu être saisi d'une telle démence? Je tremble que les grandes et abondantes richesses que j'ai amassées ne soient la proie du premier qui voudra s'en emparer.

ATOSSA.

Le violent Xerxès a fait cela, conseillé par de mauvais hommes. Ils lui ont dit que tu avais conquis par l'épée de grandes richesses à tes enfants, tandis que lui, par lâcheté, ne combattait que dans ses demeures, sans rien ajouter à la puissance paternelle. Ayant souvent reçu de tels reproches de ces mauvais hommes, il partit pour cette expédition contre Hellas.

LE SPECTRE DE DARÉIOS.

Ainsi c'est par eux que s'est accompli ce suprême désastre, mémorable à jamais! La ville des Sousiens n'a point été dépeuplée par une telle calamité depuis que Zeus lui fit cet honneur de vouloir qu'un seul homme réunît sous le sceptre royal tous les peuples de la féconde Asia! En effet, Mèdos, le premier, commanda l'armée. Un autre, fils de celui-ci, acheva son œuvre, car la sagesse dirigea son esprit. Le troisième fut Kyros, homme heureux, qui donna la paix à tous les siens. Il réunit au Royaume le peuple des Lydiens et celui des Phrygiens, et il dompta toute l'Iônia. Et les Dieux ne s'irritèrent point contre lui, parce qu'il était plein de sagesse. Le quatrième qui régna sur les peuples fut le fils de Kyros. Le cinquième fut Merdis, opprobre de la patrie et du thrône antique. L'illustre Artaphrénès, à l'aide de ses compagnons, le tua par ruse dans sa demeure. Le sixième fut Maraphis, et le septième fut Artaphrénès. Et moi, j'accomplis aussi la destinée que je désirais, et je conduisis de nombreuses expéditions avec de grandes armées; mais je n'ai jamais causé de tels maux au Royaume. Xerxès mon fils est jeune; il a des pensées de jeune homme, et il ne se souvient plus de mes conseils. Certes, sachez bien ceci, vous qui êtes mes égaux par l'âge : nous tous qui avons eu la puissance Royale, nous n'avons jamais causé de tels maux.

LE CHŒUR DES VIEILLARDS.

O roi Daréios, où tendent donc tes paroles? Comment, après ces malheurs, nous, peuple Persique, jouirons-nous d'une fortune meilleure?

LE SPECTRE DE DARÉIOS.

Si vous ne portez jamais la guerre dans le pays des Hellènes, les armées Médiques fussent-elles plus nombreuses, car la terre même leur vient en aide.

LE CHŒUR DES VIEILLARDS.

Que dis-tu ? Comment leur vient-elle en aide?

LE SPECTRE DE DARÉIOS.

En tuant par la faim les innombrables armées.

LE CHŒUR DES VIEILLARDS.

Mais nous enverrions une armée excellente et bien munie.

LE SPECTRE DE DARÉIOS.

Maintenant, celle même qui est restée en Hellas ne reviendra plus dans la patrie !

LE CHŒUR DES VIEILLARDS.

Que dis-tu ? Toute l'armée des Barbares n'est-elle pas revenue de l'Eurôpè en traversant le détroit de Hellè ?

LE SPECTRE DE DARÉIOS.

Peu, de tant de guerriers, s'il faut en juger par les oracles des Dieux et par ce qui est fait, car l'accomplissement d'un oracle est suivi par celui d'un autre. Aveuglé par une espérance vaine, Xerxès a laissé là une armée choisie. Elle est restée dans les plaines qu'arrose de ses eaux courantes l'Asopos, doux breuvage de la terre des Boiôtiens. C'est là que les Perses doivent subir le plus terrible désastre, prix de leur insolence et de leurs desseins impies ; car, ayant envahi Hellas, ils n'ont pas craint de dépouiller le sanctuaire des Dieux et de brûler les temples. Les sanctuaires et les autels ont été saccagés et les images des Dieux arrachées de leur base et brisées. A cause de ces actions impies ils ont déjà souffert de grands maux, mais d'autres les menacent et vont jaillir, et la source des calamités n'est point encore tarie. Des flots de sang s'épaissiront, sous la lance

Dôrique, dans les champs de Plataia; et des morts amoncelés, jusqu'à la troisième génération, bien que muets, parleront aux yeux des hommes, disant qu'étant mortel il ne faut pas trop enfler son esprit. L'insolence qui fleurit fait germer l'épi de la ruine, et elle moissonne une lamentable moisson. Pour vous, en voyant ces expiations, souvenez-vous d'Athèna et de Hellas, afin que nul ne méprise ce qu'il possède, et, dans son désir d'un bien étranger, ne perde sa propre richesse. Zeus vengeur n'oublie point de châtier tout orgueil démesuré, car c'est un justicier inexorable. C'est pourquoi, instruisez Xerxès par vos sages conseils, afin qu'il apprenne à ne plus offenser les Dieux par son insolence audacieuse. Et toi, ô vieille et chère mère de Xerxès, étant retournée dans ta demeure, choisis pour lui de beaux vêtements, et va au-devant de ton fils. En effet, il n'a plus autour de son corps que des lambeaux des vêtements aux couleurs variées qu'il a déchirés dans la douleur de ses maux. Console-le par de douces paroles. Je le sais, il n'écoutera que toi seule. Moi, je rentrerai dans les ténèbres souterraines. Et vous, vieillards, salut! Même dans le malheur, donnez, chaque jour, votre âme à la joie, car les richesses sont inutiles aux morts.

LE CHŒUR DES VIEILLARDS.

J'apprends, à ma grande douleur, que les Barbares, outre les maux présents, subiront encore d'autres calamités dans l'avenir.

ATOSSA.

O Daimôn! que d'innombrables et terribles douleurs se ruent sur moi! Mais ce qui m'est le plus amer c'est d'apprendre que mon fils est couvert de vêtements honteux. Certes, je rentrerai, et, prenant de beaux vêtements dans mes demeures, j'irai au devant de mon fils. Je ne l'abandonnerai pas dans le malheur, lui qui m'est le plus cher.

LE CHŒUR DES VIEILLARDS.

Strophe I.

Certes, ô Dieux! nous menions une vie grande et heureuse et sagement gouvernée, quand le Roi égal aux Dieux, Daréios, vénérable, doux, invincible, suffisant à tout, commandait au Royaume!

Antistrophe I.

Avant tout, nous étions illustres par notre glorieuse armée, et de fermes lois réglaient toutes choses. Puis, nos troupes, sans avoir subi de défaites, toujours victorieuses, revenaient heureusement dans nos demeures.

Strophe II.

Que de villes il a prises, sans même avoir traversé le fleuve Halys, sans avoir quitté sa demeure! Telles les villes de la mer Strymonnienne, aux frontières Thrakiennes;

Antistrophe II.

Et celles qui, loin de la mer, étaient entourées de murailles, obéissaient au Roi, et les villes orgueilleuses du large détroit de Hellè, et la sinueuse Propontis, et les bouches du Pontos;

Strophe III.

Et, le long du continent prolongé, les îles entourées des flots, voisines des côtes, Lesbos, Samos qui abonde en olives, Khios, Paros, Naxos, Mykonos, et Andros qui touche à Tènos;

Antistrophe III.

Et les îles de la haute mer, Lemnos, terre d'Ikaros, Rhodos, Knidos, et les villes Kypriennes, Paphos, Solos et Salamis, dont la métropole est cause de nos gémissements.

Épôde.

Et il conquit aussi par sa prudence les riches villes des Iaônes, peuplées des Hellènes, car il possédait la force invincible d'alliés de toute race et bien armés. Et voici maintenant que les Dieux ayant retourné les maux de la guerre contre nous, nous avons été cruellement vaincus sur mer!

XERXÈS.

Hélas, malheureux! comment ai-je été accablé de cette calamité lamentable et inattendue! oh! que la Fortune afflige amèrement la race des Perses! Ah! malheureux! que faire? La vigueur de mes genoux fléchit devant ces vieillards! O Zeus, que ne suis-je mort avec mes guerriers morts!

LE CHŒUR DES VIEILLARDS.

Hélas, hélas! ô Roi, voici qu'un Dieu a moissonné cette brave armée, gloire des hommes, honneur de la Perse! La terre pleure cette jeunesse tuée par Xerxès, lui qui a empli le Hadès de Perses! Que de guerriers sont morts, archers redoutables, fleurs de la patrie! Toute une race innombrable de guerriers a péri!

XERXÈS.

Hélas, hélas! ma brave armée!

LE CHŒUR DES VIEILLARDS.

Toute l'Asia, ô Roi de cette terre, tombe misérablement sur ses genoux!

XERXÈS.

Strophe I.

Moi, hélas, hélas! funeste, lamentable pour ma race, je suis né pour la ruine de la terre de la patrie!

LE CHŒUR DES VIEILLARDS.

Je saluerai ton retour par des cris funèbres, par l'hymne lugubre du chanteur Mariandynien, par les gémissements et les larmes!

XERXÈS

Antistrophe I.

Poussez des cris discordants, lugubres, lamentables! Un Dieu s'est tourné contre moi!

LE CHŒUR DES VIEILLARDS.

Certes, je pousserai des cris lamentables, je pleurerai amèrement les terribles calamités du peuple, souffertes sur la mer, et la jeunesse du Royaume gémissant! Je crierai, je pleurerai, je gémirai!

XERXÈS.

Strophe II.

Arès nous a ravi la victoire; il a fait triompher la flotte des Iaônes, il a fauché la sombre mer et le fatal rivage! Hélas, hélas! criez, redemandez-moi tout!

LE CHŒUR DES VIEILLARDS.

Où as-tu laissé la multitude de tes amis, ceux qui se tenaient debout à ton côté : Pharandakès, Souzas, Pélagôn, Dotamas et Agdabatas, Psammis, Sousiskanès qui partit d'Ekbatân?

XERXÈS.

Antistrophe II.

Je les ai laissés morts, précipités de leur nef Tyrienne sur les rivages de Salamis, sur les âpres côtes.

LE CHŒUR DES VIEILLARDS.

Hélas, hélas! où sont Pharnoukhos et le brave Ariomardos, et le prince Seualkès, et le noble Lilaios, Memphis, Tharybis, Masistrès, Artembarès et Hystaikhmas? Dis-moi où ils sont.

XERXÈS.

Strophe III.

Hélas, hélas! En face de l'antique et odieuse Athèna, tous, les malheureux! ont été jetés palpitants contre terre.

LE CHŒUR DES VIEILLARDS.

Et lui, cet œil fidèle qui comptait pour toi les innombrables Perses, le fils de Batanôkhos, fils de Sésamès, fils de Mygabatès, Alpistès? Et Parthos, et le grand Oibarès, où les as-tu laissés? Oh! les ennemis! Que les maux que tu racontes ont été funestes aux braves Perses!

XERXÈS.

Antistrophe III.

Tu excites mon amer regret de mes braves amis, tu les renouvelles en rappelant ces malheurs terribles. Mon cœur pousse des cris du fond de ma poitrine!

LE CHŒUR DES VIEILLARDS.

Et le Myriontarque Xanthès, chef des Mardes, et le

brave Ankharès, et Diaixis, et Arsakès, chefs des cavaliers, et Kèdadatès, et Lythymnès, et Tolmos, insatiable de combats? Ils ont été ensevelis, mais sans chars abrités par des tentes et sans cortége!

XERXÈS.

Strophe IV.

Ils sont morts ceux qui étaient les chefs de l'armée!

LE CHŒUR DES VIEILLARDS.

Ils sont morts sans être honorés, hélas! Malheur! ô malheur! ô Daimones, vous nous avez accablés d'un mal inattendu et terrible, fait pour les regards d'Atè!

XERXÈS.

Antistrophe IV.

Nous avons été frappés d'un coup tel que nous n'en recevrons de notre vie!

LE CHŒUR DES VIEILLARDS.

Nous avons été frappés, cela est certain! Calamité inattendue, inouïe! Nous nous sommes heurtés pour notre malheur à la flotte des Iaônes! Cette guerre a été funeste à la race des Perses!

XERXÈS.

Strophe V.

Certes! Et j'ai été vaincu avec une telle armée!

LE CHŒUR DES VIEILLARDS.

Quoi! le grand royaume des Perses est-il donc détruit?

XERXÈS.

Ne vois-tu pas ce qui me reste de ma puissance?

LE CHŒUR DES VIEILLARDS.

Je vois, je vois!

XERXÈS.

Ce carquois...

LE CHŒUR DES VIEILLARDS.

C'est ce que tu as sauvé, dis-tu?

XERXÈS.

Oui! cette gaîne de mes flèches.

LE CHŒUR DES VIEILLARDS.

C'est peu sur tant de pertes!

XERXÈS.

Nous n'avons plus de défenseurs!

LE CHŒUR DES VIEILLARDS.

La race des Iaônes est ardente au combat.

XERXÈS.

Antistrophe V.

Elle est très-vaillante. J'ai subi une défaite inattendue.

LE CHŒUR DES VIEILLARDS.

Et tu dis que notre flotte a pris la fuite?

XERXÈS.

A cause de ce malheur j'ai déchiré mes vêtements.

LE CHŒUR DES VIEILLARDS.

Hélas! hélas!

XERXÈS.

Plus qu'hélas! Gémis plus encore!

LE CHŒUR DES VIEILLARDS.

Nos maux sont doubles et triples!

XERXÈS.

Lamentables pour nous, ils font la joie de nos ennemis.

LE CHŒUR DES VIEILLARDS.

Nos forces sont rompues!

XERXÈS.

Je n'ai plus de compagnons!

LE CHŒUR DES VIEILLARDS.

Tes amis sont engloutis dans la mer!

XERXÈS.

Strophe VI.

Pleure! pleure ma défaite! Rentre dans ta demeure.

LE CHŒUR DES VIEILLARDS.

Hélas, hélas! cette défaite!

XERXÈS.

Crie! Réponds à mes cris!

LE CHŒUR DES VIEILLARDS.

Misérable consolation de leurs maux pour des malheureux!

XERXÈS.

Mêle ton chant lugubre au mien.

LE CHŒUR DES VIEILLARDS.

Hélas, hélas! Cette calamité terrible! Hélas! je gémis amèrement.

XERXÈS.

Antistrophe VI.

Frappe, frappe-toi! Gémis sur mes maux!

LE CHŒUR DES VIEILLARDS.

Je pleure lamentablement.

XERXÈS.

Crie! Réponds à mes cris!

LE CHŒUR DES VIEILLARDS.

Je le fais, ô maître!

XERXÈS.

Pousse de hautes lamentations.

LE CHŒUR DES VIEILLARDS.

Hélas, hélas! je multiplie les noires meurtrissures.

XERXÈS.

Strophe VII.

Frappe ta poitrine! Chante l'hymne Mysien.

LE CHŒUR DES VIEILLARDS.

Douleur, douleur!

XERXÈS.

Arrache les poils blancs de ta barbe.

LE CHŒUR DES VIEILLARDS.

A pleine main! Très-lamentablement!

XERXÈS.

Pousse de hautes clameurs.

LE CHŒUR DES VIEILLARDS.

C'est ce que je ferai.

XERXÈS.

Antistrophe VII.

Déchire avec tes ongles les plis de tes vêtements

LE CHŒUR DES VIEILLARDS.

Douleur, douleur!

XERXÈS.

Arrache tes cheveux! Pleure sur l'armée!

LE CHŒUR DES VIEILLARDS.

A pleine main! très-lamentablement!

XERXÈS.

Baigne tes yeux de larmes.

LE CHŒUR DES VIEILLARDS.

J'en suis baigné.

XERXÈS.

Épôde.

Crie donc ! Réponds à mes cris.

LE CHŒUR DES VIEILLARDS.

Hélas! hélas! hélas! hélas!

XERXÈS.

Rentre dans ta demeure en te lamentant.

LE CHŒUR DES VIEILLARDS.

Hélas! hélas! O malheureuse terre Persique!

XERXÈS.

Hélas! dans toute la ville!

LE CHŒUR DES VIEILLARDS.

Certes, hélas! toujours, toujours!

XERXÈS.

Lamentez-vous en marchant lentement.

LE CHŒUR DES VIEILLARDS.

Hélas! hélas! O malheureuse terre Persique!

XERXÈS.

Hélas! hélas! hélas! Mes nefs à trois rangs d'avirons! hélas! hélas! hélas! Mes nefs sont perdues!

LE CHŒUR DES VIEILLARDS.

Je te suis en poussant des gémissements lugubres!

FIN DES TRAGÉDIES D'ESCHYLE.

TABLE

Pages.

I. Promètheus enchaîné 1

II. Les Suppliantes 49

III. Les Sept contre Thèba 99

IV. Agamemnôn 149

V. Les Khoèphores 219

VI. Les Euménides 273

VII. Les Perses 319

24

Achevé d'imprimer

LE QUINZE MAI MIL HUIT CENT SOIXANTE-DOUZE

PAR D. JOUAUST

POUR A. LEMERRE, LIBRAIRE

A PARIS

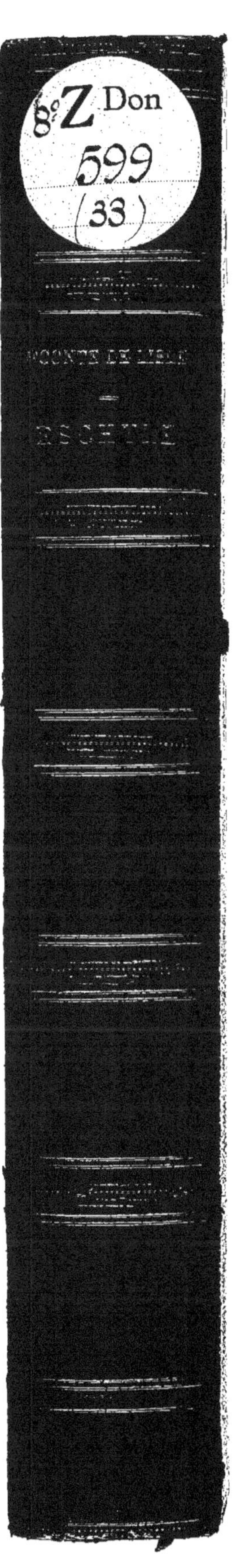
8° Z Don
599
(33)
LECONTE DE LISLE
ESCHYLE

www.ingramcontent.com/pod-product-compliance
Lightning Source LLC
Chambersburg PA
CBHW050313030726
47505CB00003B/693
* 9 7 8 2 0 1 1 3 3 4 7 0 1 *